DAS ORAKEL DES OSCHUNGELTEMPELS

Der ehemalige Mathematik- und Physiklehrer Mark Cheverton begann mit dem Schreiben, um seinem Sohn die Gefahren von Cyberbullying anhand seines Lieblingsthemas zu erklären: Minecraft. Mittlerweile umfasst die Gameknight999-Serie 18 Titel und ein Ende ist noch nicht in Sicht.

MARK CHEVERTON

DAS ORAKEL DES DSCHUNGELTEMPELS

DAS GEHEIMNIS UM HEROBRINE
BAND 2

AUS DEM AMERIKANISCHEN VON
KERSTIN FRICKE

h.f.ullmann

Titel der Originalausgabe: THE JUNGLE TEMPLE ORACLE
ISBN der Originalausgabe: 978-1-63450-096-8

This book is published in agreement with the author, c/o BAROR INTERNATIONAL, INC., Armonk, New York, U.S.A.

Alle Eigenschaften und Merkmale, die Gameknight999 in der Geschichte aufweist, sind frei erfunden und geben nicht den echten Gameknight999 wider, der das völlige Gegenteil des Charakters im Buch und ein unglaublicher und mitfühlender Mensch ist.

Technische Beratung: Gameknight999

Übersetzung aus dem Englischen: Kerstin Fricke
Lektorat: Maxi Lange, Claudia Hahn
Satz: Julian Pies
Redaktion: Sabine Herbold

Coverdesign: Owen Corrigan
Coverillustration: Vincent Vallois

Gesamtherstellung: Ullmann Medien GmbH, Potsdam

Printed in Germany, 2018
ISBN 978-3-7415-2259-8

10 9 8 7 6 5 4 3 2 1
X IX VIII VII VI V IV III II I

www.ullmannmedien.com
info@ullmannmedien.com
facebook.com/ullmannmedien
twitter.com/ullmannmedien

FSC www.fsc.org
MIX
Papier aus verantwortungsvollen Quellen
FSC® C129466

DANKSAGUNG

Ich bedanke mich bei meiner Familie für ihre andauernde Unterstützung und ihr Verständnis, wenn ich mal wieder unbedingt morgens um vier Uhr, nachts oder jede freie Minute am Wochenende schreiben muss. Ohne euch hätte es diese Bücher nie gegeben.

Außerdem danke ich Sara Klock, die vom ersten Tag an immer wieder voller Begeisterung hinter mir gestanden hat. Ihr Enthusiasmus und ihre Energie waren ansteckend und haben mich beflügelt.

Weiterer Dank geht an die großartigen Mitarbeiter von Skyhorse Publishing. Ihr unermüdlicher Einsatz inspiriert mich und lässt mich auch dann noch weiterschreiben, wenn ich eigentlich völlig erschöpft bin.

Zu guter Letzt bedanke ich mich natürlich bei all meinen Lesern. Es macht mich glücklich, dass ihr Gameknight999, Monet113, Crafter, Hunter und Stitcher so sehr mögt und eure Fantasie von ihnen anregen lasst. Lest munter weiter, denn es werden noch viele Abenteuer kommen … und nehmt euch vor Creepern in Acht!

„Wir haben die schmale Linie zwischen Kindheit und Erwachsensein erst dann überschritten, wenn wir von der passiven in die aktive Stimme gewechselt sind – wenn wir also nicht mehr sagen ‚Es ist weg', sondern ‚Ich habe es verloren.'"

Sydney J. Harris

WAS IST MINECRAFT?

Minecraft ist ein ausgesprochen kreatives Spiel, das entweder online mit Menschen aus der ganzen Welt, mit Freunden oder allein gespielt werden kann. Ich habe seit langer Zeit kein Computer- oder Videospiel mehr erlebt, bei dem man seine Kreativität derart ausleben kann. Dieses Sandbox-Spiel ermöglicht es den Spielern, mit texturierten Blöcken alles zu bauen, was sie sich ausdenken. Natürlich bauen die meisten zuerst eine Burg … Das scheint ein Initiationsritual in Minecraft zu sein. Aber sie merken schnell, dass die normalen physikalischen Regeln in dieser digitalen Landschaft außer Kraft gesetzt sind. Im Kreativmodus kann man schwebende Städte, Brücken ins Nichts oder ein Unterwasserdorf aus Glas bauen (das unter anderem auf dem Server meines Sohnes zerstört wurde!). Ich habe schon gewaltige verzierte Wendeltreppen gesehen, die sich von der Grundsteinebene bis hinauf zur Baugrenze auf Ebene zweihundertfünfundfünfzig erstreckten, sowic riesige Raumstationen, die am Himmel schwebten und mehrere Hundert Blöcke breit und lang waren. Im Grunde genommen ist alles möglich, solange man sich an die beiden wichtigsten Regeln hält: 1. Alles besteht aus Blöcken! 2. Du kannst alles bauen! Gameknight und ich haben beispielsweise mithilfe der erweiterten Weltoptionen ein Creepergefängnis erschaffen.

Das kreative Potenzial von Minecraft ist wirklich sehr beeindruckend, und man kann sich im Kreativmodus so richtig austoben. Das eigentliche Spiel findet allerdings im Überlebensmodus statt. Dabei werden Spieler mit nichts als ihren Kleidern am Leib in einer blockartigen Welt ausgesetzt. In der Gewissheit, dass irgendwann die Nacht anbrechen wird, sammeln sie Ressourcen wie Holz, Stein, Eisen usw., um Werkzeuge und Waffen herzustellen und sich damit gegen die Monster zu verteidigen, die bei Einbruch der Dunkelheit hervorkommen.

Um Ressourcen zu erlangen, muss der Spieler Minen graben und tief in die Welt von Minecraft vordringen, in der Hoffnung, Kohle und Eisen zu finden, die beide für die überlebensnotwendigen Metallwaffen und -rüstungen gebraucht werden. Beim Graben stoßen sie auf Höhlen, mit Lava gefüllte Kammern und möglicherweise auch auf eine der wenigen verlassenen Minen oder Verliese, in denen sich Schätze finden lassen. Doch viele der Wege und Kammern sind von Monstern (Zombies,

Skeletten und Spinnen) bevölkert, die nur darauf warten, sich auf Unachtsame zu stürzen.

Das Land mag voller Monster sein, aber der Benutzer ist nicht allein. Es gibt riesige Server mit Hunderten oder sogar Tausenden von Spielern, die sich alle den Platz und die Ressourcen mit anderen Kreaturen in Minecraft teilen. Auf diesen Servern kann man unterschiedlichste Spieltypen ausprobieren – von Minispielen über Spleef (mein Lieblingsmodus) bis hin zu PvP (kann ich überhaupt nicht), Fraktionen, dem Überlebens- oder Kreativitätsmodus usw. Es ist wirklich erstaunlich, was schon alles in Minecraft erschaffen wurde, und diese unglaubliche Anzahl an Servern beweist wieder einmal, welche Möglichkeiten fantasiebegabte und kreative Spieler in Minecraft haben.

Dieses Spiel ist eine beeindruckende Plattform für kreative Menschen, die gern etwas bauen und erschaffen, aber sie sind dabei nicht auf Gebäude beschränkt. Mit einem Material namens Redstone können die Benutzer elektrische Schaltkreise innerhalb des Spiels anlegen und so beispielsweise Kolben und andere Geräte antreiben und komplexe Maschinen aufbauen. Auf diese Weise wurden bereits Musikanlagen, funktionsfähige 8-Bit-Computer und raffinierte Minispiele in Minecraft erschaffen, die alle mithilfe von Redstone realisiert wurden. Dank der Einführung der Befehlsblöcke mit Version 1.4.2 ist es außerdem möglich, Spielmechaniken über Skriptfunktionen zu steuern, woraufhin auf der ganzen Welt völlig neue Minecraft-Programme entstanden, die noch ausgeklügeltere Spielmechaniken ermöglichen.

Das Schöne und Brillante an Minecraft ist, dass es sich nicht nur um ein Spiel handelt, sondern um ein Betriebssystem, das seinen Benutzern gestattet, eigene Spiele zu programmieren und sich auf neue, bisher nie in Minecraft da gewesene Art zu entfalten. Dank der vielen Updates, die Mojang ständig produziert, entwickelt sich das Spiel unaufhörlich weiter und wird immer besser. Die kreativen Programmierer bei Mojang haben die Möglichkeiten der Befehlsblöcke erweitert, sodass inzwischen Spiele wie Missile Wars (was ich sehr mag) und der Klassiker Cake Defense (ein weiterer meiner Favoriten) nachgebaut wurden. Wenn ihr sie noch nicht getestet habt, dann solltet ihr das schleunigst nachholen, denn es macht sehr viel Spaß, sie zusammen mit Freunden zu spielen. Mit Vollversion 1.8 (Bountiful Update) kamen weitere coole Funktionen hinzu … Mir gefallen das Ozeanmonument, die Wächter und die Kaninchen am besten.

Minecraft ist nicht nur ein Spiel, ein Betriebssystem oder eine Programmierumgebung, es ist so viel mehr. Im Grunde genommen entspricht es einer nackten Leinwand, die sich in alle Richtungen erstreckt und auf der man seiner Fantasie freien Lauf lassen kann.

Was wirst du erschaffen?

KAPITEL 1
ZISCHENDER SCHURKE

Der silbrige Nebel wirbelte um Gameknight999 herum, als er durch das eintönige Terrain schritt. Die Umrisse von blockartigen Bäumen waren schwach durch die Schwaden zu erkennen, aber sobald er sich ihnen näherte, schienen sie sich stets aufzulösen und in Rauch zu verwandeln.

Er drehte sich einmal im Kreis und schaute sich um. Überall bot sich ihm derselbe Anblick: Silbriger Nebel verhüllte die Landschaft. Nach und nach konnte Gameknight999 weitere Formen ausmachen … hier noch ein Baum … da ein grasbewachsener Hügel … doch jedes Mal verschwanden die Dinge, sobald er sich näherte.

Das war seltsam, aber auch irgendwie vertraut. Er kannte das bereits … nicht dieses Land mit den sich auflösenden Bäumen und den nichtexistenten Hügeln, sondern den silbrigen Nebel. Die Erinnerung schien sich Bahn brechen zu wollen, allerdings lauerte darin noch etwas anderes … etwas, vor dem er sich fürchtete.

„Was ist das für ein Ort?“, fragte er laut, obwohl nie-

mand da war. „Es ist beinahe so, als wäre ich schon einmal hier gewesen …"

Auf einmal wusste er Bescheid: Dies war das Land der Träume. Als er zum ersten Mal in Minecraft hineingezogen worden war, als er seine Freunde Crafter, Hunter und Stitcher kennengelernt hatte … da war er auch an diesen merkwürdigen Ort gekommen. Crafter hatte ihn als Land der Träume bezeichnet und gesagt, Gameknight999 wäre ein Traumwandler; jemand, der bewusst durch das Land der Träume wandeln könne. Dies war der Ort, den man aufsuchen konnte, wenn man nicht wach, aber auch nicht fest eingeschlafen war, und an dem Albträume real wurden …

Er starrte in den Nebel und hielt Ausschau nach den leuchtenden Augen seiner alten Erzfeinde Erebus und Malacoda. Sie hatten den Angriff auf Minecraft angeführt und versucht, die Quelle zu zerstören, von der sämtlicher Minecraft-Code ausging. Gemeinsam mit den NPCs der Oberwelt hatte er den Ansturm der Monster zurückgeschlagen und Minecraft ebenso wie alles digitale Leben darin gerettet. Doch jetzt war er wieder hier … und dieses Mal mit seiner Schwester.

Plötzlich drang ein Zischen durch den Nebel zu ihm herüber. Er drehte sich um, sah zu Boden und rechnete damit, eine Schlange vor sich zu haben. Aber das war albern, denn in Minecraft gab es keine Schlangen.

Bei seinem letzten Besuch im Land der Träume hatte er um sein Leben gekämpft und es mit Erebus, dem König der Endermen, zu tun bekommen. Dabei hatte er beinahe das Leben verloren, jedoch mithilfe seiner Freunde siegen können. Sie waren jetzt allerdings nicht bei ihm, und er spürte, dass hier noch jemand war …

Zischschsch.

Da war es wieder!

Er wollte sein Schwert aus dem Inventar ziehen, stellte jedoch fest, dass er es nicht bei sich hatte. Da fielen Gameknight zwei weitere Dinge ein, die er über das Land der Träume wusste. Erstens: Es war eine Traumwelt, und in diesem nebligen Reich wurde alles real, was man sich vorstellte. Er schloss die Augen und dachte an seinen Lieblingsbogen, der mit Schlag II, Stärke IV *und* Unendlich *verzaubert war. Schon hielt er den Bogen in der Hand, der von schillernden Lichtwellen umgeben war. Die magische Waffe leuchtete blau und ermöglichte es Gameknight, etwas weiter zu sehen … gut so. Außerdem wusste er, dass im Land der Träume zwar alles traumartig aussah, jedoch real war und einem durchaus schaden konnte. Beim letzten Kampf gegen Erebus hatte der böse Enderman am eigenen Leib erfahren müssen, dass man wirklich starb, wenn man im Land der Träume getötet wurde. Aus die-*

sem Grund war es hier ausgesprochen gefährlich.

Zischschsch.

Während er in den silbrigen Nebel starrte, schien sich dort etwas zu materialisieren. Es war nicht wirklich eine Gestalt, eher eine Farbe … Lila. Ein einzelner lilafarbener Punkt erschien … dann ein zweiter und ein dritter, bis schließlich viele leuchtende Punkte im Nebel schwebten.

Was ist das?, *fragte sich Gameknight.*

Er machte einen Schritt darauf zu und wappnete sich für einen Angriff. Kaum hatte er daran gedacht, trug er auch schon eine Diamantrüstung, deren kristalline Oberfläche ebenfalls schimmerte, weil sie verzaubert war. Während er weiterging, wurde das Zischen immer lauter … bis er komplett von den lilafarbenen Lichtpunkten umgeben war.

Sie wurden heller.

Sind das etwa meine alten Erzfeinde Malacoda oder Erebus, die wieder zum Leben erwacht sind?, *fragte sich Gameknight.* Nein, das kann nicht sein.

Dann blinzelte einer der Flecken … Es waren Augen … Spinnenaugen!

Sie wurden noch heller, als das Monster einen Schritt auf Gameknight zu machte, doch sie strahlten nicht nur Licht aus, sondern auch … Hass. Das Wesen, dem diese Augen gehörten, hasste Gameknight mit jeder Faser seines

Wesens, und er konnte spüren, dass es ihn auf der Stelle vernichten würde, wenn sich ihm die Gelegenheit bot.

„So lerne ich den Benutzer-der-kein-Benutzer-issst also endlich kennen", sagte eine Stimme aus dem Nebel.

„Zeig dich, Monster!", rief Gameknight.

„Wenn wir bereit sssind", erwiderte die Spinne. „Warum kommssst du nicht näher und nimmssst unsss in den Arm?"

Das schreckliche Zischen des Monsters bewirkte, dass Gameknight eine Gänsehaut bekam.

Im nächsten Moment klackerte es auch noch mit seinen Mundwerkzeugen.

„Ich warte schon ssseit hundert Jahren darauf, dich kennenzulernen, Benutzer-der-kein-Benutzer-issst", fuhr das Monster fort. „Komm, machen wir unsss miteinander bekannt."

„Bleib mir vom Leib, Bestie!"

Er schoss einen Pfeil auf die lilafarbenen Augen, aber der ging einfach durch die Stelle hindurch, an der sich der Kopf des Monsters befinden müsste, als wäre dort bloß Luft. Gameknight hörte, wie sein Pfeil in einiger Entfernung zu Boden fiel, ohne die Spinne verletzt zu haben.

„Ha, ha, ha, dassss war sssüß", spottete die Spinne. „Danke für dasss Geschenk. Nun möchte ich mich aber erssst einmal vorssstellen: Ich bin Shaikulud, die Königin

der Ssspinnen, und schon bald werde ich dich vernichten."

Das Klackern der Mundwerkzeuge wurde lauter, je näher sie kam. Gameknight hörte die rasiermesserscharfen Klauen am Ende jedes ihrer acht Beine über den Boden schaben, wenn sie sich bewegte. Doch sie war weiterhin nicht zu sehen.

„Der Schöpfer hat mir befohlen, dich und deine Freunde zu zerssstören. Sssobald du nicht mehr existierssst, werden meine Kinder Minecraft übernehmen und die NPCsss ein für alle Mal vernichten. Wir werden die Welt, die für unsss bessstimmt war, mit der Hilfe der Grünen zurückerobern."

Gameknight zog den nächsten Pfeil und zielte auf eins der hasserfüllten Augen. Doch auch dieser Pfeil flog zwar geradewegs auf sein Ziel zu, sauste dann jedoch hindurch, als wäre dort nichts als Rauch.

„Ha, ha, ha … Dasss hat gekitzelt", keckerte Shaikulud. „Du musssst deinen armssseligen Widersssstand einssstellen und zu mir kommen, damit ich dich vernichten kann."

Mit einem Mal waren rings um ihn herum klackernde Geräusche zu hören. Gameknight999 spähte in den Nebel und stellte fest, dass sich überall rote Spinnenaugen materialisierten, in denen ebenfalls unbändiger Hass loderte. Er schoss einen Pfeil nach dem anderen auf die Augen ab, aber nichts geschah. Die Pfeile flogen einfach hindurch, als würde er nur auf Schatten schießen. Er wandte sich wieder Shaikulud zu, ließ seinen Bogen fallen und streckte seine rechte Hand aus. Augenblicklich materialisierte sich darin ein schimmerndes Diamantschwert.

„Wenn du mich willst, dann musst du schon herkommen und mich holen, Spinne."

„Allesss zu ssseiner Zeit, Benutzer-der-kein-Benutzer-issst. Vorerssst können sssich meine Töchter ein bisssschen mit dir amüsssieren." Shaikulud hob die Stimme, sodass sie durch das ganze Land der Träume hallte. „Meine Kinder … Attacke!"

Gameknight hörte, dass die Spinnen von allen Seiten auf ihn zugelaufen kamen. Wenn er hierblieb, würden sie ihn vernichten. Daher machte er sich nicht etwa kampfbereit, sondern ließ das Schwert sinken und schloss die Augen. Dann nahm er seine ganze Geisteskraft zusammen und rief, so laut er konnte: „WACH AUF … WACH AUF … WACH AUF!"

KAPITEL 2
CRAFTERS PLAN

Gameknight setzte sich ruckartig auf. Er griff in sein Inventar und zog sein Schwert, während er aufstand, um sich auf den bevorstehenden Spinnenangriff vorzubereiten.

„Stehst du immer so auf?“, fragte jemand in seinem Rücken.

Er drehte sich um und stand seiner Freundin Hunter gegenüber.

Sie kam auf ihn zu und legte ihm eine Hand auf die Schulter. Der Morgen dämmerte, und die ersten goldenen Sonnenstrahlen drangen durch das Blätterdach. Hunters lockige rote Haare schienen in diesem Licht fast schon zu glühen, und kurz sah es so aus, als wäre sie von einer magischen purpurfarbenen Aura umgeben. Doch dann wanderte die Sonne höher, das Licht änderte sich und der magische Augenblick war vorüber.

„Geht es dir gut?“, erkundigte sie sich.

Gameknight blickte auf sein schimmerndes Diamantschwert herab und schaute dann in Hunters warme braune Augen. Er konnte ihr ansehen, dass sie besorgt war, und er wusste, dass sich seine Panik in seinem Gesicht widerspiegelte. Vorsichtig steckte er das Schwert weg und nahm die Umgebung in Augenschein. Sie hielten sich in ihrem behelfsmäßigen Lager mitten im Wald auf, in dem sie sich vor Herobrine und seiner Zombiehorde versteckten. Rings um das Lager standen Holzbarrikaden, die sie bei Anbruch der Nacht errichtet hatten, um die Monster fernzuhalten. In den Baumwipfeln waren Bogenschützen zu erkennen, die wachsam nach Bewegungen im Wald Ausschau hielten.

Sie wurden nicht von Spinnen angegriffen. Er hatte das bloß geträumt. Aber vielleicht war es ja doch mehr gewesen …

„Was ist los, Gameknight?“ Hunter zupfte an seinem Ärmel. „Würdest du mir bitte verraten, was passiert ist? Gibt es …“

„Das Land der Träume“, unterbrach er sie mit zittriger Stimme.

Hunter verstummte augenblicklich. Sie konnte ebenfalls durch das Land der Träume wandeln, genau wie ihre kleine Schwester Stitcher. Sie waren alle drei Traumwandler – eine Seltenheit in Minecraft.

„Was hast du gesehen?“, hakte sie leise nach und trat noch näher an ihn heran. „Doch nicht etwa Erebus oder Malacoda?“ Mit einem Mal wirkte sie ängstlich, als sie die Namen ihrer alten Feinde aussprach.

„Nein“, antwortete Gameknight. „Ewas anderes. Eine Spinne namens Shaikulud.“

„Hast du gerade Shaikulud gesagt?“, fragte jemand hinter ihm.

Gameknight drehte sich um und stellte fest, dass ein Junge mit schulterlangem blondem Haar näher kam, der mit seinen strahlend blauen Augen direkt in seine Seele zu blicken schien. Darin lag eine alterslose Weisheit, als hätten sie Minecraft schon Jahrzehnte länger gesehen, als es eigentlich existierte. Wie alle Dorfbewohner trug auch der Junge eine Robe, die ihn vom Hals bis zu den Fußknöcheln bedeckte, jedoch war seine schwarz und hatte einen grauen Streifen in der Mitte. Sie zeigte seine Position in der Gesellschaft an: Er war der Dorf-Crafter.

Außerdem war Crafter Gameknights bester Freund in Minecraft. Er war der Anführer des Dorfes gewesen, als Gameknight vom Digitalisierer, der Erfindung seines Vaters, vollständig ins Spiel versetzt worden war. Hier war Minecraft weitaus mehr als nur ein Spiel, und aus Gameknight war der Benutzer-der-kein-Benutzer-ist geworden. Sein Benutzername schwebte genau wie bei allen Benutzern über seinem Kopf, aber er hatte keinen schimmernden Serverfaden, der sich in den Himmel erstreckte und ihn mit dem Server verband. Das lag daran, dass sich Gameknight999 *im* Server befand. Er sah aus wie ein Benutzer, war aber ohne Serverfaden keiner, sondern etwas anderes …

„Welchen Namen hast du gerade gesagt, Benutzer-der-kein-Benutzer-ist?", wiederholte Crafter.

„Sie hat sich Shaikulud genannt", antwortete Gameknight.

Crafter wurde kreidebleich.

„Erzählst du uns auch, was das bedeutet?", verlangte Hunter.

Obwohl Crafter wie ein Kind aussah, war er tatsächlich einer der ältesten NPCs (nicht-spielbaren Charaktere) in Minecraft. Bei Gameknights erstem Abenteuer als Benutzer-der-kein-Benutzer-ist hatten Crafter und er es mit einer riesigen Monsterarmee zu tun bekommen und selbst eine Armee aus Benutzern angeführt. Bei diesem Kampf war Crafter, damals noch alt und grauhaarig, umgekommen, doch er hatte genug Erfahrungspunkte gesammelt, um auf der nächsthöheren Serverebene wiederbelebt zu werden, wo er sich im Körper des Jungen wiedergefunden hatte, der er bis heute war. Als ältester NPC von Minecraft wusste er allerdings sehr, sehr viel über dessen Geschichte und Überlieferungen.

„Der Name Shaikulud reicht weit in die Geschichte von Minecraft zurück", erklärte Crafter.

„Was?", mischte sich eine weitere Stimme ein – die von Gameknights Schwester Monet113.

Sie kletterte gerade mit ihrem Bogen in der Hand eine Leiter aus den Baumwipfeln herunter. Im orangefarbenen Leuchten des Sonnenaufgangs sah ihr mitternachtsblauer Skin aus wie ein Schatten. Die hellblauen Streifen auf ihrer Vorderseite vermischten sich mit weißen Flecken auf Brust und Rücken und waren der einzige Hinweis darauf, dass sie keine dunkle Erscheinung aus einem Albtraum war. Ihre hellgrünen Augen strahlten, als sie liebevoll auf ihren Bruder herabblickte. Aber das Auffälligste an ihr waren ihre Haare, diese fluoreszierend blauen Locken, die ihr über die Schultern und den Rücken fielen und einen starken Kontrast zu ihrer dunklen Haut bildeten. Dass Monet Farben liebte, war ihr anzusehen, doch dadurch fiel sie Spähern umso leichter auf.

„Sch", wies Gameknight seine Schwester zurecht und bat Crafter dann: „Bitte sprich weiter."

„Wie ich gerade sagte, wurde der Name Shaikulud schon früh in der Geschichte von Minecraft erwähnt. Meine Urgroßtante Brewer hat uns von einer uralten Kreatur erzählt, die durch die Dschungel von Minecraft streift und ein uraltes Geheimnis bewacht."

„Was denn für ein Geheimnis?", fragte Monet und rieb sich den Schlaf aus den Augen.

„Das weiß keiner", gab Crafter zu. „Ich erinnere mich nur noch, dass mir Brewer erzählt hat, Shaikulud wäre von einem bösen Geschöpf gecraftet worden und würde eines der ältesten Geheimnisse in Minecraft beschützen."

„Das klingt ja aufregend", meinte Monet und erntete einen wütenden Blick von Hunter. „Was denn?"

„Wir müssen konzentriert bleiben und dürfen uns nicht durch unnötige Abenteuer ablenken lassen", entgegnete Hunter, die ganz genau wusste, wie impulsiv Monet sein konnte.

Auf einmal hallte das Jaulen von Wölfen durch

die Luft. Den Freunden war bereits aufgefallen, dass ungewöhnlich viele Wölfe zu sehen waren, doch diese griffen nicht an und blieben stets außer Sicht. Herder, einer der NPCs, die sie begleiteten, war losgezogen, um die Tiere zu ihnen zu holen. Als Hüter der Tiere wollte Herder jedes einzelne Tier beschützen, aber die Wölfe brauchten seinen Schutz eigentlich nicht. Nachdem sie sich mit Herder angefreundet hatten, bewachten die Wölfe vielmehr die NPCs und hielten nach Monstern Ausschau.

In diesem Augenblick lief Herder an ihnen vorbei und in die Richtung, aus der das Heulen gekommen war. Er sprang über die hölzerne Barrikade, verschwand im Wald und machte sich auf die Suche nach den scheuen Tieren.

Jemand lachte.

„Da zieht der Wolfsmann wieder los", sagte einer der NPCs.

„Hoffentlich bringt er dieses Mal welche mit", setzte ein anderer hinzu.

Wolfsmann war der neue Name, mit dem die meisten NPCs Herder nun ansprachen. Früher waren sie über den Jungen hergezogen, hatte ihn als Schweinejungen beschimpft und tyrannisiert. Aber nachdem er sie auf den Stufen zur Quelle gerettet hatte, indem er mit einem riesigen Wolfsrudel aufgetaucht war, hatten die NPCs begriffen, dass seine Andersartigkeit etwas Positives war, über das man nicht spotten durfte. Inzwischen waren er und seine Wölfe allseits beliebt.

„Erzähl weiter, Crafter", verlangte Hunter.

„Ach ja", murmelte der NPC. „Jedenfalls war diese Shaikulud eine äußerst gefährliche Kreatur. Urgroßtante Brewer wusste zwar nicht, was für ein Monster sie war, meinte jedoch, dass sie ausgesprochen stark und bösartig sei. Es wäre besser, wenn wir Ärger mit ihr vermeiden."

„Wir wollen mit gar keinem Monster Ärger, wenn es nicht unbedingt erforderlich ist", warf Sticher, Hunters kleine Schwester, ein, die nun ebenfalls auf die Gruppe zutrat.

Gameknight drehte sich zu ihr um. Sie war viel kleiner als Hunter, hatte aber das gleiche lockige rote Haar, das sich bei jedem ihrer Schritte bewegte. Ihre Miene unterschied sich jedoch stark von Hunters. Während des Krieges hatten Monster das Dorf der Schwestern zerstört und ihre Eltern getötet. Sticher war in Gefangenschaft geraten und hatte als Sklavin im Nether arbeiten müssen. Zwar war es Gameknight gelungen, sie zu retten, doch in Hunter loderte weiterhin unbändiger Zorn. Sie wollte sich an den Monstern von Minecraft rächen und sie für das bezahlen lassen, was sie ihrer Schwester und ihrem Dorf angetan hatten. Diese Wut drohte, sie zu verschlingen, und Gameknight und Stitcher sorgten sich deswegen um sie.

„Sie ist eine Spinne", sagte Gameknight mit vor Furcht zittriger Stimme, „die Königin der Spinnen, und ich glaube, sie weiß, dass wir hier sind."

„Warum sind ständig irgendwelche königlichen Monster hinter dir her?", erkundigte sich Hunter scherzhaft. „Zuerst der König der Endermen, dann der Netherkönig, danach der Zombiekönig … und jetzt die Spinnenkönigin. Was hast du nur an dir, das all diese Kreaturen anzieht?"

„Das muss an meiner faszinierenden Persönlichkeit liegen", mutmaßte er und lachte nervös auf.

„Wie dem auch sei", fuhr Crafter fort. „Wir werden jedenfalls versuchen, Shaikulud aus dem Weg zu gehen. Können wir das Lager abbrechen?"

„Ja", ertönte eine dröhnende Stimme hinter ihm.

Gameknight drehte sich um und stellte fest, dass der bullige Digger sich ihnen näherte. Seine breiten Schultern und muskulösen Arme waren das Resultat der vielen Stunden, die er in den Minen des Dorfes verbracht hatte, und seine Stärke hatte ihnen in den vielen Schlachten der letzten Tage sehr geholfen.

„Dann verschwinden wir von hier", fügte Hunter hinzu.

„Aber in welche Richtung gehen wir?", wollte Gameknight wissen. „Crafter, du hast uns vom Orakel im Dschungeltempel auf diesem Server erzählt, aber wo genau können wir es finden?"

„Darüber habe ich schon nachgedacht, und ich bin zu dem Schluss gekommen, dass wir weitere Informationen brauchen, damit wir den Tempel des Orakels finden können."

„Aber wo sollen wir die denn herbekommen, von Google?", fragte Monet.

„Was ist ein Google?", erwiderte Stitcher.

Gameknight und Monet lachten.

„Was ist?", wollte der junge NPC wissen.

„Ach, nichts", antwortete Gameknight. „Das ist nur etwas, das wir in der physikalischen Welt nutzen, wenn wir Informationen suchen. Es ist in etwa so, als wären alle Bücher der Welt online verfügbar."

„Genau so was brauchen wir", stellte Stitcher fest.

„So etwas gibt es auch hier in Minecraft“, erklärte Crafter, und sofort starrten ihn alle verblüfft an. „Die Bibliothek.“

„Ihr habt eine Bibliothek in Minecraft?“, hakte Gameknight nach.

„Ja, und du bist sogar schon mal dort gewesen. Erinnerst du dich nicht mehr?“

„Aber natürlich, in der Festung“, begriff Gameknight.

„Ganz genau.“

„In der Festung … Was ist eine Festung?“, wollte Monet wissen.

„Festungen gibt es auf jedem Server“, erläuterte Crafter. „Sie sind gut versteckt, sodass nur jene mit den richtigen Gegenständen und Informationen sie betreten können. Beim letzten Mal hatten wir die Eisenrose, die uns die Richtung gewiesen hat, doch ohne sie werden wir die Festung auf andere Weise finden müssen.“

„Enderaugen“, murmelte Gameknight.

„Was hast du gesagt?“, fragte Hunter.

„Wir brauchen Enderaugen. Sie werden uns den Weg zur Festung weisen.“

Crafter sah seinen Freund an und wirkte gleichzeitig neugierig und verwirrt.

„Weißt du etwa nicht, was Enderaugen sind, Crafter?“, wollte Gameknight wissen.

Der junge NPC mit den alten blauen Augen schüttelte nur den Kopf.

Grinsend warf sich der Benutzer-der-kein-Benutzer-ist ein wenig in die Brust, als ihm klar wurde, dass er etwas über Minecraft wusste, von dem Crafter keine Ahnung hatte.

„Hey.“ Hunter boxte Gameknight sanft gegen den linken Arm. „Wirst du uns jetzt verraten, was das sein soll, oder willst du nur weiter blöd grinsend rumstehen?“

„Wenn man ein Enderauge wirft, fliegt es direkt auf die Festung zu. Und wenn man über der Festung steht, saust es einfach durch den Boden. Wir brauchen nur ein paar Enderaugen, und schon können wir die Festung problemlos finden.“

„Du hast nicht zufälligerweise ein paar dabei?“, fragte Hunter.

„Leider nicht.“

Sie seufzte und verdrehte die Augen.

„Aber ihr habt welche hier“, warf Monet113 ein. Alle starrten sie überrascht an. „Was denn? Ich habe mich über Minecraft schlaugemacht und alles Mögliche gelesen, bevor ich mit dem Spielen angefangen habe. Daher weiß ich auch einiges. Einer der Dorfbewohner hat garantiert Enderaugen dabei. Ist ein Dorfpriester hier?"

„Selbstverständlich", antwortete Crafter. „In jedem Dorf gibt es einen NPC-Priester."

„Man kann bei ihm Smaragde gegen Enderaugen eintauschen", erklärte Monet. „Wir könnten aber auch welche craften. Kombiniert einfach Lohenstaub mit einer Enderperle. Nach der letzten Schlacht an der Treppe zur Quelle solltet ihr doch von beidem reichlich haben."

Crafter griff in sein Inventar und holte zwei Enderperlen heraus. Die blassblauen Kugeln waren in der Mitte dunkler und sahen aus, als befände sich dort die Pupille eines türkisfarbenen Auges. Gameknight fand, dass sie unheimlich wirkten, und erschauderte, als er daran dachte, wie sie sie erhalten hatten: im Kampf gegen einen Enderman. Nachdem er sie wieder weggesteckt hatte, musterte Crafter die anderen NPCs. Sie starrten alle erst Monet und dann Gameknight an und staunten, weil die beiden so viel wussten.

„Ich habe mir ein paar Notizen gemacht, und sie hat sie gefunden ... Okay?", sagte Gameknight, da er das Gefühl hatte, sich verteidigen zu müssen.

Die anderen lachten, während er eine schuldbewusste Miene zur Schau trug.

„Ihr habt Monet113, die Schwester des Benutzers-der-kein-Benutzer-ist, gehört … Machen wir uns an die Arbeit“, ordnete Crafter an.

Sofort setzten sich alle in Bewegung, um den Priester zu suchen und die benötigten Dinge zu beschaffen.

Gameknight trat neben seine Schwester und strahlte vor Stolz. Ihr Wissen war genau das, was sie jetzt brauchten. Er legte einen Arm um ihre Schultern und blickte auf sie herab.

„Ich bin noch immer sauer auf dich, weil du den Digitalisierer genutzt hast, um nach Minecraft zu kommen.“

Ihr zufriedenes Lächeln verblasste ein wenig.

„Aber ich bin auch froh, dass du jetzt hier bist“, gab er zu, und sie strahlte ihn an. „Doch du darfst nie vergessen, dass das hier kein Spiel ist. Die Monster hier wollen dich alle vernichten, und ich weiß nicht, was aus uns wird, wenn ihnen das gelingt.“

„Du kannst einen wirklich beruhigen, Bruderherz.“

„Bleib ernst“, schimpfte er. „Ich bin für dich verantwortlich, solange wir in Minecraft sind, und das bedeutet, dass du auf mich hören und tun wirst, was ich sage ... Hast du verstanden?"

Monet verdrehte die Augen ... So ähnlich, wie Gameknight es immer bei seinen Eltern machte.

„Verstanden?!"

„Ja ... Ja."

Gameknight versuchte sich an einem fröhlichen Lächeln, aber das Stöhnen eines Zombies in der Ferne sorgte dafür, dass er sich umdrehte. Er schaute misstrauisch in den Wald und malte sich aus, welche Monster in der Wildnis wohl auf sie lauerten. Das Bild der schrecklichen, hasserfüllten Augen tauchte erneut in seinem Kopf auf, und ihm lief es vor Angst eiskalt den Rücken herunter.

KAPITEL 3
HEROBRINES VERWANDLUNG

Herobrine materialisierte sich auf einer grasbewachsenen Anhöhe, von der aus man auf ein Dorf herabblickte und einen dichten Wald im Rücken hatte. Es war ein malerischer Anblick. Das Dorf lag genau zwischen zwei grünen Hügeln, auf denen zahlreiche bunte Blumen wuchsen, sodass es aussah, als hätte man zwei mit Zuckerstreuseln bedeckte Eiskugeln vor sich. In der Dorfmitte ragte ein hohes, steinernes Gebäude auf, das viel größer war als die anderen Häuser: Das war der Wachturm, den es in jedem Dorf gab. Darauf hielt der NPC mit den besten Augen nach angreifenden Monstern Ausschau. Das Dorf war von einer Bruchsteinmauer umgeben, einer Befestigungsanlage, die vom letzten Kampf um Minecraft übrig geblieben war. Dank der Türme für Bogenschützen und Wehrgänge konnten die Dorfbewohner normale Monster fernhalten, aber gegen Herobrine hatten sie keine Chance.

Durch die Dorfmitte führte ein langsam fließender Fluss, für den man Eisengitter in die Mauer eingelassen hatte, damit das Wasser ungehindert ins Dorf fließen konnte. Jenseits des Dorfes schlängelte er sich weiter durch die Landschaft, bis er in der Ferne verschwand. Jeder andere hätte den Anblick als wunderschön beschrieben, aber Herobrine war angeekelt.

„Wieso können diese NPCs nicht unter der Erde in dunklen Höhlen und finsteren Gängen leben?", sagte er laut, obwohl niemand bei ihm war. „Dort sollten sie sein … verborgen, damit niemand sie finden kann. Tja, ich werde dafür sorgen, dass dieses Dorf für alle Zeiten vom Angesicht Minecrafts verschwindet."

Er grinste breit, wobei er die Zähne zeigte, und stieß dann ein sadistisches Lachen aus, bei dem sich das Gras unter seinen Füßen vor Furcht wand. Mit geschlossenen Augen lauschte er auf die Musik von Minecraft und konnte das Innenleben der Software spüren, die alles auf diesem Server steuerte. Sofort merkte er, dass sein Feind Gameknight999 ebenfalls hier war. Dank seiner Kräfte als Schatten-Crafter fühlte Herobrine sein Opfer, als wäre es ein Dorn am Stiel einer Blume. Die Anwesenheit des Benutzers-der-kein-Benutzer-ist veränderte die Musik von Minecraft wie die Nachwirkung eines in der Ferne tobenden Sturms. Zwar konnte Herobrine seine genaue Position nicht herausfinden, aber er spürte ihn, und allein die Tatsache, dass Gameknight999 hier war, erfüllte die böse Kreatur mit beinahe unkontrollierbarer Wut.

Wie ich sehe, bist du noch immer auf diesem Server, mein Freund, dachte er. *Hervorragend. Wenn ich spüre, dass du versuchst, das Tor des Lichts zu aktivieren, werde ich da sein und an deiner Seite in die physikalische Welt übergehen. Danach werde ich mich an all jenen rächen, die mich in diesem Spiel gefangen gehalten haben. Sobald die Minecraft-Server zerstört sind, folgt die physikalische Welt. Ich werde eure zerstörerischen Waffen gegen euch wenden und nur lachen, wenn die Benutzer in der physikalischen Welt um Gnade und Verzeihung flehen … Denn sie werden beides nicht bekommen.*

Er lachte erneut und malte sich die Angst aus, die um sich greifen würde, bevor er wieder auf das Dorf herabblickte.

„Aber zuerst muss ich rausfinden, wo du dich versteckst, Gameknight999", stellte er fest. „Ich bin gespannt, was mir die NPCs in diesem armseligen Dorf verraten können."

Herobrine schloss die Augen, sammelte seine Kräfte und streckte seine Sinne aus.

„Kommt, meine Kinder. Ich benötige eure Dienste", rief er.

Im nächsten Augenblick ertönte das Klackern der Spinnen im dichten Wald, begleitet vom Geräusch zahlloser Creeperfüße. Eine Armee aus riesigen schwarzen Spinnen tauchte zwischen den Bäumen auf und lief seitlich an den Stämmen entlang, als würde die Schwerkraft sie nicht beeinflussen.

„Geht, meine Freunde, und zerstört das Dorf da unten", ordnete er an. „Lasst niemanden am Leben."

Während die Monster die grasbewachsene Anhöhe herunterrannten, hörte er, wie unten Alarm geschlagen wurde: Jemand schlug mit einem Schwert gegen eine gepanzerte Brustplatte. Wahrscheinlich hatte der Ausguck im Wachturm die Monster entdeckt.

Der finstere Schatten-Crafter konnte die Schreie der Dorfbewohner hören, die zu den Waffen griffen und Rüstungen anlegten, um sich auf den unausweichlichen Kampf vorzubereiten. Er schloss die Augen, teleportierte sich ins Dorf und materialisierte sich in der Nähe des Brunnens, der ungenutzt neben dem Fluss stand. Im Dorf herrschte geordnetes Chaos. Die NPCs nahmen ihre Verteidigungspositionen ein, und Herobrine beobachtete die Bogenschützen, die auf die Mauern kletterten oder die Türme bemannten.

Er trat auf den nächsten Dorfbewohner zu, packte ihn am Kragen und zerrte ihn hinter eines der Häuser.

„Was soll das?", fragte der Dorfbewohner. „Wer bist du?"

„Ich will wissen, wo der Benutzer-der-kein-Benutzer-ist hingegangen ist, und du wirst es mir sagen."

„Was redest du denn da?" Der NPC starrte ihn verwirrt an.

Im nächsten Augenblick hatte Herobrine sein Diamantschwert in der Hand und schlug auf den Dorfbewohner ein. Schon hatte der die Hälfte seiner Gesundheit verloren. Herobrine schüttelte ihn erneut, und seine Augen leuchteten vor Zorn.

„Ich werde dich das ein letztes Mal fragen", teilte er dem NPC mit leiser, aber bedrohlicher Stimme mit. „Wo versteckt sich der Benutzer-der-kein-Benutzer-ist?"

„Ich weiß nicht, was du meinst", stammelte der NPC.

Der Kleidung nach hatte Herobrine einen

Schmied vor sich, der vermutlich die meiste Zeit in der Nähe der Öfen und Schmieden verbrachte und nicht besonders viel mitbekam. Er schlug mit aller Kraft zu, sodass die Gesundheit des NPCs mit einem Schlag aufgebraucht war. Der Schmied verschwand mit leisem Ploppen und hinterließ einige Gegenstände sowie drei Erfahrungskugeln.

„Schon bald werde ich wissen, was du weißt, Schmied, auf die eine oder andere Weise."

Herobrine trat grinsend vor und nahm zum ersten Mal seit sehr langer Zeit Erfahrung in sich auf. Ein weißes Glühen umgab seinen Körper, als die Erfahrung in seinen Computercode integriert wurde. Dadurch wurde eine Verwandlung ausgelöst, und er veränderte sein Aussehen nach und nach, bis er von seinem letzten Opfer nicht mehr zu unterscheiden war. Aus dem dunklen Schatten-Crafter in der pechschwarzen Robe wurde ein kleiner, stämmiger NPC in dunkelbrauner Robe, der eine staubige schwarze Schürze trug. Alles hatte sich genau so abgespielt, wie Herobrine es erwartet hatte.

Er spürte, wie der Verstand des Schmieds mit seinem eigenen rang und der gefangene Computercode in Panik geriet. Anfangs wehrten sie sich immer, aber sie gaben stets auf, sobald sie begriffen, dass ihr Schicksal besiegelt war. Dann konnte Herobrine ihre Gedanken und Erinnerungen anzapfen.

Sofort sah er sich im Kopf des Schmieds um. Wie sich herausstellte, wusste der NPC tatsächlich nicht, wo sich der Benutzer-der-kein-Benutzer-ist aufhielt.

Eine Explosion erschütterte den Boden. Einer der Creeper war irgendwo außerhalb des Dorfs explodiert. Herobrine ging zur Straße und schaute zur Mauer hinüber. Die Dorfbewohner hatten sich alle auf einer Dorfseite versammelt, da die dämlichen Spinnen offenbar nur hier angriffen … Dumme Kreaturen.

Sie werden noch eine Weile allein zurechtkommen müssen, dachte er. *Zuerst muss ich herausfinden, wo sich mein Feind versteckt … Das ist wichtiger als die Zerstörung dieses Dorfes.*

Da kam ihm eine Idee … Nein, eigentlich kam sie nicht ihm, sondern dem gerade besiegten Schmied. Der Gedanke bestand nur aus einem einzigen Wort, das jedoch Wirkung zeigte.

Crafter.

Aber natürlich. Ich werde ihren Crafter fragen.

Er sah sich auf dem Dorfplatz um und entdeckte den Crafter vor der befestigten Mauer. Der NPC wies soeben die Bogenschützen an, sich auf strategische Ziele zu konzentrieren, um ihre Verteidigung besser zu koordinieren. Herobrine teleportierte sich zu ihm, und der Crafter drehte sich erstaunt zu ihm um.

„Was machst du denn hier, Blacky?“, wollte der Crafter wissen. „Du sollst doch an der Südmauer Wache halten.“

Herobrine packte ihn am Kragen, hob sein Schwert und schlug auf den Crafter ein. Bevor auch nur einer der anderen NPCs reagieren konnte, hatte er die Gesundheit des Crafters auch schon aufgebraucht, der mit leisem Geräusch verschwand und all sein Werkzeug sowie drei Erfahrungskugeln zurückließ. Herobrine machte einen Schritt nach vorn, nahm die Kugeln in sich auf und spürte sofort das Wissen und die Macht, die damit einhergingen. Einige der anderen Dorfbewohner hatten die Attacke bemerkt und schrien, aber keiner war mutig genug, sich ihm zu nähern.

Sobald das Licht, das ihn umgab, schwächer wurde, sahen die Dorfbewohner wieder ihren unverletzten Crafter dort stehen und waren völlig durcheinander. Herobrines Augen leuchteten vor

Aufregung, als die Gedanken des Crafters durch seinen Verstand rauschten, doch dann musste er verblüfft feststellen, dass auch der Crafter keine Antwort für ihn hatte. Das ganze Dorf schien nicht zu wissen, wo sich der Benutzer-der-kein-Benutzer-ist aufhielt … und das machte ihn furchtbar wütend.

Mit vor Hass lodernden Augen verschwand er und materialisierte sich neben einem Creeper. Er legte dem Monster eine Hand auf die Schulter und teleportierte sich mit ihm zurück ins Dorf. Dort stellte er den Creeper neben die befestigte Mauer und gab ihm einen Befehl … den einzigen Befehl, den diese dummen Kreaturen überhaupt verstanden.

„Explodiere", verlangte er.

Sofort fing der Creeper an zu leuchten und sich aufzublähen, als die Detonationssequenz eingeleitet wurde. Herobrine entfernte sich einige Schritte von ihm und sah hocherfreut zu, wie der Creeper in die Luft flog und ein riesiges Loch in die Mauer riss.

„Kommt, meine Kinder, und gehorcht dem Schöpfer", rief Herobrine den Spinnen und Creepern zu.

Beim Klang seiner Stimme drängelten sich dreißig Spinnen wie eine finstere Woge durch die Lücke in der Mauer. Danach folgten die Creeper, die auf ihren kleinen, schweineartigen Füßen rasch angetrabt kamen, während sie nach Zielen suchten, die sie zerstören konnten.

Mit zufriedenem Grinsen teleportierte sich Herobrine zurück auf den grasbewachsenen Hügel. Er blickte erfreut auf das Geschehen unter sich herab und lauschte den Rufen und Schreien, die an seine Ohren drangen. Dieses Dorf würde mitsamt seinen Bewohnern von der Oberfläche Minecrafts verschwinden.

Als er an sich herabschaute, stellte er fest, dass er noch immer die traditionelle Kleidung eines Dorf-Crafters trug, die schwarze Robe mit dem grauen Streifen in der Mitte. *Eine erwartete Nebenwirkung, die ich zu meinem Vorteil nutzen kann,* dachte er.

„Ich komme dich holen, Gameknight999", verkündete er niemandem … oder allen. „Mal sehen, ob du mich jetzt noch erkennst."

Herobrine stieß ein gemeines Lachen aus und verschwand.

KAPITEL 4
ÜBERRASCHUNGSANGRIFF

Gameknight ging neben seiner Schwester durch den Wald und hielt sein schimmerndes Diamantschwert kampfbereit in der Hand. Immer wieder sah er sich misstrauisch um und hielt Ausschau nach Monstern. Die NPCs wirkten unbesorgt, da die Sonne hoch am Himmel stand, doch unter dem Blätterdach dieses dichten Waldes herrschte eigentlich immer Schatten, was wiederum bedeutete, dass die Zombies jederzeit angreifen konnten.

Er musterte Monet, die ihren Bogen in der Hand hielt und im Gehen Schießübungen auf Bäume machte. Stitcher, die es sich zur Aufgabe gemacht hatte, Monet113 das Schießen beizubringen, lief neben ihr her. Gameknights Schwester lernte schnell, und schon jetzt zeigte sich, dass sie eine begabte Bogenschützin war. Hinter seiner Schwester marschierte Tiller, die Monet gewissermaßen adoptiert hatte. Im ersten Kampf um Minecraft hatten Erebus und die Monster der Oberwelt Tillers Dorf überfallen und ihre Tochter getötet. Die alte Frau hatte sich nie ganz von dem Verlust erholt, bis Monet aufgetaucht war. Nun kümmerte sie sich bei jeder Gelegenheit um sie und sorgte dafür, dass sie zu essen bekam und es warm hatte, als wäre sie ihr eigenes Kind.

„Ein guter Schuss, Schatz", lobte Tiller sie.

Monet drehte sich um und sah die alte Frau lächelnd an, während sie den nächsten Pfeil aus dem Inventar zog.

Tiller arbeitete normalerweise auf dem Feld und bereitete den Boden für die Pflanzen vor. Sie trug eine dunkelbraune Robe mit hellbraunem Streifen in der Mitte. Während sie hinter Monet herging, wippte ihr schulterlanges schwarz-weißes Haar, das ihr fröhliches Gesicht und ihre warmen haselnussbraunen Augen einrahmte.

Alle Dorfbewohner hatten Monet sofort ins Herz geschlossen, einerseits, weil sie die Schwester des Benutzers-der-kein-Benutzer-ist war, andererseits aber auch, weil sie in ihr einen freien Geist erkannten, der in allem etwas Schönes fand … in der Farbe des Himmels bei Sonnenuntergang, in der Textur der Haut eines Zombies im Mondlicht, im Funkeln des Morgentaus auf einem Spinnennetz … Alles war in ihren Augen schön, und ihre Bewunderung für ihre Umgebung war sogar jetzt, wo sie in ständiger Gefahr schwebten, ansteckend.

Monet hatte das Spiel erst vor wenigen Tagen betreten und besaß so gut wie nichts außer dem, was sie am Leib trug. Daher schenkten ihr viele NPCs die Dinge, die sie benötigte: eine Werkbank, eine Spitzhacke, eine Schaufel, eine Axt, ein Schwert … Jeder wollte etwas beitragen. Aber das Geschenk des Schmieds lag ihr besonders am Herzen. Es war Smithy gelungen, genug Eisen aufzutreiben, um ihr eine vollständige Rüstung herzustellen. Sie war so glücklich darüber gewesen, eine eigene Rüstung zu besitzen, dass sie sie sofort angezogen hatte. Natürlich hatte sie sie umgehend bemalt, sodass jetzt gelbe Flecken, ergänzt von grünen und roten Streifen, die Front und rosa Tupfen die Arme und Beine und Blau die Taille zierten. Sie glich einem wandelnden Regenbogen, und jeder NPC, der sie erblickte, musste lächeln. Es war beinahe so, als hätte sie dieses Kunstwerk nur für sie geschaffen, um etwas Schönheit in diese gefährliche Welt zu bringen, und alle freuten sich darüber.

Ein wenig verwirrt blickte Gameknight auf sie herab. Seine Schwester schien nicht die geringste Angst zu haben. Jedes Monster in Minecraft war hinter ihnen her, weil Herobrine es befohlen hatte. Aber sie schien die Gefahr einfach zu ignorieren. Entweder war Monet unglaublich tapfer oder einfach noch zu jung, um zu begreifen, was auf dem Spiel stand – Gameknight war sich nicht sicher, was davon zutraf.

Sie näherten sich dem Waldrand und gelangten auf eine offene Ebene.

„Die Bäume haben uns Deckung gegeben", sagte Gameknight, „aber ich bin dennoch froh, dass wir wieder aus dem Schatten kommen."

„Müssen wir da langgehen?", fragte Monet.

„Wir müssen den Weg nehmen, den uns die Enderaugen vorgeben", erwiderte Gameknight. „Nur so gelangen wir zur verborgenen Festung."

Am vorderen Ende der Kolonne waren Crafter und Digger zu sehen. Die beiden warfen Enderaugen in die Luft und liefen in die Richtung, in die diese wegflogen. Dabei übernahm der starke Digger das Werfen, während Crafter die Augen überwachte. Sie wiederholten das Ganze etwa alle hundert Blöcke, damit ihnen der Vorrat an Enderaugen nicht zu schnell ausging. Die leuchtenden Kugeln führten die Gruppe in Richtung der aufgehenden Sonne – nach Osten.

Nachdem sie den Wald verlassen hatten und auf der Ebene weitergingen, hatte Gameknight das seltsame Gefühl, dass sie beobachtet wurden. Er schaute sich immer wieder um.

„Was ist los?“, erkundigte sich Monet.

„Ich weiß es nicht … Ich habe so ein komisches Gefühl“, erwiderte Gameknight. „Bleib dicht bei Stitcher. Ich werde mal nach hinten gehen.“

„Ich möchte bei dir bleiben“, beschwerte sie sich.

„Nein … Du tust, was ich sage“, fauchte Gameknight. „Das hier ist kein Spiel, und ich muss sicherstellen, dass niemandem etwas passiert. Sie sind alle nur meinetwegen hier, daher muss ich mich vergewissern, dass uns keine Gefahr droht.“

„Komm, Schätzchen“, mischte sich Tiller ein. „Lass uns weiter nach vorn gehen, wo es sicherer ist.“

Monet113 sah Tiller lächelnd an, drehte sich aber noch einmal zu Gameknight um und zog einen Schmollmund.

Er ignorierte ihren Versuch, ihn zum Einknicken zu bringen, drehte sich um und rannte ans hintere Ende ihrer Formation. Dabei hörte er, wie Stitcher einigen Kriegern befahl, ihm zu folgen. Die NPCs gehorchten, und das nicht nur, weil Stitcher sich dank ihrer Schießkünste ihren Respekt erworben hatte, sondern weil sie sich vor ihrer großen Schwester Hunter fürchteten. Wenige Sekunden später kam einer der Soldaten mit einem Pferd für Gameknight im Schlepptau angeritten. Ohne zu fragen, saß der Benutzer-der-kein-Benutzer-ist auf und ritt weiter nach hinten. Ihm fiel auf, dass ihm immer mehr Kavalleristen folgten. Am Waldrand blieb er stehen und wartete, bis alle Dorfbewohner auf der Ebene angekommen waren, um ihnen dann langsam zu folgen und dafür zu sorgen, dass ihnen nichts geschah.

Als sie weiterritten, hörte er plötzlich ein Geräusch und wendete sein Pferd. In den Baumwipfeln waren zwischen den Blättern dunkle Gestalten zu erkennen … mit vielen roten Augen. Dort lauerten richtig viele Spinnen!

„Wir werden angegriffen! Lauft!“, schrie Gameknight.

Die Dorfbewohner, die nach den ständigen Angriffen auf ihr Dorf und den Kämpfen im Wald kampferprobt waren, zogen ruhig ihre Waffen und warteten auf weitere Befehle.

„Geht weiter von den Bäumen weg“, ordnete er an. „Noch greifen sie nicht an, aber es wird nicht mehr lange dauern."

Crafter und Digger kamen angerannt, und Hunter war ihnen dicht auf den Fersen.

„Was ist denn los?", fragte Crafter.

Gameknight zeigte auf die Baumwipfel.

„Wahrscheinlich warten sie auf weitere Spinnen oder auf Anweisungen von ihrem Anführer", überlegte Crafter. „Spinnen sind Einzelgänger und arbeiten nur zusammen, wenn sie dazu gezwungen werden. Solange ihnen kein Befehl erteilt wird, werden sie auch kein Spinnenbein rühren."

„Das müssen wir ausnutzen", brummte Digger mit seiner tiefen Stimme. „Vor uns liegt ein Hügel zwischen zwei Flüssen. Dort könnten wir uns gut verteidigen."

Gameknight drehte sich um und ließ den Blick über das Terrain schweifen. Vor ihm stieg der Boden langsam an und formte einen großen Hügel, um den zwei Flüsse herumflossen, die sich dahinter vereinten und ein „V" bildeten. Dies war in der Tat ein guter Ort, um eine Abwehrstellung zu errichten.

„Du musst die Leute so schnell wie möglich dorthin bringen, Digger." Gameknight stieg ab und zog sein Schwert. „Krieger, steigt von euren Pferden und übergebt sie an die Älteren und Schwächeren. Wir bilden die Nachhut, während der Rest des Dorfs den Hügel erklimmt."

Die Soldaten sprangen sofort von ihren Pferden und überließen sie den anderen. Dann stellten sie sich mit gezogenen Waffen neben Gameknight.

„Digger ... Geht!"

Der große NPC rannte los, wobei er den anderen Dorfbewohnern Anweisungen zurief. Bevor auch Crafter gehen konnte, hielt Gameknight ihn fest.

„Crafter, erinnerst du dich noch an die kleine Überraschung, die wir den Monstern an der Brücke ins Nichts bereitet haben, nachdem wir die Eisenrose besorgt hatten?"

Crafter nickte lächelnd.

„Großonkel Weaver würde dich mögen." Der junge NPC lief ebenfalls los und erteilte Befehle.

„Wie ... Was?" Monet trat zu Gameknight und sah ihn verwirrt an. „Wer ist Großonkel Weaver?"

„Crafters Großonkel. Er hat mal gesagt: ‚Die meisten Monsterprobleme lassen sich mit etwas Kreativität und ein wenig TNT lösen'", erklärte Gameknight. „Crafter wird den Spinnen eine kleine Überraschung bereiten." Dann starrte er seine Schwester wütend an. „Was machst du überhaupt hier? Du solltest dich auf dem Hügel in Sicherheit bringen."

Als er zum Hügel hinüberschaute, konnte er sehen, wie Tiller winkend auf sie zugelaufen kam.

„Ich werde mit dir kämpfen", gab Monet zurück. „Du hast doch gesehen, wie gut ich inzwischen mit dem Bogen umgehen kann."

„Mach dich nicht lächerlich, Monet, das wird gefährlich. Krieg ist nichts für kleine Kinder."

„Aber du bist auch ein Kind."

„Nicht in Minecraft", widersprach Gameknight ihr. „Hier bin ich der Benutzer-der-kein-Benutzer-ist und ein erfahrener Krieger. Du hingegen bist nur ein Kind. Und jetzt verschwinde dorthin, wo es sicher ist."

„NEIN!"

Gameknight seufzte und winkte den Schmied zu sich.

„Smithy, bitte eskortiere meine Schwester auf den Hügel zu den restlichen Dorfbewohnern", wies Gameknight ihn an. „Sollte sie sich weigern, trag sie einfach. Sie kann nicht hierbleiben. Ich … äh … brauche ihre Hilfe beim Errichten der Abwehrstellung … Ja, genau …" Er beugte sich vor und sah dem Schmied in die Augen. „Verstanden? Ich darf nicht dadurch abgelenkt werden, dass ich meine kleine Schwester beschützen muss, während eine Spinnenarmee angreift."

Smithy nickte, nahm Monets Hand und marschierte mit ihr im Schlepptau zum Hügel. Monet seufzte und folgte dem großen NPC widerwillig und enttäuscht.

Mit zufriedenem Grinsen wandte sich Gameknight wieder dem Wald zu. Als er sein Schwert aus dem Inventar holte, sprach ihn jemand an.

„Du hättest ein bisschen netter sein können."

Neben ihm stand Stitcher und blickte mit gerunzelter Monobraue zu ihm auf.

„Sie kann nicht hier unten bleiben, sie ist bloß ein Kind", entgegnete Gameknight.

„Das bin ich auch", stellte sie fest. „Muss ich jetzt auch zu den alten Frauen gehen und mich verstecken?"

„Natürlich nicht, Stitcher. Ich brauche dich hier. Außerdem ist das etwas anderes. Du bist kein Kind … Du bist Stitcher. Wir haben schon oft Seite an Seite gekämpft, und ich weiß, dass du zurechtkommst. Aber Monet ist zu jung und hat noch nicht genug Erfahrung. Ich kann nicht darauf vertrauen, dass sie auf dem Schlachtfeld zurechtkommt."

„Da passiert was!“, rief einer der Krieger.

Gameknight drehte sich zur Baumgrenze um. In den Wipfeln tauchten immer mehr Spinnen auf, deren zorniges Klackern anschwoll, bis es wie ein riesiger wütender Grillenschwarm klang. In den leuchtend roten Augen, die durch die Blätter zu sehen waren, funkelte ein solcher Hass, dass Gameknight ihn beinahe spüren konnte. Er war entsetzt. Diese Spinnen verabscheuten die NPCs mit einer Intensität, die alles andere zu übertrumpfen schien.

Warum hassen diese Monster die NPCs so?, fragte er sich.

„Lasst euch alle zurückfallen“, befahl Gameknight. „Zieht eure Bögen, und haltet euch bereit. Bildet zwei Reihen, und verteilt euch. Die Spinnen dürfen nicht an uns vorbeigelangen. Die Krieger hinter uns brauchen Zeit, um die Abwehr zu errichten, und diese Zeit werden wir ihnen verschaffen.“

Die Krieger jubelten, steckten die Schwerter weg und zogen stattdessen die Bögen. Sie legten Pfeile an, zielten auf die Monster in der Ferne und gingen langsam rückwärts. Gameknight sah Bewegungen in den Bäumen. Irgendetwas Grünes und Geflecktes huschte zwischen den großen Eichen herum. Kreaturen auf winzigen Füßen. Als sie den Waldrand erreichten, wusste Gameknight Bescheid: Es waren Creeper.

Na toll … Noch mehr Monster.

Gameknight trat vor und wandte sich an seine Krieger. In ihren Gesichtern las er Stolz, aber auch Furcht. Sie wussten, dass sie zahlenmäßig unterlegen waren und dass es keine gute Idee war, im Freien gegen eine Horde Spinnen zu kämpfen. Dennoch sahen sie Gameknight voller Hoffnung an und erwarteten, dass er sie rettete.

Ihr Leben liegt in meinen Händen … Sie verlassen sich darauf, dass ich sie beschütze.

Ob es ihm nun gefiel oder nicht, er war der Benutzer-der-kein-Benutzer-ist und musste sich etwas ausdenken, damit diese NPCs die bevorstehende Schlacht überlebten. Als er zu den Spinnen aufsah, die sich in den Baumkronen versammelten, setzten sich die Puzzleteile in seinem Kopf wieder einmal in Bewegung. Eins fand seinen Platz … die Creeper … und schon kamen weitere Puzzleteile dazu.

„Okay, wir machen Folgendes“, rief Gameknight. „Sobald die Monster angreifen, muss die vordere Reihe …“ Er erklärte seinen Plan, und die anderen nickten.

In ihren quadratischen Gesichtern spiegelte sich

Hoffnung wider … Sie hatten eine Chance, den Kampf zu überleben.

„Da kommen sie!“, schrie einer der Soldaten.

Als sich Gameknight dem anstürmenden Mob entgegenstellte, war da wieder dieses vertraute Gefühl. Seine Füße wurden bleischwer und seine Arme kraftlos. Er war auf einmal nicht mehr sicher, ob er das Richtige tat oder ob seine Entscheidungen alle das Leben kosten würde. Dieses Gefühl hatte er in Minecraft schon so oft gehabt, dass es für ihn wie ein alter Freund war – oder vielleicht auch ein Erzfeind.

Es war Furcht.

Er schob sie beiseite, konzentrierte sich auf das Hier und Jetzt und umklammerte seinen Bogen. Dann stellte er sich den Monstern, die auf sie zugelaufen kamen. Er nahm seine ganze Kraft zusammen und stieß seinen Schlachtruf aus.

„FÜR MINECRAFT!“

KAPITEL 5
BRÜDER UND SCHWESSSTERN

Aus dem Wald kam eine große Gruppe Creeper gelaufen, die die winzigen Füße so schnell bewegten, dass sie kaum noch zu erkennen waren. Die schwarzen Spinnen, die sich beim Herunterklettern an die Baumstämme drückten, sahen aus wie riesige dunkle Regentropfen.

„Weicht zurück und wartet, bis sie in Schussreichweite sind!", brüllte Gameknight, während sie rückwärts liefen. „Zeigt keine Furcht, denn eure Freunde und Nachbarn stehen euch zur Seite. Euer Dorf ist eure Familie, und in einer Familie ist man füreinander da." Er trat noch ein paar Schritte zurück, als die Spinnen und Creeper näher kamen. „Dieses Schlachtfeld gehört uns, und wir lassen es uns nicht von ein paar Monstern wegnehmen."

„Genau!", rief Stitcher zustimmend. Ihre hohe Kinderstimme übertönte das Klackern der Spinnen und erheiterte die anderen Krieger.

„Bereitmachen", ordnete Gameknight an. „JETZT!"

Die vordere Reihe sank auf ein Knie, alle spannten ihre Bögen und feuerten zur selben Zeit die Pfeile ab. Sie zielten auf die Creeper an vorderster Front. Sie mussten nur einen zur Explosion bewegen. Die Pfeile schossen durch die Luft und trafen sowohl Creeper als auch Spinnen, doch kein Creeper flog in die Luft. Anscheinend waren diese Creeper disziplinierter als die, mit denen sie es früher zu tun gehabt hatten.

Sofort legten die Krieger neue Pfeile an, und ein weiterer Pfeilhagel ging zwischen den grüngefleckten Kreaturen zu Boden … aber noch immer keine Explosionen. Gameknight stöhnte frustriert auf. Die Spinnen kamen immer näher. Die Creeper mussten explodieren, sonst würden die Krieger überrannt und viele NPCs müssten sterben.

Aber da flog plötzlich ein einsamer brennender Pfeil durch die Luft. Er segelte hoch über ihren Köpfen hinweg und war weit hinter ihrer Formation abgeschossen worden. Gameknight erkannte die schillernde blaue Magie am Schaft und die rotglühende Spitze. Er drehte sich um und sah Hunter auf sich zulaufen.

Sie hielt kurz inne, feuerte einen weiteren Pfeil ab und lief dann weiter. Der erste Pfeil traf einen

Creeper direkt in die Brust. Die magische Flamme ließ das grüne Monster weiß leuchten, und ein Zischen erfüllte die Luft. Dann landete der zweite Pfeil in seiner Schulter und es leuchtete noch heller. Endlich explodierte der Creeper, riss dabei ein großes Loch in die Landschaft und schleuderte sämtliche umstehenden Monster in die Luft. Kaum kamen die Creeper in der Nähe wieder am Boden auf, fingen auch sie an zu leuchten und explodierten schließlich in einer Kettenreaktion, die eine tiefe Furche in die Grasebene schnitt.

Zumindest die Creeper haben wir schon mal aufgehalten, dachte Gameknight.

Aber nun griffen die Spinnen an.

„Zieht euch weiter zurück!", befahl Gameknight. „Die vorderste Reihe zieht die Schwerter. Bogenschützen, zielt auf die Höhlenspinnen."

Gameknight stellte sich vor Stitcher und warf der anstürmenden Monsterhorde böse Blicke zu. Sie sollten es ja nicht wagen, seiner Freundin schaden zu wollen.

Das wird nicht passieren!, dachte er.

Er spürte die Last der Verantwortung für all diese NPCs auf seinen Schultern und wollte nicht, dass auch nur einer verletzt wurde. Doch er musste davon ausgehen, dass es Verletzte oder sogar Tote geben würden. Allerdings war ihm ebenso klar, dass er jetzt nicht darüber nachdenken durfte. Im Augenblick musste er kämpfen – und das war etwas, das Gameknight inzwischen im Schlaf konnte.

Die erste Spinnenwelle warf sich den NPC-Kriegern entgegen. Schwertkämpfer schlugen auf die pelzigen schwarzen Monster ein, die ihre Gegner mit ihren gebogenen Klauen zerfetzen wollten. Gameknight sah das grässliche Gesicht einer Spinne vor sich. Sie schlug auf ihn ein, doch er konnte ihre Angriffe abwehren, ging auf das Monster los, täuschte links an und schlug rechts zu. Er entzog der Spinne Lebenspunkte und schwang sein Schwert so wild, dass sie Angst bekam. Aber Gameknight ließ sie nicht entkommen und hieb weiter auf sie ein, während Stitchers Pfeile über seine Schulter flogen und die Spinne trafen. Innerhalb von Sekunden war sie mit einem Ploppen verschwunden.

Überall hallten Schreie durch die Luft, als NPCs und Spinnen aufeinandertrafen. Die Bogenschützen hinter den Schwertkämpfern schossen weiterhin ihre tödlichen Geschosse ab und konzentrierten sich dabei auf die blauen Höhlenspinnen, da deren Gift äußerst gefährlich war. Gameknight stellte erleichtert fest, dass sie nicht sehr zahlreich waren. Die Bogenschützen versuchten, den Ansturm einzudämmen. Doch das war aussichtslos, denn den wenigen Verteidigern standen zu viele Monster gegenüber.

Immer mehr Krieger fielen, weil ihre Lebensenergie aufgebraucht war. Ihr Inventar schwebte über dem Boden, ebenso wie die Seide der Spinnen, die ebenfalls ihr Leben ausgehaucht hatten.

Wenn wir weiterhin für jede Spinne einen NPC verlieren, werden wir scheitern.

„Rückzug … Rückzug!", schrie Gameknight.

Die Krieger kannten Gameknights Plan, daher gingen sie langsam rückwärts, ohne mit dem Kämpfen aufzuhören, und wichen vor den Monstern zurück. Das Klackern der Spinnen wurde immer lauter, während ihre Aufregung wuchs.

Die NPCs wurden schneller. Sie kämpften zwar weiterhin, verloren aber immer mehr an Boden. Mittlerweile waren sie am Hügel angelangt und kamen dem Rest der Dorfbewohner näher.

„Kämpft weiter, aber zieht euch zurück", rief Gameknight. „Wir können die Spinnen nicht aufhalten!"

Die riesige Spinnenhorde brach wie eine unaufhaltsame Flutwelle über sie herein. Gameknight konnte die Dorfbewohner hinter sich schon hören. Digger und Crafter riefen Befehle und organisierten die Abwehr.

„Bereitmachen!", schrie Gameknight.

Die Krieger kämpften noch erbitterter, um die Spinnen aufzuhalten.

„BEREITHALTEN!", rief der Benutzer-der-kein-Benutzer-ist noch lauter.

Die Schwertkämpfer stürmten plötzlich vor und hieben gnadenlos auf alle Spinnen ein, die sie erreichen konnten.

„JETZT!"

Sofort stoben die Krieger in der Mitte auseinander und liefen zu den Seiten, sodass sich das Zentrum des Schlachtfelds leerte und die Spinnen die Dorfbewohner auf der Hügelspitze sehen konnten. Erfreut über den plötzlichen Rückzug klackerten sie aufgeregt, doch das Geräusch verstummte abrupt, als ihnen klar wurde, dass sie in die Mündungen einer Reihe von NPC-Kanonen starrten.

„FEUER!", schrie Crafter.

Der klare blaue Himmel war auf einmal voller Rauchwolken.

BUMM! Die Blöcke explodierten und schleuderten blinkendes TNT in die Luft, das zwischen den Spinnen auf dem Boden aufkam und detonierte, wobei die Landschaft und die Monster zerfetzt wurden. Bevor die Spinnen auch nur begriffen, was gerade geschah …

BUMM!

Die nächste Salve TNT-Blöcke flog in die Luft und explodierte inmitten der Spinnenhorde. Während die Monster panisch herumrannten, flitzten die Krieger von den Seiten des Schlachtfelds schnell hinter die Spinnen und schnitten ihnen so den Fluchtweg ab.

BUMM!

Die Achtbeiner schienen nicht zu wissen, was sie jetzt tun sollten, und wollten sich schon zurückziehen, doch sie mussten feststellen, dass hinter ihnen nun ebenfalls Schwertkämpfer standen. Während sie unschlüssig herumstanden, stürmten die Krieger von der Hügelspitze herunter. Im nächsten Augenblick waren die Spinnen von Jägern zu Gejagten geworden, als sie die NPCs vom Hügel aus von vorn und die Schwertkämpfer von hinten attackierten.

Gameknight, der den Ansturm anführte, schwang sein Diamantschwert, als würde es nichts wiegen. Er traf eine Spinne nach der anderen, und seine Klinge fuhr schillernd durch die Luft, während er sich eine Schneise durch die Monster bahnte. Dabei achtete er jedoch stets auf seine Nebenmänner und kam ihnen zu Hilfe, ebenso wie sie ihn unterstützten, sodass sie manchmal gleichzeitig auf dieselbe Spinne einschlugen. Im Kämpfen sah er seine Schwester mit dem Bogen in der Hand auf dem Hügel stehen. Sie feuerte einen Pfeil nach dem anderen auf die Spinnen ab. Ihre Geschosse trafen die Monster so zielsicher, als würden sie von einem Computer geleitet, und sie schoss so gut wie nie daneben.

Neben Gameknight ging ein junger NPC in die Knie, als ihm eine Spinnenklaue das Bein aufriss. Gameknight wollte schon zu ihm eilen, doch Tiller war bereits da und schwang ihr Schwert mit tödlicher Effizienz. Zwar war sie nicht so schnell wie viele andere, dafür aber erschreckend präzise. Die Spinne wich zurück, als Tillers Eisenschwert in ihre Seite drang.

„Lass unsere Kinder in Ruhe!", schrie sie die Bestie an.

Der Junge hatte sich schnell wieder erholt und kämpfte an Tillers Seite weiter, wobei sie sich ge-

genseitig Deckung gaben.

„Es ist nicht nett, mit den Klauen auf Dorfbewohner loszugehen", brüllte Tiller.

Ihre Worte brachten Gameknight kurz zum Grinsen.

Doch schon suchte sich der Benutzer-der-kein-Benutzer-ist neue Ziele. Er verlor sich im Kampf und vernichtete Spinne um Spinne, wobei er rein instinktiv handelte. Der einzige Gedanke, der ihm immer wieder durch den Kopf ging, war: *Bitte lass keinen von ihnen sterben.* Und so bewegte er sich wie ein tödlicher Wirbelwind, raste pausenlos von einem Monster zum nächsten, beschützte seine Freunde … und sich selbst …

Innerhalb weniger Minuten hatten sie die Monsterhorde auf eine Handvoll Kreaturen reduziert, dann waren es nur noch zwei Spinnen, und schließlich blieb nur noch eine übrig. Als ihre Gesundheit fast aufgebraucht war, fiel das Monster zu Boden und streckte die acht Beine von sich. Geschwind holten die Krieger Seile hervor und fesselten die Spinne, damit sie nicht entkommen konnte. Gameknight hatte sie angewiesen, eine Spinne zu verschonen, damit sie sie befragen konnten.

Er wollte sich dem Monster gerade nähern, als

er hörte, wie einer der NPCs laut stöhnte. Als er den Kopf drehte, sah er Tiller vor einem Haufen aus Gegenständen knien, die sich kurz zuvor noch im Inventar eines NPCs befunden hatten. Gameknight trat zu ihr und legte ihr tröstend eine Hand auf die Schulter.

Sie drehte sich zu ihm um, und ihr liefen eckige Tränen die Wangen hinunter.

„Wer war das?“, fragte Gameknight.

„Die junge Cobbler“, antwortete sie, um dann eine Hand vor das Gesicht zu schlagen und kurz zu weinen. Danach sah sie Gameknight999 wieder an, und ihre haselnussbraunen Augen waren jetzt rotunterlaufen. „Sie war ein gutes Mädchen; etwa im selben Alter wie meine wunderschöne Tochter Rider, als sie getötet wurde …“ Ihre Stimme versagte, als sie von ihrer übermächtigen Trauer übermannt wurde.

Auf einmal stand Monet113 neben ihr und nahm sie in die Arme.

„Warum … hassen sie uns … so sehr?“, stieß Tiller schluchzend hervor.

Sie hob die Gegenstände langsam auf und verstaute sie in ihrem Inventar, bevor sie aufstand und eine Hand mit gespreizten Fingern hoch über den

Kopf hob. Augenblicklich taten es ihr alle NPCs nach und reckten die kantigen Hände in die Luft, um sie dann zu Fäusten zu ballen.

Ich habe einen von ihnen sterben lassen, dachte Gameknight deprimiert, während er der Toten ebenfalls seinen Respekt erwies. Er presste die Finger so fest zusammen, dass ihm die Knöchel wehtaten. *Ich hätte an Cobblers Seite sein müssen. Ich hätte sie beschützen müssen, aber … ich habe versagt.*

Trauer brach wie eine Woge über ihn herein. Er hatte die Verantwortung für diese NPCs … und sie nicht beschützt.

Wie soll ich das nur schaffen? Ich wollte nie ein Held sein, sondern nur ein Kind. Ich bin doch bloß …

Auf einmal stand Tiller vor ihm und reichte ihm einen Brotlaib.

„Cobbler hätte gewollt, dass du ihr Brot bekommst", sagte sie noch immer weinend. „Sie hätte gewollt, dass du stark bleibst, damit du Minecraft und uns alle beschützen kannst."

Danach verteilte die Frau die Habseligkeiten des Mädchens unter den Dorfbewohnern. Wann immer ein weiteres Geschenk übergeben wurde, stieg die Wut aller.

Klacker … Klacker … Klacker …

Die gefangene Spinne klackerte mit den Mundwerkzeugen. Es klang beinahe wie ein Lachen. Gameknight zog sein Schwert und näherte sich dem Monster. Sie brauchten Informationen, denn auf dem Schlachtfeld war Wissen Macht. Monet113 trat zu ihm.

Die Spinne blickte die beiden an und drehte dann ein Auge, um über ihre Köpfe hinwegzusehen.

„Es gibt zwei Benutzer-der-kein-Benutzer-issst", sagte sie mit ihrer kratzigen Zischstimme. „Die Königin wird dasss schon bald erfahren."

„Warum greift ihr uns an?", verlangte Gameknight zu erfahren. „Wenn du die Wahrheit sagst, lasse ich dich am Leben. Wie heißt du?"

„Man nennt mich Shakal", erwiderte die Spinne und sah Gameknight999 an. „Die Schwesssstern und Brüder wurden vom Schöpfer beauftragt, den Benutzer-der-kein-Benutzer-issst zu jagen, aber wir wussssten nicht, dassss esss zwei sssind."

Gameknight drehte sich zu seiner Schwester um und bemerkte dann, dass Crafter auf sie zukam.

„Er weiß nicht, dass deine Schwester hier ist", erkannte Crafter. „Offenbar ist Herobrine doch nicht allwissend."

„Der Schöpfer erteilt der Königin Befehle und sssie unsss. Wir haben Order, den Feind desss Schöpfersss zu jagen." Die Spinne versuchte, die versammelten NPCs anzusehen, und holte mühsam Luft, bevor sie fortfuhr. „Ihr werdet alle bald vernichtet sssein, und der Schöpfer wird den Benutzer-der-kein-Benutzer-ist töten. Euer Verderben issst unausssweichlich."

„Es muss nicht so enden", warf Monet113 ein. „Wir müssen nicht kämpfen. Wir können auch zusammenleben, obwohl wir verschieden sind. Es gibt auch Gemeinsamkeiten, auf denen wir etwas aufbauen können."

„NPCsss und Spinnen können niemalsss zusssammen leben. Wir wissssen, wasss für schreckliche Dinge die NPCsss tun, und wir kennen ihren Hassss auf unsss. Es gibt zu viele Unterschiede … Daher kann esss niemalsss Frieden geben. Jetzt tötet mich und macht der Sache ein Ende."

Einer der Krieger hob sein Schwert, aber Gameknight hielt ihn auf.

„Nein, wir werden sie nicht töten", entschied er und drehte sich zu der Menge um, die sich jetzt um das Monster versammelt hatte. „Ich habe ihr versprochen, dass sie am Leben bleibt, wenn sie mit uns spricht, und ich werde mein Wort halten." Er kniete sich dicht vor ihr hin und sah ihr in die vielen lodernden roten Augen. „Du musst deiner Königin sagen, dass es noch einen anderen Weg als Gewalt gibt … Dass wir in Frieden leben können. Die Gnade, die wir dir erweisen, indem wir dich am Leben lassen, soll unsere guten Absichten beweisen. Hast du das verstanden?"

Sie klackerte mit den rasiermesserscharfen Mundwerkzeugen. Diese plötzliche Bewegung erschreckte ihn, und er zuckte zurück.

„Lasst sie frei", befahl er.

„Ich weiß nicht, ob das eine so gute Idee ist", meinte Hunter in seinem Rücken.

Als er sich umdrehte, stellte er fest, dass sie auf einem Erdblock stand und die anderen überragte.

„Wir müssen ihnen demonstrieren, dass wir es ernst meinen … dass Frieden besser ist als Krieg."

Sie seufzte.

„Es kann nie Frieden mit den Monstern geben", erklärte sie so leise, dass die Spinne es nicht hören konnte. „Zwischen uns gibt es zu viele Unterschiede, zu viele Dinge, die wir nicht verstehen. Damit es Frieden geben kann, müsste es mehr Gemeinsamkeiten geben. Sieh dir das Monster doch an …

Es ist uns in keiner Weise ähnlich. Spinnen sind abscheulich und gefährlich. Sie haben nichts mit uns gemein, jetzt nicht und auch nicht in Zukunft. Frieden mit den Monstern in Minecraft ist ein Traum, der sich niemals erfüllen wird.“

„Aber wir müssen es versuchen“, beharrte Gameknight und wandte sich an die anderen. „Lasst sie frei.“

Digger trat vor und durchtrennte die Seile mit seiner Spitzhacke.

Die Spinne rappelte sich auf und starrte die Menge, die sie umringte, skeptisch an.

„Macht ihr Platz, damit sie gehen kann“, befahl Gameknight.

Schon bildete sich eine Gasse, durch die die Spinne zurück in den Wald gelangen konnte.

Sie starrte mit ihren brennenden Augen zum Wald hinüber, bevor sie Gameknight999 ins Gesicht sah. Jedes Auge war in eine andere Richtung gerichtet, damit sie die NPCs um sich herum beobachten konnte. Schließlich drehte sie sich um und machte einen Schritt in Richtung Wald, nur um mit einem Mal in die Luft zu springen. Sie hielt direkt auf Monet113 zu und zielte mit den dunklen Krallen auf ihren Kopf. Gameknight war zu weit weg, um etwas zu unternehmen, und die anderen NPCs hatten ihre Schwerter weggesteckt, sodass sie alle nur hilflos zusehen konnten.

Plötzlich flog ein brennender Pfeil durch die Luft und traf die Spinne im Sprung, dicht gefolgt von einem zweiten. Mit einem Ploppen verschwand das Monster, und nur noch ein paar Fäden landeten auf ihrem eigentlichen Opfer Monet.

Gameknight drehte sich um und erkannte, dass Hunter auf die Stelle zielte, an der die Spinne verschwunden war. Sie hatte bereits den nächsten Pfeil angelegt und war schussbereit.

„Siehst du", rief sie schon fast. „Man kann ihnen nicht trauen."

Gameknight ignorierte sie und eilte zu seiner Schwester. Er wischte ihr die Spinnenfäden von den Schultern und bemerkte, dass sie verängstigt aussah.

„Dieses Monster wollte mich umbringen", murmelte Monet entsetzt.

„Willkommen in Minecraft", sagte Hunter leise, aber nicht besonders sanft.

Gameknight starrte sie wütend an, während sie vom Erdblock heruntersteig und ihren Bogen wegsteckte, bevor er sich wieder seiner Schwester zuwandte.

„Wie sollen wir jemals hier wegkommen?“, wollte sie wissen, und endlich schwang Angst in ihrer Stimme mit.

„Das weiß ich nicht, Monet. Ich habe nicht die geringste Ahnung.“

KAPITEL 6
DIE SUCHE NACH SEINEM ERZ-FEIND

Herobrine näherte sich dem Dorf aus einiger Distanz. Er wollte die NPCs nicht erschrecken oder riskieren, dass sie seine wahre Identität errieten. Nachdem er sich kurz konzentriert hatte, schob er all seine gewalttätigen, bösen Gedanken beiseite und gab sich die größte Mühe, nur friedliche Bilder im Kopf zu belassen. Währenddessen wurde das Leuchten seiner Augen schwächer, bis er wie ein ganz normaler NPC aussah.

Sein Erscheinungsbild war noch immer das des letzten Dorfbewohners, den er getötet und dessen Erfahrung er in sich aufgenommen hatte. Er hatte die Gestalt desjenigen nicht nur übernommen, sondern auch jeden Aspekt seines Wesens. Herobrine war im wahrsten Sinne des Wortes zu dieser Person geworden. Wenn er sich nicht verwandeln wollte, durfte er die Erfahrung auch nicht in sich aufnehmen. Das war eine Art grausamer Streich, den die Minecraft-Serversoftware ihm spielte und den er nicht wirklich verstand, aber er hatte schon vor langer Zeit herausgefunden, dass sich daraus auch Vorteile ergaben. So hatte er es schon viele Male ausgenutzt, um von der alten Vettel im Dschungel nicht erkannt zu werden. Heute würde ihm sein verändertes Aussehen dabei helfen, Informationen von diesen verblödeten NPCs im Dorf zu bekommen.

Ich werde dich schon finden, Gameknight999!

Er marschierte den sandfarbenen Hügel hinunter zum Wüstendorf und machte dabei einen großen Bogen um die hohen grünen Kakteen, die hier und da in der Wüste aufragten. Weit in der Ferne war der Übergang in eine Savanne zu erkennen. Die seltsamen zackigen Akazien wuchsen krumm und schief über dem blassgrünen Gras, das sich endlos zu erstrecken schien. In der Gegenrichtung reichte die sandige Wüste bis zum Horizont, vereinzelt mit grünen Kakteen gespickt. Herobrine bevorzugte die Wüstenbiome mit weniger Bäumen, da er dort sicherer war, weil die alte Vettel ihn nicht so leicht aufspüren konnte.

Nun wurde er schneller und rannte auf das Dorf zu. Er musste im Näherkommen überzeugend verzweifelt wirken. Kurz darauf hörte er, wie Alarm geschlagen wurde; der Wachmann auf dem hohen Turm hämmerte mit der flachen Schwertseite gegen seine Rüstung. Augenblicklich tauchten behelmte Köpfe hinter der befestigten Sandsteinmauer auf und NPCs sahen sich aufgeschreckt um.

„Öffnet das Tor!", rief jemand.

Herobrine grinste.

Als die Metalltüren aufgingen, zeichneten sich auf seinem Gesicht Freude und Erleichterung ab. Einsame Dorfbewohner wie er hatten normalerweise so gut wie keine Chance, im Freien zu überleben, daher wusste Herobrine, dass er erleichtert aussehen musste. Tatsächlich war er das auch … nicht etwa, weil er endlich in Sicherheit war, denn es gab in Minecraft keine Kreatur, die ihm ernsthaft schaden konnte. Nein, er war erleichtert, weil er von diesen Narren Informationen erhalten würde.

Ein NPC trat auf ihn zu; es war der Dorf-Crafter. Er trug die übliche Kleidung aus einer schwarzen Robe mit einem grauen Streifen in der Mitte und war bei Weitem nicht so alt, wie Herobrine erwartet hatte. Sein volles dunkles Haar wurde an den Rändern gerade erst grau.

„Bist du ein Verlorener?", fragte der Crafter.

Die Verlorenen waren Dorfbewohner, die keinen Dorf-Crafter mehr hatten. Starb der Crafter eines Dorfes oder wurde er unerwartet getötet, dann wurden seine Crafting-Kräfte oft nicht auf einen anderen NPC übertragen. In solchen Fällen zerbrachen viele Dorfgemeinschaften, da die Bewohner in alle Richtungen davonzogen und sich auf die Suche nach einem neuen Dorf machten. Die meisten überlebten diese Reise nicht.

„Ganz genau", log Herobrine und versuchte, geknickt zu klingen. „Unser Crafter wurde von Spinnen getötet. Ich habe mich auf die Suche nach einem neuen Dorf und einem neuen Crafter gemacht, wie es von uns erwartet wird."

„Tja, du hast ein neues Dorf gefunden und bist bei uns willkommen", erwiderte der Crafter. „Komm, lass dich an mich binden." Crafter nutzten ihre Kräfte, um eine Verbindung zwischen sich und einem neuen Dorfbewohner herzustellen.

„Bitte nicht hier im Freien", bat Herobrine. „Mir wäre es lieber, wenn wir dabei unter uns sind."

Der Crafter nickte und führte Herobrine durchs Dorf. Sie gingen über den offenen Platz und am Brunnen und den Feldern vorbei. Als sie den hohen Sandsteinturm passierten, der in der Dorfmitte stand, hob Herobrine den Kopf und malte sich aus, wie wundervoll es sich anfühlen würde, dieses Bauwerk zu zerstören. Während ihm diese Bilder durch den Kopf gingen, spürte er, dass seine Augen zu glühen anfingen, also verdrängte er sie schnell wieder.

Ich muss vorsichtig sein!, ermahnte er sich.

Er wandte den Blick vom Turm ab und starrte den Rücken des Crafters an, dessen Robe gegen die Sandsteinmauern strich, wenn sie zwischen Gebäuden hindurchgingen. Es machte den Anschein, als würden sie auf die Schmiede zuhalten; Herobrine konnte die Öfen auf der steinernen Veranda sehen. Der Crafter öffnete die Tür, und sie gingen hinein. Der NPC lief weiter in den Raum hinein, aber Herobrine schloss die Tür hinter sich.

Dann machte er einige Schritte nach vorn, stellte sich zwischen die beiden Fenster und wartete. Der Crafter drehte sich um, musterte den Neuankömmling, trat vor ihn und legte ihm eine Hand auf die Schulter. Während der NPC seine Crafting-Kräfte sammelte, zog Herobrine sein Diamantschwert. Verwirrt riss der Crafter die Augen auf und wollte ihn schon etwas fragen, doch da traf ihn die Klinge auch schon mit tödlicher Präzision. Es brauchte nur wenige Schläge, dann war der Crafter verschwunden, und seine Habseligkeiten schwebten über den Boden: mehrere Werkbänke, Werkzeuge, eine Eisenklinge, etwas Brot ... und drei leuchtende Erfahrungskugeln.

Herobrine machte einen Schritt und nahm alles in sein Inventar auf. Er senkte den Kopf und beobachtete, wie die Erfahrungskugeln langsam in seine Füße eindrangen. Augenblicklich erscholl eine panische Stimme in seinem Kopf – die des Dorf-Crafters.

Was geschieht hier ... Was ist passiert? Bin ich ...

Du gehörst mir, dachte Herobrine und stieß ein manisches Lachen aus. Er ließ seine Augen kurz aufleuchten, damit der frisch absorbierte Verstand sein wahres Ich sehen konnte.

Oh nein ... Der Crafter in Herobrines Verstand stöhnte auf. *... das darf nicht sein.*

Herobrine lachte erneut und ging die Erinnerungen des NPCs durch. Brutal schob er die Persönlichkeit des Crafters beiseite und vergrub sie tief in seinem Unterbewusstsein, wo sie ebenso wie all die anderen Wesen, die Herobrine im Laufe der Jahrhunderte absorbiert hatte, von der Dunkelheit verschluckt wurde.

Und dann fand er sie!

Da war die Erinnerung, nach der er gesucht hatte.

„Ich war auf der Jagd", berichtete ein Jäger dem Crafter, „und sah eine ganze Gemeinde von NPCs, die ihr Dorf verließ. Sie folgten jemandem, der aussah wie ein Benutzer und eine Diamantrüstung trug, die jedoch rissig und beschädigt war. Offenbar hatte er einen schlimmen Kampf hinter sich. Jedenfalls fiel mir auf, dass der Benutzer keinen Serverfaden hatte … Es war der Benutzer-der-kein…"

„Schweig!", fiel ihm der Crafter ins Wort und sah sich um, als hätte er Angst, sie könnten belauscht werden.

Er zog den Jäger am Ärmel ins nächste Gebäude, das Haus eines Bäckers. Der NPC stand weiter hinten vor den Öfen und bereitete Brote für die Gemeinde zu.

„Könntest du uns bitte kurz allein lassen, Baker?", bat der Crafter ihn. „Ich muss mit Hunter unter vier Augen sprechen."

Der Bäcker, dessen Robe voller Mehl war, verbeugte sich vor seinem Crafter und ging hinaus. Der Jäger sah ihm nach und zog die Tür zu, wobei ihm das blonde Haar ins Gesicht fiel.

„Erzähl mir alles ganz genau", verlangte der Crafter mit ernster Miene.

„Na ja, ich habe gesehen, wie alle ihr Dorf verlassen haben und wie der Benutzer-der-kein… äh … du weißt

schon … sie in den Wald geführt hat. Neben ihm lief ein kleiner Junge, der jedoch so wie du die Robe eines Crafters trug. Das hat mich verwirrt. Ihr Crafter kann doch kein Kind sein … Jedenfalls habe ich beobachtet, wie sie leise im Wald verschwunden sind, als wollten sie nicht gesehen werden. Als Letztes verließ ein Jäger wie ich das Dorf, aber es war eine Frau mit langem, lockigem rotem Haar. Ich fand das alles sehr merkwürdig und bin sofort hergekommen, um es dir zu erzählen."

„Das war eine kluge Entscheidung, Hunter", lobte der Crafter ihn und legte ihm beruhigend eine Hand auf die Schulter. „Aber du darfst mit niemandem darüber reden. Wir müssen diese Information notfalls mit ins Grab nehmen … Hast du verstanden?"

Der Jäger nickte eifrig, und sein blondes Haar wippte mit.

„Gut."

„Du hast ihn also für mich gefunden", murmelte Herobrine.

Er konnte die Schreie des Crafters tief in seinem Verstand hören, ignorierte sie aber. Der NPC würde schon sehr bald aufgeben … das taten sie immer.

Herobrine verließ das Haus des Schmieds und ging zurück auf den Dorfplatz, wo er in die Gesichter der Umstehenden blickte. Da waren Bauarbeiter,

Weber, Melker, Gräber … und dann entdeckte er ihn. Der Jäger stand oben auf der befestigten Mauer, die um das Dorf herumführte, und hatte seinen Bogen schussbereit in der Hand.

Sofort teleportierte sich Herobrine zu ihm. Sobald sich der Jäger umdrehte, riss Herobrine ihm den Bogen aus der Hand. Er warf die Waffe weg und hörte die erschrockenen Schreie der anderen NPCs, kümmerte sich aber nicht weiter darum. Die Zeit der Heimlichtuerei war vorüber.

Er zog sein Schwert und griff den wehrlosen NPC an, bis dieser besiegt war und mit einem Ploppen verschwand. Während Herobrine vortrat, um die Gegenstände und Erfahrungskugeln einzusammeln, hörte er, dass auf dem Wachturm Alarm geschlagen wurde, doch auch das bereitete ihm keine Sorgen. Diese armseligen Wesen konnten ihm nicht schaden.

Herobrine starrte mit leuchtenden Augen auf die Dorfbewohner herab, um dann zu verschwinden und im nächsten Spinnennest wieder aufzutauchen. Er ließ seine Augen hell aufleuchten, damit die Spinnen sofort wussten, mit wem sie es zu tun hatten. Eines der großen schwarzen Monster bemerkte es trotzdem nicht und wollte den scheinbar wehrlosen Dorfbewohner angreifen. Herobrine verschwand, bevor ihre Krallen ihn berührten, materialisierte sich direkt hinter dem Monster und schlug zu. Die Diamantklinge fuhr auf die Kreatur herab, bevor diese überhaupt wusste, was passierte. Er hieb so lange auf die Spinne ein, bis sie mit einem Ploppen verschwand.

Danach entfernte er sich schnell von den leuchtenden Erfahrungskugeln. Er beabsichtigte nicht, sich in eine Spinne verwandeln zu lassen – jemals! Er teleportierte sich zurück in die Mitte der großen Höhle, in der sich das Spinnennest befand. Ihr Klackern hallte laut durch den Raum, aber sobald sie seine Augen sahen, hielten sie inne, und es wurde unheimlich still in der Kammer. Herobrine trat zur nächsten Spinne, legte ihr eine Hand auf den pelzigen Rücken und teleportierte sich mit ihr zusammen weg.

Sie materialisierten sich auf dem Hügel vor dem Dorf, wo die Dorfbewohner sie sogleich erspähten. Wieder schlugen sie Alarm, aber Herobrine konnte erkennen, dass alle immer noch verwirrt wirkten.

„Du wirst das Dorf zusammen mit deinen Schwestern zerstören“, verlangte Herobrine von dem Monster. „Hast du verstanden?“

„Aber die Verteidigung ... die Mauer ... Wir können die Mauer nicht überwinden."

Herobrine blickte auf die befestigte Mauer hinab und stellte fest, dass die Dorfbewohner Stufen am Rand der Mauer errichtet hatten, die vorstanden und einen Überhang bildeten, den die Spinnen nicht überwinden konnten. Diese NPCs waren clever ... Ein Grund mehr, sie zu vernichten.

„Macht euch wegen der Mauer keine Sorgen. Sie ist unbedeutend."

Er legte der Spinne wieder eine Hand auf den Rücken und schloss die Augen. Sie verschwanden vom Hügel und materialisierten sich mitten im Dorf. Die meisten NPCs waren an der Barrikade und bereiteten sich auf die Verteidigung vor ... diese Dummköpfe.

Während Herobrines Augen noch heller leuchteten, ließ er die Spinne los, verschwand und kehrte mit einer weiteren Spinne zurück. Das wiederholte er noch viele Male, bis er fünfzig Schwestern ins Dorf geholt hatte. Sie pressten sich in die enge Gasse zwischen den Gebäuden und hielten die Mundwerkzeuge still, um ja nicht aufzufallen.

„Diese NPCs wollen eure Königin aus dem einzigen Grund angreifen, dass sie alle Spinnen hassen", behauptete er, und seine Augen leuchteten hell im Gesicht des Jägers. „Jetzt zieht los und vernichtet sie, bevor sie über eure Königin herfallen."

Die Spinnen krabbelten los und breiteten sich im Dorf aus. Sie stürzten sich auf die ahnungslosen Dorfbewohner und nutzten das Überraschungsmoment aus.

Die Dörfler hatten keine Chance.

Herobrine erschien erneut auf dem Hügel und schaute auf die dem Untergang geweihte Gemeinde herab. Er hörte die panischen Schreie aus dem Dorf und grinste noch breiter, während seine Augen wie kleine Sonnen leuchteten. Dann schloss er die Augen und ging die Erinnerungen des Jägers durch, bis er die richtige gefunden hatte.

„Jetzt habe ich deine Spur entdeckt, Benutzer-der-kein-Benutzer-ist", sagte Herobrine laut. „Schon bald wirst du vor mir auf den Knien liegen und um Gnade flehen … Doch die wirst du niemals bekommen."

Er stieß sein böses, manisches Lachen aus, bei dem sogar die Kakteen in der Nähe zusammenzuzucken schienen. Dann verschwand er vom Hügel, um seinen Erzfeind zu verfolgen, und seine Augen waren das Letzte, was man von ihm sah.

KAPITEL 7
GROSSNEFFE BUILDER

Die Dorfbewohner erwachten nach einer weiteren unruhigen Nacht. Sie waren über die sanften Hügel der Ebene gezogen und hatten kurz vor Sonnenuntergang einen Birkenwald erreicht. Nachdem sie rasch ihre Befestigungen aufgebaut hatten, war auch schon der erste Angriff erfolgt: Eine kleine Zombiegruppe aus acht der verwesenden Monster attackierte sie. Die Bogenschützen in den Bäumen waren jedoch schnell mit ihnen fertig geworden, sodass keiner entkommen konnte. Doch das war erst der Anfang. Die ganze Nacht über hatten weitere Monster versucht, sich im Schutz der Dunkelheit an sie anzuschleichen. Die Bogenschützen hatten auf die Zombies, Spinnen und Creeper geschossen, während die Kavallerie ihnen entgegenritt, aber aufgrund des ständigen Alarms waren alle angespannt gewesen und hatten kaum Schlaf bekommen.

Gameknight machte sich Sorgen.

Es waren nie sehr viele Monster gewesen, immer nur eine Handvoll bei jedem Angriff, und er begriff nicht, wieso sie trotzdem auf sie losgegangen waren, obwohl die Dorfbewohner eindeutig in der Überzahl waren. Für ihn hatte es so ausgesehen, als würden sie von ihrem Hass auf die NPCs angetrieben – als hätte sie jemand dazu angestachelt. Er konnte sich sehr gut vorstellen, dass Herobrine etwas damit zu tun hatte, und als er an dessen leuchtende Augen dachte, erschauderte er.

Auf einmal drang ein Sonnenstrahl durch das Blätterdach und holte ihn in die Gegenwart zurück.

Die Sonne ging auf!

Die NPCs um ihn herum atmeten erleichtert auf, als die eckige Sonne am Horizont erschien. Ihre Wärme vertrieb die Angst, die sie alle vor der Nacht hatten, und schenkte ihnen Hoffnung. Die eckigen Gesichter strahlten vor Freude, als der Himmel immer heller wurde.

„Brecht das Lager ab … Wir müssen weiter!“, rief Digger.

Der große NPC hatte das Kommando übernommen und sorgte dafür, dass die Dorfbewohner in Bewegung blieben und Tag für Tag genug Nahrung, Wasser sowie einen Lagerplatz fanden. Er war der geborene Anführer, und seinen mit dröhnender

Stimme vorgetragenen Befehlen wurde immer Folge geleistet. Gameknight beobachtete Digger eifersüchtig. Der NPC schien die Verantwortung, sich um alle kümmern zu müssen, nicht zu scheuen und sie sogar zu genießen.

Gameknight999 hätte das auch gern gekonnt.

Aber er war nicht gern der Benutzer-der-kein-Benutzer-ist, der den NPCs das Leben retten und ständig einen neuen Plan bereithalten musste, um für ihre Sicherheit zu sorgen, während er gleichzeitig austüfteln musste, wie man Herobrine besiegen konnte. Das war alles zu viel für ihn.

Er lachte leise.

Von seinen Eltern hatte er immer verlangt, wie ein großes Kind behandelt zu werden. Er hatte mehr Verantwortung übernehmen und ihnen zeigen wollen, wie erwachsen und zuverlässig er war. Daher hatte sein Dad gesagt: „Pass auf deine Schwester auf, wenn ich auf Geschäftsreise bin."

Wie sich herausgestellt hatte, war die Verantwortung zu groß gewesen.

Sein Vater ahnte ja nicht, wie schwer das alles war … die Probleme in der Schule … der Ärger mit den Nachbarskindern … und jetzt auch noch dieser ganze Schlamassel in Minecraft. Das alles wuchs ihm über den Kopf. Er wollte nicht wie ein kleines Kind behandelt werden, aber nun wusste er, dass er auch diese ganze Verantwortung nicht wirklich tragen wollte. Irgendetwas in der Mitte wäre ihm am liebsten gewesen … dass er ein Kind sein konnte, wenn er wollte … und Verantwortung trug, wenn es sein musste. Den Erwachsenen zu spielen, war ihm zu viel … vorerst zumindest.

Im Augenwinkel bemerkte er das Aufblitzen roter Haare, und als er sich umdrehte, lief Stitcher gerade mit angelegtem Pfeil in den Wald. Etwa zehn Schritte hinter ihr folgte Monet113.

„Wo willst du hin, Monet?“, fragte Gameknight.

„Ich will Stitcher helfen, in der Umgebung nach Monstern zu suchen“, erwiderte sie und drehte sich zu ihm um.

„Nein, du bleibst hier, wo du in Sicherheit bist“, ordnete er mit wütender Miene an. „Bleib im Lager, und geh nicht in den Wald. Das ist gefährlich.“

„Aber Stitcher ist …“

„Das ist mir egal. Du bringst dich nicht in Gefahr.“

„Aber ich kann auf mich …“

„NEIN!“, fauchte Gameknight. Dann drehte er sich um und hielt Ausschau nach dem Schmied.

„Smithy, Monet wird dir beim Einpacken des Werkzeugs und der Öfen helfen. Bitte sorge dafür, dass sie es auch tut und im Lager bleibt. Du kannst sie dir auch über die Schulter werfen, wenn es nötig sein sollte."

Der bullige NPC, der wie üblich über und über mit Asche bedeckt war, schlug sich mit einer Hand vor die Brust. Dabei stieg eine Staubwolke von seiner Schürze auf, rieselte zu Boden und färbte das Gras grau.

„Grrr", knurrte Monet, der man die Frustration ansehen konnte. „Manchmal bist du genau wie Mom und Dad!"

Ihre Worte taten ihm weh, aber er wusste, dass er auf sie aufpassen musste, und das ging nicht, wenn sie im Wald herumlief. Schließlich war sie noch ein Kind. Während alle ihre Habseligkeiten zusammenpackten, dachte er über ihren Kommentar nach … War er wirklich wie ihre Eltern? Nein, er war nicht wie sein Dad, denn der war ja nie da und ließ Gameknight immer mit der Verantwortung allein.

Die NPCs hatten sich rasch an das Nomadenleben gewöhnt. Innerhalb von Minuten war alles gepackt und die Verteidigungsanlage verstaut, sodass sie aufbrechen konnten.

„Kann losgehen", rief Digger. „Aufbruch!"

Digger stellte sich ans vordere Ende der Kolonne und warf ein Enderauge hoch in die Luft. Die Bogenschützen in den Bäumen sahen der glühenden Kugel hinterher, die in Richtung der aufgehenden Sonne davonflog.

„Weiter nach Osten", verkündete einer von ihnen.

Digger nickte und brach in diese Richtung auf. Das ganze Dorf folgte ihm.

Plötzlich stellte Gameknight fest, dass sein Freund Crafter neben ihm herging. Hinter ihnen befand sich der Großteil der Dorfbewohner, die sich in der Nähe ihres Crafters sicher und geborgen fühlten. Kurz darauf tauchte Monet an Crafters anderer Seite auf, beugte sich vor und starrte ihren Bruder wütend an.

„Ich bin kein Baby mehr!", knurrte sie.

Gameknight ging nicht darauf ein, sondern wandte sich an Crafter.

„Hast du nicht gesagt, einer deiner Verwandten wäre schon mal zu dieser Festung gereist?"

„Sein Name war Builder, und er war mein Großneffe. Aus irgendeinem Grund hatte er als junger

Bursche ständig Ärger … und erlebte mit den anderen Kindern des Dorfes viele Abenteuer."

„Das kommt mir irgendwie bekannt vor", meinte Gameknight und musterte seine Schwester.

Sie ignorierte ihn und starrte stur geradeaus.

„Builder beschloss, die Festung zu suchen, die sich angeblich in der Nähe des Dorfes befinden sollte. Er muss einige Enderaugen besessen haben, da er wusste, wo er suchen musste. Als die anderen Kinder hörten, was er vorhatte, wollten sie ihn begleiten, doch ihre Eltern verboten es und sprachen auch mit seinen Eltern. Sie schimpften mit ihm und verboten ihm, die Festung zu suchen."

„Hat er es trotzdem gemacht?", fragte Monet.

„Aber natürlich", bestätigte Crafter. „Builder war ebenso dickköpfig wie seine Mutter Milky."

Gameknight erkannte den Namen wieder und erinnerte sich an eine andere Geschichte, die Crafter ihm vor langer Zeit erzählt hatte.

„Am nächsten Abend schlich er sich aus dem Dorf. Zwanzig Kinder begleiteten ihn, und …" Crafter sah aus, als würde er gleich in Tränen ausbrechen, und seine Stimme brach.

Monet tätschelte beruhigend seine Schulter, und Crafter legte eine Hand auf ihre.

„Wir sind uns nicht sicher, was danach passiert ist“, fuhr Crafter nach mehrfachem Räuspern fort.

Gameknight schaute sich kurz nach Gefahren um. Sie liefen noch immer durch den Wald, aber in der Ferne wurden die Bäume weniger, und es lag immer mehr Schnee auf dem Boden. In der Nähe waren keine Monster … vorerst zumindest. Aber das konnte sich jederzeit ändern.

„Warum nicht?“, hakte er nach.

Crafter räusperte sich erneut und machte ein trauriges Gesicht.

„Weil Builder der einzige NPC ist, der das Abenteuer überlebt hat“, sagte er laut genug, dass es alle hören konnten. „Als er zurückkehrte, war er so verängstigt und voller Schuldgefühle, dass er schließlich den Verstand verloren hat.“

„Das ist ja schrecklich“, sagte Monet.

„All die anderen Kinder …“ Tiller schluchzte.

Crafter nickte.

„Man hat nie wieder etwas von ihnen gehört.“ Der junge NPC sah sehr ernst aus. Er hob eine Hand mit gespreizten Fingern in die Luft, und viele andere taten es ihm nach und erwiesen den Toten die letzte Ehre. „Nach mehreren Jahren konnten sich die Dorfbewohner das meiste zusammenreimen, aber vieles ergibt einfach keinen Sinn."

„Was ist denn passiert?", wollte Gameknight wissen und ließ den Blick erneut umherschweifen.

„Die Dorfbewohner glauben, dass Builder auf dem Weg zur Festung durch eine Eiszapfentundra gekommen ist", erklärte Crafter.

„Wie kommen sie darauf?", fragte Gameknight. „Sind diese Biome nicht sehr selten?"

„Er hat etwas von zwei Eiszapfen erzählt, die den Weg weisen. Da war es naheliegend, auf eine Eiszapfentundra zu schließen, in der zwei Eistürme in der Nähe der Festung liegen."

Inzwischen hatten sie den Waldrand erreicht und traten auf eine verschneite Hügellandschaft hinaus. Digger schickte sofort Reiter in alle Richtungen los, um nach Monstern Ausschau zu halten. Die NPCs hielten sich nur ungern auf einer freien Fläche auf und bevorzugten Orte, an denen man sich besser verteidigen konnte.

Alle schwiegen, während sie langsam über den Schnee wanderten, der unter ihren eckigen Füßen knirschte. Gameknight bemerkte, dass viele ihre Waffen zogen. Sie schienen damit zu rechnen, dass hinter dem hohen Hügel vor ihnen Monster lauerten. Als die Reiter jedoch lächelnd zurückkehrten, entspannten sich die NPCs ein wenig.

„Bitte erzähl weiter, Crafter", bat Gameknight und steckte sein Schwert weg.

„Okay … Offenbar hat Builder etwas in der Nähe der Eistürme gefunden. Er sagte auch etwas davon, dass die Zwillinge zum Vater führen, aber keiner weiß genau, was er damit meint. Jedenfalls hat er irgendwie den Eingang zur Festung entdeckt und ist hineingegangen.

Wie wir alle wissen, sind Festungen sehr gefährliche Orte. Dort lauern viele Monster, und man kann sich in den labyrinthartigen Gängen schnell verlaufen. Aus irgendeinem Grund gibt es dort auch immer Lavaseen und tiefe Schluchten. Wir wissen nicht, was genau er in dieser Festung gefunden hat, aber er sagte, er hätte viel springen müssen. Mein Großonkel Carver glaubte, er würde von einem schwierigen Parkour sprechen, doch keiner wusste es genau. Allen war jedoch sonnenklar, dass Builder unglaubliche Angst hatte, und er ist bis zu seinem Tod nie mehr normal geworden."

„Hat er noch etwas über die Festung gesagt?", hakte Gameknight nach.

„Eine Sache hat er immerzu wiederholt", antwortete Crafter, „und alle glaubten, er hätte deswegen den Verstand verloren.“

Crafter hielt kurz inne, als die Gruppe am Fuß des hohen Hügels ankam. Wollten sie den Enderaugen folgen, mussten sie ihn erklimmen. Digger schickte einige Soldaten vor, um sicherzustellen, dass auf der anderen Seite keine Zombies auf sie warteten. Während die Krieger die Blöcke zur Hügelspitze hochsprangen, hielten die NPCs am Boden angespannt den Atem an.

„Und?“, rief Hunter, durchbrach die Stille und erschreckte alle. „Was hat Builder gesagt?“

„Ach ja“, murmelte Crafter. „Wo war ich doch gleich? Jetzt erinnere ich mich wieder … Er hat immer etwas über … einen Schwarm vor sich hingebrabbelt.“

„Über einen Schwarm?“, wiederholte Monet, deren farbenfrohe Rüstung vor dem weißen Schnee deutlich hervorstach und deren fluoreszierendes blaues Haar unter ihrem Helm hervorquoll. „Was hat das zu bedeuten?“

„Das weiß keiner“, gab Crafter zu. „Mein Großvater Grampa Carver, der damals noch ein Junge gewesen ist, hat mir einmal gesagt, er hätte es für eine Art Mob gehalten, der die anderen Kinder getötet hat, aber das ist nur eine Vermutung. Letzten

Endes sind nur zwei Dinge wirklich sicher."

„Kommt alle her", rief einer der Krieger von der Hügelspitze herunter. „Das müsst ihr euch ansehen!"

Die NPCs stiegen alle gleichzeitig nach oben.

„Und?", fragte Hunter.

„Was?", entgegnete Crafter.

Sie stöhnte genervt auf. „Welche beiden Dinge stehen mit Sicherheit fest?"

„Ach ja …" Crafter schien es beinahe vergessen zu haben. „Erstens die traurige Tatsache, dass keines der Kinder je wiedergesehen wurde, und zweitens, dass Builder vorher vor nichts Angst hatte. Das, was er dort gesehen hat, muss … wirklich furchterregend gewesen sein."

Alle dachten über Crafters Worte nach, während sie nach oben kletterten. Als Gameknight oben ankam, starrte er noch immer auf seine Füße und versuchte, einen Sinn in Crafters Geschichte zu finden. Aber da rings um ihn herum alle aufkeuchten, hob er den Kopf. Er zog mit einer flüssigen Bewegung sein Schwert und machte sich kampfbereit … doch da waren keine Spinnen, keine Zombies und keine Creeper. Stattdessen sah er riesige kristalline Eistürme, die hoch in den Himmel ragten und sich blau vom weißen Schnee abhoben. Es mussten mehrere Tausend Eiszapfen sein.

Gameknight schaute sich um und stellte fest, dass sie soeben die Eiszapfentundra betreten hatten. In der Ferne waren zwei gigantische Türme zu erkennen, die mindestens vierzig Blöcke hoch waren und identisch aussahen.

„Die Zwillinge“, sagte jemand neben ihm. Als er sich umdrehte, sah er Herder ins Gesicht, neben dem drei Wölfe standen, während die anderen die Umgebung sicherten. Eckige weiße Dampfwolken kamen ihm beim Atmen aus dem Mund, denn es war eiskalt. Gameknight spürte, wie die Kälte in seine Knochen eindrang, und seine Ohren und Wangen kribbelten.

„Ja“, meinte Monet von seiner anderen Seite.

Gameknight bestaunte die riesigen Eiszapfen. Ihm war, als hätte er zwei gewaltige gefrorene Dolche vor sich, die auf die Sonne einstachen. Dräuend ragten sie, keine zehn Blöcke voneinander entfernt, nach oben.

„Seht“, rief Crafter und deutete an den Zwillingen vorbei.

In weiter Ferne war schwach ein noch höherer Turm aus Eis auszumachen, der noch größer und breiter als die Zwillinge zu sein schien.

„Das muss der Vater sein, von dem Builder gesprochen hat“, erkannte Hunter.

Digger trat an die versammelten Dorfbewohner heran und warf ein Enderauge in die Luft. Es sauste direkt auf die Zwillinge und den Vater zu.

„Jetzt wissen wir wenigstens, dass wir in die richtige Richtung laufen“, sagte Digger und steckte die anderen Augen weg.

„Aber wir haben keine Ahnung, was uns dort erwartet“, fügte Gameknight hinzu und erschauderte, jedoch nicht vor Kälte, sondern aus Angst.

KAPITEL 8
SHAIKULUD

Herobrine materialisierte sich vor Crafters Dorf. Die Eisentore in der befestigten Mauer standen weit offen, und weit und breit war kein NPC zu sehen. Er drehte sich um und ließ den Blick über die Umgebung schweifen, aber hier war wirklich niemand. Erstaunt betrat er das Dorf und sah sich die leeren Gebäude an. Vor ihm befand sich ein großer offener Bereich, auf dem hier und da hohe Türme standen – von dort aus hatten die Bogenschützen das Dorf gegen Erebus, den König der Endermen, verteidigt. Der Boden bestand aus grauen Kiesblöcken, und darunter lag eine tiefe, mit Wasser gefüllte Grube. Herobrine wusste, dass man nur die richtigen Redstone-Schaltkreise aktivieren musste, damit die Blöcke herabstürzten und eventuelle Eindringlinge in die Grube fielen. Der nervige Benutzer-der-kein-Benutzer-ist hatte diese Taktik während des ersten historischen Kampfs um Minecraft effektiv eingesetzt.

Kaum dachte er an seinen Erzfeind Gameknight999, da leuchteten seine Augen auch schon heller. Er musste ihn finden und dazu zwingen, das Tor des Lichts zu öffnen.

„Ich werde keine Sekunde länger als nötig in diesem lächerlichen Spiel gefangen bleiben", erklärte er.

Dann schritt er mit finsterer Miene durch das Dorf und vergewisserte sich, dass wirklich niemand hier war. Der Jäger hatte recht gehabt; sie waren alle fort.

Herobrine schloss die Augen und teleportierte sich auf die Ebene jenseits der Dorfmauern, wo er genau an der Stelle auftauchte, an der er gegen Gameknight gekämpft hatte. Grinsend dachte er daran, wie entsetzt und besiegt der Benutzer-der-kein-Benutzer-ist ausgesehen hatte, als ihm klar geworden war, dass er Herobrine nicht besiegen konnte. Das war ein glorreicher Moment gewesen.

Doch sein Grinsen verblasste schnell wieder, als er zum Wald sah und weder Dorfbewohner noch Gameknight dort zu finden waren. Er starrte auf den Boden und stellte fest, dass das Gras an den Stellen, an denen die Dorfbewohner darüber gelaufen waren, noch plattgedrückt war.

„Wenigstens weiß ich, in welche Richtung du

gegangen bist … nach Nordosten“, sagte Herobrine.

Aber ihm war auch klar, dass die Spur im Wald bald verschwinden würde.

Was hast du vor, Gameknight999?, fragte er sich.

Herobrine schloss die Augen, verschwand und tauchte im dichten Dschungel wieder auf, der an Extreme Berge grenzte. Vor ihm erstreckten sich steile Hügel bis in den Himmel, als wären sie von gigantischen Fingern zusammengepresst und geformt worden. Diese Berge ließen sich nicht erklimmen, denn sie waren einfach zu steil. Man musste durch die schmalen Schluchten wandern, die sich zwischen den hohen Bergen hindurchschlängelten.

Er drehte sich um und blickte in den Dschungel, der an dieses hügelige Terrain grenzte. Einen so dichten Dschungel hatte er noch nie gesehen – die Bäume standen gerade einmal drei oder vier Blöcke auseinander. Ranken hingen von den Ästen herab und erweckten den Anschein, als hätte man eine einzige riesige Pflanze vor sich. Weiter im Inneren waren braun-orangefarbene Kakaopflanzen zu erkennen, die wie kleine orangefarbene Laternen vor dem ganzen Grün flimmerten.

„Bäume … So viele Bäume“, knurrte Herobrine.

Es sind zu viele, ich kann sie nicht alle zerstören,

musste er sich eingestehen.

Er spürte, dass ihn die alte Vettel aus den Bäumen heraus beobachtete.

Gut, soll sie doch zusehen!

„Ja, schau nur genau hin, alte Frau!“, rief er zu den Bäumen hinüber. „Dein Ende ist nahe.“

Dann wandte er sich ab und ging auf den nächsten Berg zu. Er war keine zehn Schritte vom Dschungelrand entfernt, und seine steilen Abhänge bestanden aus Stein und Erde, hier und da von einigen Kohleerzblöcken durchzogen. Am Fuß des Bergs gelangte man durch eine große Öffnung in einen dunklen Tunnel, der weit ins Gestein hineinreichte. Herobrine stand vor dem Eingang und fand, dass er an das klaffende Maul einer unterirdischen Bestie erinnerte. Er holte einige Blöcke aus seinem Inventar und stellte sie hier und da auf, sodass der Mund eckige Zähne bekam und noch schauriger wirkte.

Herobrine machte einige Schritte nach hinten und bewunderte sein Werk. Jetzt wirkte der Eingang noch gefährlicher … und furchterregender.

Er grinste.

Nachdem er die restlichen Blöcke verstaut hatte, betrat er den Tunnel. Das Klackern unzähliger Spinnen hallte durch den Gang und von den

Wänden wider. Dies war Shaikuluds Nest. Er ging schnell weiter und folgte dem gewundenen Pfad in die Tiefen von Minecraft. Der Tunnel teilte sich, und Herobrine blieb stehen und lauschte. Aus einem der beiden Tunnel war das Klackern der Spinnen zu hören. Da wusste er, welchen er nehmen musste. Auf diese Weise ging er immer weiter. Er wusste, dass es in den Extremen Bergen Höhlensysteme gab, und das mochte er besonders an diesem Terrain.

Je weiter er lief, desto lauter wurden die Geräusche der Spinnen. Sie bevorzugten Orte, die kalt und feucht waren, weit entfernt von der Lava, aber auch von der Oberfläche. Dieser mittlere Bereich gehörte den Spinnen, und zu ihnen wollte er jetzt. Herobrine beeilte sich und nutzte in langen Tunneln seine Teleportationskräfte, wenn er sein Ziel sehen konnte. Er war schon seit langer Zeit nicht mehr in Shaikuluds Nest gewesen und wusste nicht genau, ob er sich noch in die Höhle teleportieren konnte. Wenn er sich irrte und in einer Felswand landete, dann … Er war sich nicht sicher, was dann passieren würde, und er wollte es auch nicht herausfinden. Herobrine sprintete, als das Klackern immer lauter wurde, das von eintausend Spinnen zu kommen schien. Er bog um die letzte Ecke und hatte sein Ziel erreicht.

Der Tunnel führte in eine gewaltige Kammer, die gewiss so groß wie jede Zombiestadt war und deren Decke wenigstens fünfzig Blöcke hoch sein musste. Überall befanden sich Spinnennetze, und die weißen Gebilde hoben sich von den dunklen Steinwänden ab. In jedem Netz befand sich ein schwarzes, mit roten Punkten übersätes Ei. Herobrine wusste, dass in diesem Nest die nächste Spinnengeneration produziert wurde. In der gesamten Kammer waren die kleineren Höhlenspinnen zu sehen, die sich um die Eier kümmerten. Sie waren Männchen und wurden die Brüder genannt. Die größeren schwarzen Spinnen waren die Schwestern.

Einige Spinnen hielten ihn für einen dummen NPC und wollten ihn schon angreifen, doch als sie mit ausgefahrenen schwarzen Krallen näher kamen, ließ Herobrine seine Augen aufblitzen, sodass es in der Kammer hell wurde. Die Spinnen stellten den Angriff augenblicklich ein, senkten die Köpfe und verbeugten sich vor ihrem Herrn.

Unvermittelt hörte das Klackern auf. Herobrine konnte in der Höhlenmitte sehen, wie eine schwarze Spinne, die größer war als alle anderen, langsam an einem Seidenfaden herabglitt. Sie sah sehr alt aus, hatte stellenweise graues Haar und wirkte im Gesicht irgendwie altersmüde. Ihre Körperform glich der der anderen Spinnen, doch ihre Augen leuchteten böse und lilafarben und nicht bedrohlich rot wie die der Schwestern. Außerdem sahen sie, wie bei allen Schöpfungen von Herobrine, unheilvoll und grausam aus – so als wäre diese Kreatur nur aus einem einzigen Grund erschaffen worden: um andere leiden zu lassen.

Herobrines Lippen umspielte ein gemeines Lächeln.

„Komm her, Shaikulud", sagte er und wartete auf sie. „Wir haben viel zu besprechen."

Die Spinne bewegte sich vorsichtig um die vielen Eier herum, die auf dem Höhlenboden verteilt waren. Die kleinen Höhlenspinnen, die Brüder, huschten beiseite, wenn sie in ihre Nähe kam, und machten ihrer Königin Platz. Als sie Herobrine erreichte, senkte sie den Kopf und verbeugte sich.

„Wasss wünscht der Schöpfer?", fragte Shaikulud.

„Du wirst deine Spinnen auf die Suche nach dem Benutzer-der-kein-Benutzer-ist schicken", verlangte Herobrine. „Ich will wissen, wo er sich mit den Dorfbewohnern versteckt. Wenn ihr sie findet, erstattet ihr mir sofort Bericht."

„Die Befehle desss Schöpfersss werden befolgt."

„Es fügt sich bald alles zusammen", fuhr er fort. „Ich kann spüren, wie die einzelnen Teile wie vorhergesehen zusammengesetzt werden. Wenn alle neuen Schlüpflinge da sind, haben wir genug Spinnen, um alle NPCs zu vernichten und die Oberwelt für die Spinnen zu beanspruchen."

„Wasss issst mit den Grünen?", wollte Shaikulud wissen.

Herobrine wusste, dass sie sich auf die Zombies bezog.

„Sie werden uns in dieser Sache unterstützen … Ich habe es befohlen. Im Augenblick nutzen sie die Zombieportale, um von den anderen Servern hierherzukommen. Schon bald steht uns eine gewaltige Zombiearmee zur Verfügung, die für den Kampf der Spinnen eingesetzt werden kann."

„Esss issst nicht der Kampf der Spinnen, sssondern der desss Schöpfers."

Herobrine nickte und musterte die vielen Eier an den Wänden und der Decke.

„Schicke einige deiner besten Späher los, die den Befehl weitergeben. Die Suche nach dem Benutzer-der-kein-Benutzer-ist muss sofort beginnen!"

Die Spinnenkönigin senkte den Kopf und wandte sich an die nächste Höhlenspinne.

„Hol Shalir, Shabriri, Shintalli und Shaxal her."

Die kleine blaue Spinne huschte los und verschwand im Schatten. Eine Minute später war sie mit vier riesigen Spinnen zurück, die alle besonders abscheulich und grausam aussahen. Herobrine grinste.

„Meine Töchter, ihr müsssst die Kunde zu den anderen Nessstern bringen", ordnete Shaikulud an. „Der Benutzer-der-kein-Benutzer-issst mussss gefunden werden. Teilt mir ssseinen Standort mit. Diesss issst von äußerster Wichtigkeit. Habt ihr verssstanden?"

Die vier Spinnen klapperten mit den Mundwerkzeugen und verneigten sich vor ihrer Königin.

„Jetzt geht!", befahl sie.

Schon liefen die Kundschafterinnen aus der Höhle und schossen in die Tunnel, die zur Oberfläche führten. Eine krabbelte an der Decke, andere an den Wänden oder über den Boden.

„Sehr gut", sagte Herobrine und wandte sich erneut der Spinnenkönigin zu. „Jetzt ist es wichtiger als je zuvor, dass du die alte Vettel beschützt und niemanden zu ihr lässt. Ich spüre, dass sie in dieser

Angelegenheit noch eine Rolle spielen wird, und sie könnte uns noch nützlich sein. Ich habe dich vor einem Jahrhundert erschaffen, um sie zu bewachen, und jetzt musst du deine Aufgabe erfüllen. Hast du verstanden?"

Shaikulud nickte gehorsam, und ihre lilafarbenen Augen leuchteten hell.

„Hervorragend", meinte Herobrine. „Und jetzt kümmere dich um deine Eier und schick Wachen aus, die die Vettel in ihrer Steinhütte beschützen. Lasst niemanden zu ihr, und bestraft jeden, der es versucht."

„Die Befehle desss Schöpfersss werden ausssgeführt."

Herobrine wandte sich dem Höhleneingang zu und ließ seinen ganzen Zorn und Hass auf seinen Feind aus sich heraus, woraufhin seine Augen grell leuchteten.

„Du kannst dich nicht mehr lange vor mir verstecken!", brüllte er.

Dann nahm er seine Kräfte zusammen, griff in die Tiefen von Minecraft und schrie aus Leibeskräften: „ICH KOMME DICH HOLEN, GAMEKNIGHT999!"

Damit war Herobrine verschwunden.

KAPITEL 9

DAS NETZ DER SPINNE

Die NPCs bewegten sich schweigend durch die Eiszapfentundra, und es war nichts als das Knirschen ihrer Schritte auf der dünnen Schneeschicht am Boden zu hören. Ihre Fingerspitzen kribbelten in der kalten Luft, sodass alle ein wenig angespannt waren – und das lag nicht nur an den Temperaturen. Sie waren nervös. Es war gefährlich, sich auf freier Fläche aufzuhalten, wo man schon von Weitem gesehen werden konnte, und das gefiel keinem der NPCs. Sie wussten, dass sie nur ein Monster entdecken musste, und schon würde sich eine ganze Horde auf sie stürzen. Aus diesem Grund bewegte sich die Gruppe zwischen den verschneiten Hügeln auf einem gewundenen Pfad auf die beiden gewaltigen Eiszapfen zu … die Zwillinge. Als sie dieses seltsame Land betreten hatten, waren die Türme noch in weiter Ferne gewesen, aber jetzt, nach einem harten Tagesmarsch, ragten sie hoch über ihnen auf und schienen gleich hinter der nächsten Wegbiegung zu liegen.

Gameknight befand sich im vorderen Teil der Kolonne, dicht gefolgt von Monet113 und Stitcher, während Crafter neben ihm lief. Mit einem Mal blieb er stehen, als er spürte, wie etwas durch sein ganzes Wesen hallte. Dieses Gefühl zerrte und riss an ihm und fühlte sich an, als würden rostige Dornen in seinen Verstand gebohrt. Zuerst glaubte er, jemand – oder etwas – hätte seinen Namen gerufen, doch eigentlich war es nur ein Gefühl … ein sehr ungutes Gefühl. Er spürte es im Gewebe von Minecraft, und die Musik der Serverebenen wurde plötzlich misstönend und verzerrt. Es lief ihm eiskalt den Rücken herunter, und er zitterte vor Angst.

Dann war es wieder vorbei.

„Was ist los?", erkundigte sich Crafter und legte seinem Freund eine Hand auf die Schulter.

„Ach … nichts", flunkerte Gameknight und rieb sich die Hände, um sie zu wärmen.

„Das ist gelogen", schimpfte Monet. „Ich sehe es dir immer an, wenn du lügst, denn dann machst du immer diese Sache."

„Was mache ich?", wollte er wissen.

„Ach …", machte seine Schwester ihn nach.

Gameknight wandte den Blick ab und bekam rote Wangen.

„Ich dachte, ich hätte etwas gespürt", gab er zu. „Ihr wisst schon, durch die Musik von Minecraft. Es fühlte sich an, als würde etwas Gewalttätiges und Hasserfülltes nach mir greifen."

„Das war bestimmt Herobrine", meinte Crafter. „Er allein ist dazu imstande." Er schaute sich um und erblickte den Fuß der Zwillinge direkt vor ihnen, wo sie zwischen zwei Hügeln aufragten. Einige kleinere Eiszapfen zierten die Hügel und hoben sich bläulich vom weißen Schnee ab. „Dies wäre ein guter Ort, um das Nachtlager aufzuschlagen. Hier können wir uns verteidigen."

Gameknight schaute sich ebenfalls um und nickte. Die NPCs machten sich sogleich an die Arbeit und schlugen wie jede Nacht seit Verlassen des Dorfs das Lager auf. Gameknight nahm seine Schwester an die Hand und kletterte mit ihr auf den nächsten Hügel, damit sie den Dorfbewohnern nicht im Weg waren. Oben angekommen setzten sie sich auf einen Block aus gefrorener Erde und blickten gen Osten zum gigantischen Eiszapfen hinüber … dem Vater. Das ungleichmäßige Gebilde schien bis in den Himmel zu reichen und hatte oben eine Wölbung, über der das Eis zu einer Spitze zusammenlief.

Sie saßen da und bewunderten die unzähligen Eisskulpturen in der Landschaft, während sich die Sonne dem Horizont näherte und sie in warmes purpurnes Licht tauchte. Die Geschwister froren ein wenig und rutschten zusammen, um sich zu wärmen, während sie den Sonnenuntergang betrachteten. Schließlich wurde der hellblaue Himmel dunkler, und eine orangefarbene Linie tauchte am Waldrand in der Ferne auf.

„Die Farben sind umwerfend, findest du nicht auch, Schwesterchen?", fragte Gameknight, dessen Worte von eckigen Dampfwölkchen begleitet wurden.

Er erhielt keine Antwort. Als er sich umdrehte, stellte er fest, dass seine Schwester das Farbenspiel fasziniert betrachtete. Die gefrorenen Strukturen vor ihnen reflektierten und brachen die Farben auf jede nur denkbare Weise. Die Landschaft verwandelte sich von einer eisblauen und schneeweißen Leinwand in die Palette eines Malers voller unterschiedlicher Farben und Farbtöne, und jeder Eisblock und schneebedeckte Fleck schillerte.

Die Sonne wanderte weiter nach unten und war nur noch halb zu sehen.

Der Himmel nahm einen dunklen Blauton an,

und die ersten Sterne tauchten weit im Osten auf. An der Stelle, an der sich Himmel und Erde berührten, herrschte ein Kampf zwischen Orange- und Blautönen, und der Horizont sah aus, als würde er brennen und strahlte in Orange, Gelb und Rot, während der Himmel darüber dunkelblau wurde. Die Wolken, die ihre endlose Reise gen Westen fortsetzten, sahen aus wie fluffige weiße Rechtecke, als sie in der Ferne verschwanden. Sie fielen vor dem marineblauen Himmel deutlich auf, wurden jedoch immer dunkler, je weiter sie sich entfernten.

Die Sonne sank noch tiefer und war nun fast untergegangen.

Monet fiel vor Staunen die Kinnlade herunter, als der Himmel immer dunkler wurde und immer mehr Sterne am Himmel erschienen, so als wollten sie die Symphonie aus Farben noch weiter verstärken. Der Horizont flackerte ein letztes Mal orangefarben auf und ging dann in Schwarz über, sobald die Sonne verschwunden war.

Die Nacht war angebrochen.

Gameknight drehte sich wieder zu seiner Schwester um. Sie strahlte von einem Ohr zum anderen. Eine kleine eckige Träne lief ihr eine Wange herunter, tropfte von ihrem Kinn und landete auf dem Boden, wo sie sogleich gefror.

„Das würdest du jetzt bestimmt gern malen, was?“, fragte er.

Sie sah ihn an und nickte.

„Aber ich habe keine Blumen mehr, aus denen ich Farben machen könnte“, erwiderte sie ein wenig traurig und seufzte.

Gameknight schaute sich um, aber in diesem gefrorenen Land wuchsen keine Blumen.

„Dann wird das warten müssen, bis wir dieses Biom wieder verlassen haben“, meinte er. „Aber wir werden schon bald welche finden. Lass uns jetzt gehen. Das Lager steht.“

Sie erhoben sich und gingen den Hügel vorsichtig wieder herunter. Gameknight war überrascht, dass alles fertig war; die Effizienz der NPCs erstaunte ihn jedes Mal aufs Neue. Sie hatten eine Mauer aus Erdblöcken rings um das Lager errichtet, an der hier und da Türme aus Holz und Sandstein standen, um den Bogenschützen eine bessere Schussposition zu verschaffen. Auf mehreren kleineren Hügeln waren Wachen auf den hohen Eiszapfen postiert, die das Land weit überblicken konnten.

In der Mitte des Lagers hatte Herder gerade eine Koppel fertiggestellt, in der die meisten seiner Tiere bereits eng aneinandergepresst standen, um sich zu wärmen. Der Junge hatte eine seltsame Art, mit den Tieren umzugehen, und sie schienen stets genau das zu tun, was er von ihnen verlangte. Keiner wusste mehr über die Tierwelt als er, selbst Crafter nicht … Daher war er perfekt dafür geeignet, sich um die Herde des Dorfes zu kümmern. In der Nähe hielt sich ein großes Wolfsrudel auf. Die Tiere trugen allesamt rote Halsbänder, da sie den schlaksigen Jungen als ihren Herrn anerkannten. Nach der grauenvollen Schlacht an den Stufen zur Quelle hatten die Soldaten begonnen, ihn Wolfsmann zu nennen. Seine Wölfe hatten den Kampf gedreht und vielen das Leben gerettet. Nun belästigte ihn keiner mehr und nannte ihn Schweinejungen; jetzt war er der Wolfsmann, ein geschätztes Mitglied seiner Dorfgemeinschaft, auch wenn er sich noch immer von den meisten anderen NPCs unterschied – doch alle wussten, dass er eine Bereicherung für sie war.

In der Nähe der Koppel bemerkte Gameknight zahlreiche Betten dicht nebeneinander. Darauf lagen rote Decken, die vor den Schnee- und Eisblöcken umso deutlicher auffielen. Dort würden die Dorfbewohner schlafen, die gerade keinen Wachdienst hatten. Als Gameknight die Betten sah, machte sich seine Müdigkeit auf einmal bemerkbar, die ihm unbewusst schon seit Stunden zusetzte.

„Wir sollten uns hinlegen und uns ausruhen, Monet."

„Aber ich wollte zusammen mit Stitcher die Eiszapfen erkunden", protestierte sie.

„Auf gar keinen Fall", erklärte Gameknight mit ernster Stimme. „Stitcher wird Wache halten und nicht auf Erkundung gehen. Und du bist viel zu jung und unerfahren, um sie dabei zu unterstützen."

„Stitcher ist doch genauso klein wie ich. Warum darf sie Dinge tun, die mir verboten werden?"

„Wenn Stitcher ihren Bogen in der Hand hat, kann sie es mit jedem Monster in Minecraft aufnehmen", erwiderte Gameknight999. „Sie ist, abgesehen von ihrer Schwester, unsere beste Schützin, und sie ist schon vielen Monstern im Kampf gegenübergetreten. Ich vertraue darauf, dass Stitcher weiß, was sie tut."

„Aber ich nicht?"

„Du bist zu jung und noch nicht bereit!"

„Ich hätte nie gedacht, dass ich das mal erlebe!", schimpfte Monet frustriert.

„Dass du was erlebst?"

„Ich hätte nie gedacht, dass du mal so klingen würdest wie unsere Eltern … ‚Du bist zu jung … Du weißt nicht, was du tust … Du kannst keine Verantwortung übernehmen …' Genau wie Mom und Dad."

Bevor Gameknight noch etwas sagen konnte, wirbelte sie herum und hielt auf das hinterste Bett zu. Während er noch schockiert und verletzt dastand, zog sie ihre Rüstung aus und platzierte sie auf dem Rüstungsständer am Kopfende des Bettes. Sie legte sich hin, starrte ihren Bruder kurz stirnrunzelnd an, zog sich dann die Decke über den Kopf und schlief augenblicklich ein.

Bin ich wirklich so schlimm?, fragte sich Gameknight. *Ich streite mich oft mit Mom und Dad, dass ich nicht wie ein Kind behandelt werden will, und fordere mehr Verantwortung. Aber die hat ihren Preis … Man muss eine Sache durchziehen, selbst wenn es einem noch so schwerfällt.*

Er blickte auf seine schlafende Schwester herab. Konnte er sie für den Wachdienst einteilen und ihr all das zumuten, was die anderen NPCs auch taten? Sie war manchmal so impulsiv und handelte, ohne nachzudenken … Aus diesem Grund saßen sie doch überhaupt hier in Minecraft fest. Sie hatte den Digitalisierer benutzt, um ins Spiel zu gelangen, ohne über die Konsequenzen nachzudenken. Und jetzt kamen sie beide nicht mehr hier weg – ihretwegen!

Mit einem frustrierten Knurren ging er zu einem Bett und legte sich ebenfalls hin. Er behielt die Rüstung an, damit er bei einem Angriff schnell reagieren konnte. In der Rüstung zu schlafen war allerdings nicht gerade bequem, da sie nach dem letzten Kampf gegen Herobrine an vielen Stellen gerissen oder aufgeplatzt war. Außerdem erinnerte ihn die kalte Diamantbeschichtung immer an jene schicksalhafte Begegnung.

Wieder einmal musste er an den letzten Kampf denken, bei dem Herobrine ihn beinahe getötet hatte, aber seine Müdigkeit gewann die Oberhand, und Sekunden später war er eingeschlafen.

* * *

Silbriger Nebel wirbelte um ihn herum und verdeckte die Umgebung. Er wusste sofort, dass er im Land der Träume war, dem Ort zwischen Wachsein und tiefem Schlaf. Gameknight999 war ein Traumwandler, ebenso wie Hunter und Stitcher. Die Schwestern schienen das zu genießen, denn sie suchten das Land der Träume regelmä-

ßig auf, um für die Sicherheit aller zu sorgen. Im nebligen Dunst lauerten Monster, die jederzeit aus dem silbrigen Nebel hervorkommen und einen angreifen konnten. Wenn man im Land der Träume starb, war man wirklich tot. Aber für Gameknight war dies nur eine weitere Last, die er tragen musste.

Er ging vorwärts und konnte in einiger Entfernung etwas erkennen. Als er näher kam, stellte es sich als Dschungel heraus, in dem die Bäume dicht an dicht standen und unzählige Ranken an den Ästen wucherten. Überall hingen leuchtende Kakaobohnen, aus denen man Kekse machen konnte und die einem im Notfall als Nahrung dienten.

So ein Keks käme ihm jetzt gerade recht.

Plötzlich spürte er eine Eiseskälte, die ihm durch die Rüstung bis in die Knochen drang. Das war nicht nur eine Brise, sondern etwas anderes – etwas Unheilvolles und Böses. Mit einem Mal stand er vor einigen steilen Hügeln und wusste, dass er sich in den Extremen Bergen befand. In einem der Hügel klaffte ein gewaltiger Tunneleingang, der an das Maul einer riesigen Bestie erinnerte. Gameknight sah mehrere Steinblöcke, die jemand so davorgelegt hatte, dass sie wie Zähne aussahen.

Wer macht denn so was?, *fragte er sich.*

Er betrat den Tunnel und folgte dem eiskalten Gefühl

durch gewundene Gänge und felsige Passagen. Zwar war ihm bekannt, dass es in den Extremen Bergen riesige Höhlensysteme gab, aber er hatte bisher noch keines davon erforscht.

Nach einigen Minuten gelangte er in eine gewaltige Höhle, die ebenso groß war wie die, in der sie die Zombiestadt entdeckt hatten. Die Rückwand war aufgrund des Nebels nicht zu erkennen, sodass die ganze Kammer noch riesiger wirkte. Er trat ein und betrachtete die Wände. Aus irgendeinem Grund sahen sie aus, als würden sie sich bewegen … Sie zuckten und wanden sich, als wären sie lebendig.

Gameknight hatte Angst.

Er holte sein verzaubertes Schwert aus dem Inventar. Das schillernde Blau der Klinge tauchte seine Umgebung in ein saphirfarbenes Leuchten, und er konnte die Wände besser erkennen.

Spinnen! Die Wände waren voller Spinnen!

Sie waren überall, am Boden, an den Wänden und an der Decke. Aber noch verstörender waren die Eier. Es mussten an die tausend sein. Sie waren rot-schwarz und wurden von Hunderten von Höhlenspinnen versorgt. Irgendwie spürte er hier im Land der Träume, dass es noch Hunderte solcher Spinnennester auf den Servern gab. Wenn all diese Schlüpflinge geboren wurden, dann wür-

den sie die NPCs überrennen und vielleicht sogar zum Absturz der Server führen.

Was wohl passiert, wenn der Server abstürzt? *Der Gedanke bewirkte, dass Gameknight eine Gänsehaut bekam.*

Ganz langsam ließ sich ein riesiges Objekt an einem dünnen Spinnenfaden von der Decke herab. Gameknight konnte die Kreatur nicht gut erkennen, da ihr Körper vom silbrigen Nebel verhüllt war, aber einiges ließ sich dennoch ausmachen: Acht scharfe, geschwungene Klauen ragten unten aus dem Dunst heraus und schienen in der Dunkelheit zu funkeln. Obwohl er den Körper nicht sah, ging er davon aus, dass es sich ebenfalls um eine Spinne handelte. Aber dann sah er die Augen … und sie waren entsetzlich! Darin glühte ein lilafarbenes Licht, das wütend und hasserfüllt wirkte. Die Augen schimmerten auf dieselbe Weise, wie es die des Zombiekönigs getan hatten … oder die des Königs der Endermen … und des Netherkönigs. All diese Kreaturen, Xa-Tul, Erebus und Malacoda, waren sich ähnlich gewesen und von Herobrine gecraftet worden – und offenbur gab es noch eine weitere. Diese kam ihm noch gefährlicher vor als die anderen, und ihm war, als wäre sie zu einem einzigen Zweck geschaffen worden: um zu zerstören.

„Wie ich sehe, hast du meine älteste Schöpfung ken-

nengelernt", sagte eine böse Stimme.

Gameknight drehte sich um und entdeckte Herobrine an der anderen Seite der Höhle. In seinen leuchtenden Augen lag unverhohlener Hass. Er trug nicht etwa Schwarz wie bei ihrer letzten Begegnung, sondern sah jetzt anders aus. In der grünen Robe mit dem braunen Streifen glich er einem Jäger. Das lange blonde Haar hing ihm bis auf die Schultern, und er war größer; seine Augen ließen allerdings sein wahres Ich erkennen.

„Das ist Shaikulud, meine erste Kreatur", teilte Herobrine ihm mit. „Ich werde dafür sorgen, dass ihr beide euch gut kennenlernt. Du solltest sie dir jetzt genau ansehen, da du bei eurer nächsten Begegnung nicht die Gelegenheit bekommen wirst, ihre Schönheit zu bewundern."

Gameknight drehte sich zu der Spinne um. Ihr Körper war noch im Nebel verborgen, aber als er seinen Geist ausstreckte, bemerkte er dünne lilafarbene Fäden, die von ihren Augen in alle Richtungen ausgingen und sich um jede einzelne Spinne legten. Es war, als wäre sie eine Puppenspielerin und würde die anderen Spinnen mit ihrem Willen kontrollieren.

Er betrachtete die Königin genauer und entdeckte einige dickere Fäden aus leuchtenden Fasern, die durch die Felsendecke führten, als wäre diese gar nicht vorhanden. Womit die wohl verbunden waren? Vielleicht mit einigen

Spinnen, die sich an anderen Orten aufhielten, oder mit den vielen Nestern, die verborgen in Minecraft existierten. Bevor er jedoch länger darüber nachdenken konnte, hörte er auch schon wieder Herobrines Stimme in seinem Kopf.

„Du wirst dich mir nicht mehr lange entziehen können, Benutzer-der-kein-Benutzer-ist. Meine wundervollen Tierchen werden dich schon bald finden, und dann treten wir einander erneut im Kampf gegenüber."

„Ich habe keine Angst vor dir, Herobrine", brüllte Gameknight, doch seine Stimme bebte vor Furcht.

Herobrine lachte.

„Wenn wir uns begegnen, wirst du tun, was ich verlange, und durch das Tor des Lichts zurück in die physikalische Welt gehen. Du hast gar keine andere Wahl."

„Niemals!"

„Ha! Es ist unausweichlich. Wenn du deinen letzten Herzschlag spürst und deinen letzten Atemzug tust, wirst du nach allem greifen, womit du dein armseliges Leben retten kannst, denn dir fehlt die Kraft, dich mir zu widersetzen. Dein Skin mag der eines ausgewachsenen Benutzers sein, aber ich durchschaue dich und weiß, dass du in Wirklichkeit nur ein Kind bist. Du hast nicht den Mumm, harte Entscheidungen zu treffen und sie dann auch durchzuziehen."

Herobrine lachte erneut auf und klang sogar noch böser.

„Schon bald wirst du mir gehören", fuhr er fort. „Aber vorerst wollen wir uns noch ein bisschen amüsieren."

Mit einer schnellen Bewegung zog Herobrine sein Diamantschwert, verschwand und tauchte neben Gameknight wieder auf, um ihn zu attackieren.

Doch Gameknight versuchte gar nicht, den Angriff abzuwehren, sondern rief aus Leibeskräften: „WACH AUF … WACH AUF … WACH AUF …"

Gameknight wurde schlagartig wach und war von Dorfbewohnern umgeben. Crafter hatte ihm eine kalte Hand auf die Schulter gelegt und schüttelte ihn.

„Ich weiß, wie man ihn aufweckt", sagte Hunter. „Das habe ich schon öfter gemacht."

Gameknight setzte sich auf, schob Crafters Hand weg und hielt Hunter von dem ab, was sie vorhatte.

„Ich bin wach … Ich bin wach!", rief er.

„Geht es dir gut?", erkundigte sich Crafter.

Gameknight erhob sich und blickte sich im Lager um. Alle NPCs waren aufgewacht, und viele hielten ihre Waffen in der Hand. Digger stand mit seiner großen Spitzhacke in der Nähe der Mauer. Die Bogenschützen auf den Eistürmen hatten Pfeile angelegt und wirkten kampfbereit. Das ganze Lager glich einer gespannten Feder, die jeden Augenblick losschießen konnte … und das alles nur seinetwegen. Im Osten wurde der Himmel langsam heller … Der Morgen dämmerte.

„Wir müssen aufbrechen", verkündete Gameknight. „Und wir müssen uns beeilen."

„Was ist los?", fragte Hunter, die ihren Bogen wegsteckte und auf ihren Freund zutrat. „Was ist passiert?"

„Ich habe Herobrines Plan gesehen und weiß jetzt, dass wir nicht trödeln dürfen", antwortete er schnell. „Wir müssen herausfinden, wie wir ihn besiegen können, bevor die Eier ausgebrütet sind, sonst sind wir verloren."

„Eier? Hast du jetzt endgültig den Verstand verloren?" Hunter musterte ihn irritiert. „Was redest du denn da?"

„Das erkläre ich später", meinte er nur und faltete sein Bett zusammen. „Jetzt müssen wir erst mal das Lager abbrechen und dic Festung finden."

Er spürte, wie sich die Puzzleteile in seinem Kopf in Bewegung setzen. Irgendwo dort befand sich auch die Lösung, wie sie Shaikulud und die vielen Spinnen besiegen konnten. Dummerweise war das Ganze bisher nur ein riesiges Durcheinander.

„Wir müssen schneller sein als Herobrine und seine Spinnen“, sagte er und drehte sich zu Crafter um, neben dem Digger aufgetaucht war. „Denn die, die das Rennen verlieren, verlieren auch ihr Leben.“

KAPITEL 10
DER VATER

Die NPCs hasteten über das gefrorene Land. Gameknight ging an der Spitze neben Digger. Er rannte, wann immer es möglich war, lief ansonsten schnell und trieb die Armee der Dorfbewohner zu Höchsttempo an. Seine Füße waren eiskalt, seine Hände durchgefroren und seine Wangen taub, aber er wurde nicht langsamer … Es stand einfach zu viel auf dem Spiel.

Sie liefen durch die schmalen Schluchten zwischen den Hügeln und versuchten, möglichst in Deckung zu bleiben, während sie den Enderaugen folgten, die Digger immer wieder in die Luft warf. Inzwischen war offensichtlich, dass die leuchtenden Kugeln sie zu dem riesigen Eiszapfen führten: dem Vater. Je näher sie ihm kamen, desto deutlicher war zu erkennen, dass es sich nicht nur um eine dicke Eissäule handelte, sondern um drei gefrorene Gebilde, die in einem komplexen Muster aus einander überlappenden Strukturen miteinander verschmolzen waren. Der Anblick erinnerte Gameknight an die Zöpfe, die seine Mom Jenny früher geflochten hatte, und ihm war schleierhaft, wie sich dieses unglaubliche Konstrukt auf natürliche Weise gebildet haben konnte. Allerdings entstanden in Minecraft manchmal wirklich unglaubliche Dinge.

Zu seiner Rechten sah Gameknight eine dicke Eissäule, die etwa fünfzehn Blöcke hoch und oben dick mit Schnee bedeckt war. Darauf befand sich ein etwa vier Blöcke breiter flacher Bereich. Gameknight trat neben Crafter.

„Hast du noch Enderperlen aus dem Ende dabei?“, fragte er.

„Da muss ich nachsehen“, antwortete der junge NPC.

Enderperlen droppten beim Tod eines Endermans. Bei ihrem letzten Abenteuer waren Gameknight und seine Freunde ins Ende, die Heimat der Endermen, gereist, um dort gegen zahlreiche der finsteren Monster – und den Enderdrachen – zu kämpfen, wodurch sie an viele der bläulichen Perlen gelangt waren. Sie waren die Hauptzutat des Crafting-Rezepts für Enderaugen. Aus diesem Grund hatten sie den Großteil verbraucht, aber nach kurzer Suche entdeckte Crafter noch zwei Perlen in seinem Inventar. Gameknight nahm ihm die leuchtenden Kugeln ab.

„Was hast du vor?“, wollte Monet wissen.

„Man kann sich mithilfe von Enderperlen augenblicklich über größere Distanzen teleportieren“, erklärte Gameknight. „Ich werde mich auf die Spitze dieser Säule begeben und mich umsehen … mich vergewissern, dass wirklich keine Monster in der Nähe sind.“

„Ich will mit“, flehte Monet.

Gameknight999 reagierte nicht. Er drehte sich um, ging zum Fuß der Säule und warf eine Enderperle oben auf die Plattform. Augenblicklich wurde er an die Stelle teleportiert, an der die Kugel gelandet war. Kurz tat ihm alles weh, da er beim Materialisieren ein wenig Schaden genommen hatte, doch es ging ihm gut. Dann sah er sich gründlich nach Gefahren um. Als er nichts außer blauem Eis und weißem Schnee erkennen konnte, atmete der Benutzer-der-kein-Benutzer-ist erleichtert auf.

Er nahm die zweite Enderperle in die Hand und warf sie Monet zu. Als er neben seiner Schwester auftauchte, kam Tiller mit besorgter Miene auf ihn zu.

„Du solltest bei so was lieber vorsichtig sein“, ermahnte sie ihn mit mütterlich besorgtem Gesicht.

„Keine Gefahr in Sicht“, rief Gameknight999 und ging mit Tiller und seiner schmollenden Schwester im Schlepptau weiter.

„Erzähl mir von deiner Tochter Rider, Tiller“, bat Monet. „Wie hat sie ausgesehen?“

Tiller lächelte.

„Sie war der schönste NPC, den du dir nur vorstellen kannst“, begann sie. „Ihr Haar war so blond, als wäre es aus Goldfäden gesponnen worden. Im Sonnenlicht hat es fast schon geleuchtet.“

„Das klingt wunderschön“, meinte Monet.

„Sie war dir sehr ähnlich, Monet“, fuhr Tiller fort. „Rider besaß ebenfalls einen unabhängigen Geist und tat, was sie für richtig hielt, ohne an die Konsequenzen zu denken.“

„Wir hätten uns bestimmt gut verstanden“, sagte Monet und stieß ihrem Bruder mit einem Ellbogen in die Rippen.

„Autsch“, protestierte er, musste dann aber grinsen.

„Sie ist gern mit den Loren gefahren“, berichtete Tiller. „Es war ihre Aufgabe, nach Stellen zu suchen, an denen das Lorennetzwerk für die Benutzer sichtbar wurde. Sie war die Beste darin und hat die Fehler immer schon gefunden, bevor sie sich bemerkbar machten. Wenn sie eine verlassene Mine in Auftrag gegeben hat, dann wurde das sofort umgesetzt."

„Stimmt", bestätigte Crafter, der vor ihnen lief und über die Schulter blickte. „Sie hatte ein gutes Auge, wenn es um die Begutachtung der Strecken ging."

Tiller strahlte.

„Wie ist sie … gestorben?", fragte Monet.

„Es passierte, als Erebus, der König der Endermen, unser Dorf angegriffen hat", antwortete Tiller mit schwankender Stimme. „Sie wollte nicht mit den anderen Frauen zurückbleiben. Rider sagte immer, eine Frau könne dasselbe tun wie ein Mann, und das bedeutete auch, dass sie kämpfen wollte, um ihr Dorf zu beschützen."

„Damit hatte sie recht", rief Hunter von weiter hinten.

Tiller drehte sich um und lächelte Hunter zu.

„Als die Zombies die Tore durchbrachen und unser Dorf stürmten, lief sie los, um sie aufzuhalten … Danach habe ich sie nicht mehr gesehen."

„An jenem Tag hatten wir viele Tote zu beklagen", bestätigte Crafter.

Tiller nickte.

„Diese ersten Kriegstage waren furchtbar“, fügte Crafter hinzu.

„Und es ist noch nicht vorbei“, warf Gameknight ein. „Da draußen gibt es noch immer Monster, die uns vernichten wollen.“

„Ebenso wie wir sie“, schaltete sich Hunter ein.

Gameknight seufzte und tätschelte Tiller tröstend die Schulter, da er nicht mehr als das für sie tun konnte. Sie blickte lächelnd zu ihm auf, und in ihren warmen haselnussbraunen Augen spiegelte sich das Vertrauen auf den Benutzer-der-kein-Benutzer-ist wider.

Vor ihnen ragte die riesige Eissäule, der Vater, auf. Als sie näher kamen, stellten sie fest, dass die Spitze in den Wolken verschwand, so unfassbar hoch war dieses Gebilde. Sobald sie direkt davor standen, warf Digger noch ein Enderauge in die Luft. Anstatt davonzufliegen, fiel es einfach vor dem Vater zu Boden.

„Sie ist hier“, stellte Digger mit seiner tiefen Stimme fest und hob die Kugel wieder auf.

„Okay, räumt einen drei mal drei Blöcke großen Bereich frei“, wies Gameknight ihn an.

Digger zückte seine Spitzhacke und beseitigte den Schnee von den angewiesenen neun Blöcken. Darunter kam zuerst noch mehr Schnee zum Vorschein, den er ebenfalls abtrug, bis nichts als Erde vorhanden war. Dann sah er den Benutzer-der-kein-Benutzer-ist an.

„Jetzt bau eine Wendeltreppe, die gerade nach unten führt."

„Ich dachte, man darf nicht gerade nach unten graben?", fragte Monet, die nun auch bei ihrem Bruder eintraf.

„Wir graben ja auch nicht gerade nach unten", erklärte Gameknight. „Digger wird eine Treppe bauen, die immer einen Block nach unten und einen Block nach vorn führt, wie eine Wendeltreppe. So gelangen wir sicher nach unten." Er wandte sich an Digger. „Fang sofort an, und sag Bescheid, wenn du noch etwas brauchst."

„Graben ist mein Leben", erwiderte der große NPC grinsend. „Dabei brauche ich keine Hilfe."

„Okay, dann können die anderen schon mal Befestigungen rings um diese Stelle aufbauen. Hunter, du musst ihnen sagen, wie du alles haben willst. Ich befürchte, dass Herobrine wissen wird, dass wir da sind, sobald wir die Festung betreten haben."

„Alles klar", erwiderte Hunter, wirbelte herum und erteilte Befehle, wobei ihr rotes Haar durch die

Luft wirbelte, wann immer sie den Kopf wild drehte.

„Was ist mit mir?“, wollte Monet wissen.

„Noch nicht“, wimmelte Gameknight sie erneut ab. „Ich brauche alle Digger. Jeder, der keine Befestigungen baut, muss sofort anfangen zu graben. Wir benötigen wieder einmal Eisen.“

Ein Dutzend NPCs steckte die Schwerter weg und zückte Schaufeln. Sie suchten sich einen Fleck aus und machten sich ans Werk, indem sie erst die Erde mit den Schaufeln abtrugen und zu den Spitzhacken griffen, sobald sie auf Stein stießen.

„Was ist mit mir?“, jammerte Monet.

„Noch nicht … Zu dir komme ich gleich.“

Er drehte sich zu Herder um.

„Du musst deine Wölfe losschicken, damit sie nach Monstern suchen, Herder“, ordnete Gameknight an. „Der Wolfsmann muss einsatzbereit sein. Ich habe Folgendes vor.“

Rasch erklärte er ihm seinen Plan und ritzte mit der Schwertspitze eine Skizze in den Schnee.

„Ich werde tun, was du verlangst“, versprach Herder begeistert.

Er legte die Finger an den Mund und pfiff laut. Augenblicklich jaulten alle Wölfe im Lager auf, kamen angelaufen und folgten Herder, der sie vom Vater wegführte. Nach etwa zehn Blöcken zog er mit der Hälfte des Rudels weiter nach Süden, während der Rest gen Norden wanderte.

„Gameknight …" Monet klang immer frustrierter.

„Noch nicht!", fauchte er. „Kavallerie, ich brauche berittene Krieger."

Zwanzig Krieger sprangen auf ihre Rösser und galoppierten zu ihm.

„Bewacht die Umgebung, und haltet Ausschau nach Monstern. Sie werden bald kommen. Wenn es nur wenige sind, vernichtet sie." Gameknight sah den NPCs in die Augen, als er ihnen Befehle erteilte, und war sich bewusst, dass einige von ihnen vielleicht den Tod finden würden. „Wenn es viele sind, dann müssen einige von euch die Monster aufhalten, während die anderen zum Lager zurückkommen und uns warnen."

Er ließ den Kopf sinken.

„Es tut mir sehr leid, dass ich das von euch verlangen muss, aber …"

„FÜR MINECRAFT!", brüllte einer der Krieger, und die anderen fielen in den Schlachtruf mit ein und ritten los.

„Gameknight … Was kann ich tun?“, verlangte Monet erneut zu erfahren, die inzwischen ganz verzweifelt klang.

Der Benutzer-der-kein-Benutzer-ist drehte sich zum Schmied und seinen Lehrlingen um.

„Platziert Pfeilbomben auf dem freien Feld, Smithy“, forderte Gameknight. „Wahrscheinlich wird der Angriff von dort aus erfolgen.“

Der Schmied nickte und machte sich mit seinen Gesellen ans Werk.

„Gameknight …“, jammerte Monet. „TOMMY!“

„Ja doch!“, knurrte Gameknight und drehte sich zu seiner Schwester um.

„Was kann ich tun? Ich will auch was machen … Ich muss etwas tun“, sagte sie. „Das ist jetzt auch meine Familie.“

„Gut, ich habe folgende Aufgabe für dich“, entgegnete Gameknight. „Siehst du den Eiszapfen da vorn?“ Er deutete auf den Vater. „Ich möchte, dass du zusammen mit Stitcher Stufen an der Seite baust, bis ihr die Umgebung gut im Blick habt. Dann nimmst du Hunters Bogen …“

„Was?!“, brüllte Hunter.

„Ich sagte, Hunter wird dir gern ihren Bogen geben, da sie mit mir in die Festung geht und ihren

Bogen da unten sowieso nicht gebrauchen kann." Er starrte Hunter an. Sie blickte erst grimmig drein, lächelte dann jedoch und reichte Monet ihren verzauberten Bogen. „Gut, dann haltet ihr beide mal Ausschau nach Monstern, und wenn ihr welche seht, schießt du auf die Pfeilbomben. Alles klar?"

Monet nickte grinsend.

„Du trägst eine große Verantwortung", ermahnte Gameknight sie, „und diese Aufgabe ist gefährlich. Wenn du von da oben runterfällst …"

„Ja, ja, ich weiß, dann falle ich ‚aus zu großer Höhe', richtig?" Sie zitierte die Nachricht, die man bei Minecraft bekam, wenn man abstürzte … und starb.

„Ganz genau", bestätigte Gameknight, trat dichter an sie heran und senkte die Stimme. „Du musst das nicht tun, aber ich habe einfach nicht genug Leute …"

„Ich schaffe das … Du kannst mir vertrauen", versicherte sie ihm.

So etwas hatte er auch immer zu ihrem Dad gesagt, wenn er mehr Verantwortung übernehmen wollte, was dazu geführt hatte, dass er während der Abwesenheit seines Vaters auf seine Schwester aufpassen musste …

Warum kann ich jetzt nicht zu Hause sein?

Er musste an seinen Freund in der physikalischen Welt denken ... Shawny.

Shawny ... Funktioniert der Digitalisierer wieder?, fragte er in seinem Kopf und schickte die Gedanken auf die Minecraft-Server in der Hoffnung, dass die Worte auf dem Bildschirm erscheinen würden.

Immer noch nicht, lautete die Antwort. *Ich nehme gerade einige der anderen Geräte im Keller auseinander und suche nach Ersatzteilen, aber bisher habe ich nichts gefunden, womit ich die durchgebrannten Komponenten ersetzen kann.*

Such weiter, bat Gameknight ihn. *Wir brauchen ihn vielleicht schon sehr bald. Sind noch andere Benutzer da?*

Alle anderen haben sich ausgeloggt, antwortete Shawny. *Eine Art Schrei oder Kreischen war auf allen Servern zu hören und hat die Benutzer rausgeworfen. Einige Minecrafter glauben, deinen Namen gehört zu haben, aber sie sind sich nicht sicher. Wir wissen nur, dass man von außerhalb deines Hauses nicht mehr auf diesen Server gelangen kann. Ich bin der Einzige, der noch da ist.*

Vielleicht kannst du die IP-Adresse im Forum posten und ihnen den Computer meines Dads freigeben, schlug Gameknight vor. *Wir könnten Hilfe gebrauchen, bevor die Sache hier vorbei ist.*

Ich kümmere mich darum, versprach sein Freund.

Gut!

Er drehte sich gerade zu den NPCs um, die die Verteidigungsanlagen bauten, als er Diggers dröhnende Stimme von der Wendeltreppe hörte.

„ICH HAB SIE GEFUNDEN!", brüllte Digger und steckte den Kopf aus dem Loch im Boden. „Die Festung ... Ich habe die Festung erreicht."

„Dann ist es Zeit", erklärte Gameknight. Er drehte sich um und stellte fest, dass alle NPCs mit der Arbeit aufgehört hatten und ihn erwartungsvoll anstarrten. „Ich werde nur wenige von euch mit in die Festung nehmen, aber ihr könnt selbst entscheiden, ob ihr lieber hier oben bleiben und auf unsere Rückkehr warten wollt." Nach einer kurzen Pause, um seine Worte sacken zu lassen, fuhr er fort: „Jeder, der bereit ist, mit mir zu gehen und sein Leben zu riskieren, soll sein Schwert über den Kopf heben."

Augenblicklich schossen einhundert Schwerter in die Luft, deren rasiermesserscharfe Spitzen im Sonnenlicht glitzerten. Sogar die Kinder hoben ihre Holzschwerter, und Topper und Filler stellten sich auf die Zehenspitzen, um auf sich aufmerksam zu machen.

Gameknight empfand großen Stolz. All diese NPCs waren bereit, sich der großen Gefahr zu stellen. Obwohl sie an der Oberfläche bleiben konnten, wollten sie ihn lieber ins Ungewisse begleiten.

In einer Familie passt man eben aufeinander auf.

„Okay, du, du und du …" Gameknight ging durch das Lager und wählte eine Handvoll der besten Krieger aus, um dann auf die Treppe zuzuhalten. Hunter, Digger und natürlich Crafter folgten ihm.

„Dann mal los", meinte Gameknight und machte sich an den Abstieg.

Sie kletterten schnell und folgten dem Weg, den Digger gegraben hatte. Nach und nach wurde es kälter, da die unterirdischen Blöcke jegliche Wärme aufsaugten – und anscheinend auch ihren Mut. Als sie am Fuß der Treppe ankamen, entdeckten sie den Pfad, der von Blöcken aus Bemoosten Steinziegeln versiegelt war: Das war die Festungsmauer. Gameknight zerstörte die Blöcke mit seiner Spitzhacke. Kaum war der erste zerbröckelt, stob eine Fledermaus aus der Öffnung und sauste den Tunnel hinauf.

„Haltet die Fledermaus auf! Haltet sie auf!", rief Gameknight.

Aber alle Krieger, auch Hunter, hielten ihre Schwerter in den Händen, keiner hatte einen Bogen mit angelegtem Pfeil bereit. Als die Fledermaus nach oben flatterte, seufzte Gameknight. Er musterte die NPCs, die neben ihm standen, und wusste, dass die Würfel gefallen waren und die wahre Schlacht bald beginnen würde.

Wie viele werden aufgrund meiner Fehler sterben … weil ich versagt habe?, fragte er sich. *Ich will diese Verantwortung nicht … Wieso kann ich nicht einfach wieder ein Kind sein?*

Aber da hörte er eine Stimme in seinem Kopf. Sie kam nicht aus seinem Verstand, sondern schien aus den Grundfesten von Minecraft hervorzudringen.

Du kannst nur das vollbringen, was du dir auch vorstellen kannst, sagte die Stimme.

Ihm lief es eiskalt den Rücken herunter, als die Worte kurz durch seinen Kopf hallten und dann verschwanden.

Gameknight sah seine Freunde panisch an.

„Habt ihr das auch gehört?"

„Was denn?", erwiderte Hunter. „Meinst du die kreischende Fledermaus? Natürlich haben wir die gehört."

„Nein … Ich meine diese Stimme", sagte Gameknight und war völlig verwirrt. „Diese seltsame Stimme … in meinem Kopf."

„Wie bitte?", fragte Crafter.

„Ich habe eine Stimme gehört", wiederholte Gameknight.

„Ich wusste schon immer, dass du ein bisschen verrückt bist", gestand Hunter, „aber das geht mir jetzt auch zu weit."

„Hunter!", schimpfte Crafter. „Was hat die Stimme gesagt?"

„Sie sagte ‚Du kannst nur das vollbringen, was du dir auch vorstellen kannst', mehr nicht."

„Wow … Was für ein Klugscheißer", meinte Hunter kichernd. „Wieso ist mir das nicht eingefallen?"

„Kannst du nicht einmal ernst bleiben, Hunter?", schalt Crafter sie.

„Nicht, wenn es sich nicht verhindern lässt!"

„Das reicht! Wir müssen uns konzentrieren!", schaltete sich Digger ein.

„Gehen wir rein", entschied Gameknight und betrat mit einem mulmigen Gefühl die Festung.

KAPITEL 11

DIE FESTUNG

Sobald Gameknight999 einen Schritt in die Festung gemacht hatte, konnte er spüren, wie unglaublich alt dieser Ort war. Alles fühlte sich so an und roch auch so, als wären diese Mauern wenigstens hundert Jahre alt, wenn nicht noch älter. Möglicherweise waren sie sogar schon in der ersten Prä-Alpha-Version enthalten gewesen … oder gar Teil von Notchs erstem Prototyp. Gameknight war sich nicht sicher, aber er merkte sofort, dass hier irgendetwas anders war.

Ein langer Gang erstreckte sich nach links und rechts, und die Wände bestanden aus Ziegeln. Grünes Moos breitete sich entlang der Mauern aus, da sich das träge wuchernde Gewächs im Laufe der Jahrhunderte nach und nach überall angesiedelt hatte. Gameknight strich mit einer Hand über die kühlen Blöcke und spürte, dass einige gerissen und brüchig waren. In der Dunkelheit war das Ende des Gangs kaum zu erkennen, aber er bildete sich ein, einen Umriss auszumachen.

Gameknight platzierte eine Fackel an der Wand und stellte fest, dass der Tunnel in beide Richtungen etwa zwölf Blöcke weit reichte und an einer Kurve ins Ungewisse weiterführte. In die Steinwände und die Decke waren Eisenstangen eingelassen worden, vermutlich als Stütze. Als er mit einer eckigen Hand über das kalte Metall strich, fühlte es sich rau und wellig an, als hätte sich im Laufe der Jahre Rost hineingefressen.

„Okay, wir müssen so schnell wie möglich die Bibliothek finden", sagte Gameknight. „Herobrine weiß bestimmt schon, dass wir hier sind, und falls nicht, wird die Fledermaus garantiert jemanden warnen, daher bleibt uns nicht viel Zeit. Hast du eine Ahnung, in welche Richtung wir gehen müssen, Crafter?"

„Wir müssen zum Brunnenraum", antwortete der junge NPC. „Von dort aus sollte ich die Bibliothek finden können."

Gameknight musterte seine Begleiter. Sie waren zu zwölft, und er bereute es jetzt schon, nicht mehr mitgenommen zu haben. Aber er hatte kein unnötiges Risiko eingehen wollen.

„Wir sollten uns in Vierergruppen aufteilen und verschiedene Tunnel absuchen", schlug er vor.

„Stellt hinter euch Fackeln auf, damit ihr den Rückweg findet. Platziert sie immer an der rechten Seite des Gangs. Habt ihr einen Raum durchsucht, hängt zu beiden Seiten der Tür Fackeln auf. Seht ihr eine nackte Wand, brecht einige Blöcke heraus, um euch zu vergewissern, dass es dahinter keinen verborgenen Raum gibt. Folgt den Fackeln, um wieder hierher zurückzukommen, aber achtet darauf, dass sie sich links von euch befinden. Auf diese Weise verläuft sich hoffentlich niemand. Wer die Bibliothek findet, schreit laut und kommt sofort wieder her. Habt ihr das alle verstanden?“

Sie nickten und marschierten in unterschiedliche Richtungen los.

Gameknight bildete eine Gruppe mit Hunter, Crafter und Digger. Sie gingen den Gang nach rechts weiter und über eine Bruchsteintreppe nach unten in die nächste finstere Ebene. Dort stießen sie auf eine Truhe, die auf einer Steinstufe stand und an beiden Seiten von Blöcken umgeben war. Gameknight trat vorsichtig näher, suchte nach Fallen und öffnete dann die Truhe. Die Scharniere quietschten laut, als er den Deckel hochhob, und Staub wirbelte auf. Darin lagen Brot, ein Apfel und mehrere Eisenbarren, die ihnen noch nützlich sein konnten.

Nachdem er alles eingesteckt hatte, schloss er den Deckel wieder, blickte den Korridor entlang und erschauderte. Vor ihnen war es dunkel. Er platzierte eine Fackel und sah einen leeren Gang mit Eisengittern im rissigen Stein sowie weitere moosbewachsene Blöcke vor sich. Sie marschierten weiter durch die schummrigen Flure und achteten darauf, die Fackeln stets an der rechten Seite anzubringen.

Plötzlich sprang eine Spinne von der Decke und landete direkt vor Crafter. Bevor Gameknight sein Schwert schwingen konnte, hatte Digger das Monster auch schon mit seiner Spitzhacke attackiert. Gameknight staunte über die Heftigkeit des Angriffs, denn Digger schlug immer wieder zu, so schnell, dass man es fast nicht sehen konnte. Die Spinne hatte nicht die geringste Chance.

„Danke, Digger", sagte Crafter.

Der große NPC lächelte, ging dann weiter und überprüfte den nächsten Gang.

Ein trauriges Stöhnen drang durch den steinernen Korridor zu ihnen herüber und hallte von den Wänden wider. Man konnte unmöglich erkennen, aus welcher Richtung es kam.

„Zombies", flüsterte Gameknight. „Wir müssen vorsichtig sein."

Digger nickte dem Benutzer-der-kein-Benutzer-ist zu und führte die Gruppe weiter. Hunter marschierte neben ihm her, Crafter platzierte die Fackeln an den Wänden, und Gameknight bildete die Nachhut. Sie kamen an Gefängniszellen vorbei, deren Wände aus Eisengittern bestanden und deren Türen offen standen.

Das Zombiegeheul wurde lauter, da sie dem Monster anscheinend näher kamen.

Gameknight umklammerte sein Schwert fester und folgte seinen Freunden, wobei er hin und wieder über die Schulter schaute, um sich zu vergewissern, dass sich niemand an sie anschlich. Vor ihnen war in einiger Entfernung eine Eisentür zu sehen. Das Stöhnen klang, als käme es von der anderen Seite der Tür. Die Gruppe ging vorsichtig und mit gezogenen Waffen weiter, die Fackeln blieben allerdings vorerst im Inventar, da sie nicht bemerkt werden wollten.

Gameknight stellte sich direkt neben den Knopf der Tür.

„Seid ihr alle bereit?“, flüsterte er in die Dunkelheit hinein.

Die anderen nickten.

„Crafter, du platzierst eine Fackel, sobald ich die

Tür geöffnet habe", ordnete Gameknight an. „Wir wollen sie in diesen Raum locken."

Der junge NPC nickte.

„Bereit … los."

Er drückte auf den Schalter, und die Tür ging auf. Sofort drang das Stöhnen und Knurren der Zombies zu ihnen in den Gang. Licht flackerte auf, als Crafter die Fackel anbrachte. Gameknight baute sich vor der Tür auf und stellte erschrocken fest, dass ihm vier Dorfbewohnerzombies mit roten Pupillen gegenüberstanden. Sie schlugen mit ihren scharfen schwarzen Klauen nach ihm, aber Hunter war schneller. Ihr Eisenschwert traf das erste Monster und entzog ihm seine Gesundheit. Gameknight griff derweil eine andere Kreatur an und wirbelte nach links, um dem Monster in die Seite zu stechen. Er machte einen Schritt nach hinten und ließ die Kreatur auf sich zukommen. Dann sprang er plötzlich hoch und stürmte schwertschwingend vorwärts.

Die Kreatur verschwand mit leisem Ploppen.

Ohne darauf zu achten, was sie droppte, wandte sich Gameknight dem nächsten Monster zu, das gerade auf Crafter losgehen wollte. Seine Klauen glänzten im Fackellicht, als würden sie glühen. Gameknight konzentrierte sich auf den Unterleib des Zombies, während Crafter den Oberkörper attackierte. Das Monster flackerte rot auf, als sie ihm mit ihren Schwertern zusetzten.

Plopp … Es war verschwunden.

Nun stand nur noch ein einsamer Zombie vor ihnen. Digger hatte ihn in die Ecke gedrängt und wollte mit seiner großen Spitzhacke auf ihn einschlagen. Gameknight bemerkte, dass die Gesundheit des Monsters fast aufgebraucht war und der nächste Schlag ihm den Garaus machen würde. Er trat langsam näher.

„Wo ist der Brunnenraum?“, fragte er.

Das Monster starrte unwillkürlich in den Gang zu ihrer Linken.

Gameknight grinste.

Da bemerkte der Zombie die Buchstaben über Gameknights Kopf und schaute noch weiter nach oben. Als er den fehlenden Serverfaden registrierte, dämmerte ihm, wen er da vor sich hatte.

„Der Schöpfer sucht nach diesem … Benutzer“, knurrte der Zombie.

„Das weiß ich“, erwiderte Gameknight. „Aber der Schöpfer, wie du ihn nennst, wird mich nicht finden.“

„Der Schöpfer hat allen Zombies eine Nachricht an den Benutzer-der-kein-Benutzer-ist übermittelt“, fuhr die Kreatur fort, deren Stimme beinahe animalisch klang.

Gameknight bedauerte dieses Wesen. Früher war es ein Dorfbewohner gewesen, um nach der Infektion durch einen Zombie zu dem zu werden, was jetzt vor ihm stand. Der Verstand des NPCs war verändert worden und schätzte nun nicht mehr das Leben, sondern wollte nur noch zerstören … Wie traurig.

„Wie lautet die Nachricht, Zombie?“, verlangte Hunter zu erfahren. „Sag sie uns, vielleicht töten wir dich dann nicht.“

„Der Schöpfer hat allen Zombies aufgetragen, die NPCs der Oberwelt zu vernichten, bis sich der Benutzer-der-kein-Benutzer-ist ergeben hat. So lange werden die Zombies von allen Servern auf diesen kommen und jene bestrafen, die die Oberwelt für sich beanspruchen. Die zweite große Zombieinvasion hat begonnen und wird erst mit der Kapitulation des Benutzers-der-kein-Benutzer-ist enden.“

Der Zombie sah erst die NPCs und dann Gameknight an.

„Wurde die Nachricht erhalten?“, fragte er.

„Ja, ich habe deine Nachricht gehört!", fauchte Gameknight.

Der Zombie sah fast schon zufrieden aus, als wäre sein Leiden endlich vorbei. Knurrend griff er Gameknight999 an und fuhr die rasiermesserscharfen Klauen aus. Aber die drei NPCs schlugen mit ihren Schwertern zu, bevor die Kreatur auch nur einen Schritt gemacht hatte. Sie verschwand mit leisem Ploppen und hinterließ etwas Zombiefleisch und drei leuchtende Erfahrungskugeln. Gameknight hätte schwören können, dass der Dorfbewohnerzombie im Augenblick seines Todes gelächelt hatte.

„Schnell, hier entlang", rief Crafter und rannte bereits in den Gang zu ihrer Linken.

Die anderen folgten ihm durch die dunklen Korridore. Crafter platzierte weiterhin Fackeln, und nach etwa zehn Blöcken gelangten sie zu einer Holztür. Sie öffneten sie vorsichtig und betraten einen großen dunklen Raum, in dem das Plätschern von Wasser zu hören war. Kaum hatte Crafter eine Fackel an der Wand platziert, konnten sie auch schon den gewaltigen blauen Brunnen erkennen. Wasser floss von einem Podest, das sich genau in der Raummitte befand, in eine Mulde, die rings um den Brunnen geschaffen worden war.

„Das ist er", stellte Crafter fest und schaute sich um. „Hunter, Digger, geht schnell zurück und holt die anderen. Hier fängt unsere eigentliche Suche an."

„Hier fängt sie an?", wiederholte Hunter ungläubig. „Was haben wir denn die ganze Zeit gemacht?"

„Geht jetzt einfach … schnell", drängte der junge NPC sie.

„Komm, Hunter", sagte Digger mit seiner tiefen Stimme. „Wir folgen den Fackeln zurück zu den anderen."

Die beiden liefen los, und Crafter und Gameknight999 waren allein.

Zusammen gingen sie weiter in den Raum hinein, platzierten Fackeln und vertrieben die Dunkelheit. Staub wirbelte auf, als sie über den Steinboden liefen, und Gameknights Nase kribbelte. Der Klang ihrer Schritte hallte von den Wänden wider … und war abgesehen vom Tropfen des Wassers das Einzige, was zu hören war. Es war offensichtlich, dass schon seit sehr, sehr langer Zeit niemand mehr diesen Raum betreten hatte. Gameknight hatte das Gefühl, mit Crafter ganz allein zu sein und in eine frühere Zeit zurückversetzt zu werden.

Während sie an den Kammerwänden entlanggingen, bildete sich Gameknight plötzlich ein, noch etwas anderes zu hören … Es klang beinahe wie ein Rascheln. Er wusste, dass er es schon einmal gehört hatte, aber nicht mehr, wo. Aufgrund der Echos und des Wassers konnte er es auch nicht genau hören, aber er wusste, dass dieses Geräusch Ärger bedeutete, und dass dieser irgendwo tief in dieser Festung lauerte … auf sie wartete.

KAPITEL 12
DIE BIBLIOTHEK

Etwa fünf Minuten später ertönten Schritte, die immer lauter wurden. Die anderen NPCs kamen zu Gameknight und Crafter in den Brunnenraum gerannt, Digger an der Spitze und Hunter als Nachhut.

„Tut mir leid, dass es so lange gedauert hat", meinte Digger.

„Wir mussten diese Dummköpfe erst vor ein paar Creepern retten", fügte Hunter hinzu.

„Sie hatten uns in einem Lagerraum in die Ecke gedrängt", gab Planter geknickt zu. „Wir wollten nicht, dass auch nur einer explodiert und eine Kettenreaktion auslöst … Es waren so viele."

„Vom Kämpfen haltet ihr wohl nicht viel, was?", spottete Hunter. „Ich habe euch schon hundert Mal gesagt, dass ihr umso schneller angreifen müsst, wenn ihr einen Creeper seht, damit der Detonationsprozess nicht abgeschlossen werden kann. Wenn ihr weglauft, fliegt er in die Luft."

„Ich weiß … Aber wir hatten ein Angst."

Hunter legte Planter eine Hand auf die Schulter.

„Beim nächsten Mal macht ihr das bestimmt besser", meinte sie und klang erstaunlich ernst.

„Wir müssen uns konzentrieren", ermahnte Gameknight sie. „Wo ist die Bibliothek, Crafter?"

„Sie liegt am Ende eines dieser Korridore", antwortete der junge NPC und ging um den Brunnen herum.

Das Gurgeln des Wassers übertönte das Geräusch, das Gameknight zuvor zu hören geglaubt hatte.

„Dann teilen wir uns auf und durchsuchen sie alle", entschied er. „Aber wir müssen uns beeilen."

Erneut teilten sie sich in Dreiergruppen auf. Digger und Crafter blieben bei Gameknight, Hunter zog mit Planter und Carver los. Baker und Weaver begleiteten Stonecutter, während Runner, Cobbler und Carpenter den letzten Gang übernahmen. Im Laufen platzierten sie immer wieder Fackeln in den dunklen Korridoren.

Crafter übernahm die Führung seiner Gruppe, und Gameknight marschierte hinter Digger her. Im Laufen hörten sie das Klackern von Spinnen und Knochenklappern, das nur von Skeletten stammen konnte. Als sie um eine Ecke bogen, standen sie plötzlich vor einer weiteren Truhe. Nachdem er sich vergewissert hatte, dass es keine Fallen gab, öffnete Digger sie vorsichtig. Darin lagen ein Eisenschwert und drei Äpfel.

„Behalt die Äpfel, Digger. Du siehst hungrig aus“, sagte Gameknight.

„Dann nimm du das Schwert. Ich kann es nicht gebrauchen“, erwiderte Digger.

Auf einmal sauste aus dem Dunkel am Ende des Gangs ein Pfeil und prallte von Crafters Eisenrüstung ab. Skelette!

„Oh nein, das lasst ihr schön bleiben!“, brüllte Gameknight.

Der Benutzer-der-kein-Benutzer-ist lief der neuen Gefahr entgegen. Als er an Digger vorbeikam, nahm er dem großen NPC das Eisenschwert aus der Hand und nahm es in die linke Hand, während er sein Diamantschwert in der rechten behielt. Er schwang beide Waffen, als wären sie Teile seines Körpers, und stürzte sich zornig auf die Skelette. Dabei griff er zwei Monster gleichzeitig an und trieb sie zurück zur Wand. Schon hatte er ihnen die Bögen aus den Knochenhänden geschlagen. Dann wirbelte er herum, stach auf ein anderes Skelett ein und wehrte gleichzeitig einen miserabel geschossenen Pfeil ab. Er sprang in die Luft, schlug immer wieder zu und ließ die Gesundheit der Skelette rapide sinken. Sekunden später waren nur noch Skelettknochen und Erfahrungskugeln übrig und er hatte alle vernichtet.

Gameknight sammelte die Knochen für Herder auf und ging zurück zu seinen Freunden, die ihn verblüfft anstarrten.

„Was war denn das?“, fragte Crafter.

„Na ja … Ich war ziemlich sauer, dass einer auf dich geschossen hat.“

„Ziemlich sauer?“, wiederholte Digger. „Das nennst du ‚ziemlich sauer‘? Dann möchte ich ‚richtig sauer‘ lieber nicht erleben.“

„Und was sollte das mit den zwei Schwertern?“, wollte Crafter wissen.

„Keine Ahnung“, gestand Gameknight. „Es kam mir irgendwie richtig vor.“

Crafter und Digger sahen einander staunend an und beäugten dann den Benutzer-der-kein-Benutzer-ist.

„Was ist?“, erkundigte sich Gameknight.

„Der Letzte, der auf diese Art zwei Schwerter geschwungen hat, war mein Urgroßvater Smithy während der ersten großen Zombieinvasion“, teilte ihm Crafter mit. „Dadurch hat er die NPCs motiviert, noch erbitterter zu kämpfen, und den Lauf des Krieges verändert. So etwas ist seit einhundert Jahren nicht mehr passiert."

„Jetzt macht doch keine große Sache daraus", wiegelte Gameknight ab. „Vielleicht sollten wir das lieber für uns behalten."

„Keine große Sache?", wiederholte Digger.

„Für uns behalten?", fügte Crafter hinzu.

Die beiden sahen einander an und lachten zum ersten Mal seit langer Zeit.

„Hört auf." Gameknight klang frustriert, fast schon wütend. „Wir müssen die Bibliothek finden. Für so was haben wir keine Zeit."

„Manchmal ist es wichtig, die Momente im Leben zu würdigen, die den Lauf der Dinge verändern können", sagte Crafter.

„Wie auch immer", erwiderte Gameknight. „Gehen wir jetzt weiter?"

„Schon gut", stimmte Crafter zu.

Sic folgten weiter dem Korridor und sahen in alle Räume, die davon abzweigten – jedoch ohne Erfolg.

„Vielleicht sind wir im falschen Gang", vermutete Digger. „Das wäre mal wieder typisch für mich."

„Augenblick mal … Riecht ihr das?“, fragte Crafter und sog die Luft ein.

Gameknight und Digger taten es ihm nach, wussten jedoch nicht, was er meinte.

„Folgt mir“, forderte der junge NPC sie auf und lief los.

Sie konnten ihm kaum folgen, da Crafter so schnell rannte und die dunklen Ecken völlig ignorierte. Vor einer Holztür blieb er stehen. Durch die in die Tür eingelassenen Fenster fiel Licht und erhellte die kleinen Staubwürfel, die in der Luft schwebten.

„Hier sind wir richtig“, erklärte Crafter und öffnete die Tür.

Sofort umwehte sie der Geruch nach staubigem Pergament, der Gameknights Nase kribbeln ließ. Die Luft roch so alt, als wären all die Jahre, die diese Festung bereits existierte, irgendwie in diese kleine Bibliothek gepresst worden.

Gameknight trat ein und war sogleich von unzähligen Bücherregalen umgeben, die bis hoch über seinen Kopf reichten. Ein Stockwerk höher führte ein Steg einmal um den Raum herum, und alle Wände waren voller Bücher. Ein verzierter Leuchter hing in der Raummitte, erhellte beide Etagen und verdrängte die Dunkelheit von diesem heiligen Ort.

Unverhofft nahm er links neben sich eine Bewegung wahr. Ein Zischen drang an seine Ohren. Er drehte sich um und bemerkte einen Creeper gleich hinter dem nächsten Bücherregal. Gameknight schlug sofort mit seinem Diamantschwert zu, unterbrach den Detonationsvorgang und drängte das Monster einige Schritte zurück. Die Kreatur stand einfach nur da und starrte ihn an, und in ihren Augen spiegelten sich ihr Hass und das Verlangen, den Benutzer-der-kein-Benutzer-ist zu töten, wider. Doch Gameknight wollte dem Creeper dazu keine Gelegenheit bieten. Er traf das Monster an der Schulter, und als es erneut explodieren wollte, war er jedes Mal da und schlug wieder und wieder zu, bis es mit einem Ploppen verschwand.

Dann hallte das Stöhnen eines Zombies durch den Raum, gefolgt von einem zweiten. Gameknight lief auf das Geräusch zu, bog hinter einem Bücherregal um die Ecke und fand sich in einem Spinnennetz wieder … Sein Schwert hatte sich sofort verheddert, und er konnte sich nicht mehr bewegen. Er saß fest! Am anderen Ende des Gangs sah er zwei Zombies, die sich in einem der wenigen Schatten, die es in der Bibliothek gab, versteckt hatten. Sie bemerkten ihn und liefen sofort mit ausgefahrenen rasiermesserscharfen dunklen Klauen los. Während sie immer näher kamen, versuchte Gameknight verzweifelt, sein Schwert zu befreien. Er zerrte am Griff und wollte die Waffe anheben, um sich damit zu schützen, doch es gelang ihm nicht. Durch die Bewegung wickelten sich nur noch mehr klebrige Fäden um seine Arme. Er saß in der Falle.

Die Zombies liefen weiter auf ihn zu, und ihr Verwesungsgestank drang ihm in die Nase und sorgte dafür, dass sich ihm der Magen umdrehte.

Ich muss mein Schwert loskriegen … Jetzt sofort!

Er zog mit ganzer Kraft daran, aber das klebrige Netz gab es nicht frei.

Der Abstand zu den Zombies schrumpfte.

Gameknight versuchte, mit der linken Hand nach dem Eisenschwert zu greifen, aber auch die hing fest. Langsam geriet er in Panik. Plötzlich war auch in seinem Rücken ein Stöhnen zu hören. Als er mühsam über die Schulter sah, stellte er fest, dass sich von dort ein weiterer Zombie näherte … Er war umzingelt.

Die beiden Zombies hatten ihn fast erreicht.

Er zerrte noch fester an den Spinnweben, doch sie gaben ihn nicht frei.

Soll ich um Hilfe rufen?, fragte er sich. *Oder ziehe ich damit nur noch mehr Monster an?*

Als er den Kopf hob, stellte er fest, dass die beiden Zombies nur noch wenige Schritte entfernt waren … Er hatte keine andere Wahl. Doch kurz bevor er schreien konnte, kam Digger um die Ecke und sprintete auf die beiden Monster zu.

„Das könnt ihr vergessen!", brüllte er, und seine donnernde Stimme hallte durch die Bibliothek und wirbelte den Staub auf den Regalbrettern auf. „FÜR MINECRAFT!"

Wie ein Berserker hackte er auf die beiden Kreaturen ein. Die Monster drehten sich bei der Attacke um und wollten die Klauen einsetzen, kamen jedoch nicht mehr dazu. Digger machte erst dem einen und dann dem anderen innerhalb von Sekunden den Garaus.

Schon waren die beiden verschwunden.

Gameknight hörte wieder das Stöhnen hinter sich, drehte den Kopf und musste erkennen, dass der letzte Zombie ihn fast erreicht hatte. Digger stand auf der anderen Seite und war zu weit weg, um ihm helfen zu können. Verzweifelt versuchte Gameknight, seinen Schwertarm zu befreien, was ihm jedoch nicht gelang.

„Gameknight … Nicht bewegen!", rief Digger.

„Nicht bewegen … Machst du Witze? Ich kann mich gar nicht bewegen!"

„Gut!", erwiderte der große NPC.

Er umklammerte den Griff der Spitzhacke mit beiden Händen, hob sie hoch über den Kopf, trat vor und schleuderte sie mit ganzer Kraft. Das Werkzeug drehte sich in der Luft und traf den Zombie. Die Kreatur taumelte zurück und blinkte mehrmals rot. Da tauchte Crafter auch schon hinter ihr auf und schlug mit seiner Klinge auf sie ein. Sekunden später war auch diese Gefahr gebannt.

Crafter trat vor Gameknight999 und hackte mit seinem Schwert auf die Spinnweben ein, denn auf andere Weise konnte man sie nur schwer durchtrennen.

„Bist du unverletzt?", erkundigte sich Crafter.

„Ja … Dank Digger und dir."

„Ich habe gefunden, wonach wir gesucht haben", teilte Crafter ihm mit. „Kommt schnell."

Der junge NPC lief zu einer Leiter, die zur oberen Ebene führte, und die anderen folgten ihm. Schließlich blieb er vor einem Bücherregal stehen, in dem besonders alte und verschlissene Folianten standen. Gameknight hatte den Eindruck, dieselben Bücher vor sich zu haben wie in der letzten Festung, bevor sie ins Ende gegangen waren. Er erkannte zahlreiche Titel wieder. Da stand *Die große Zombieinvasion* neben *Die große Schande der Ghasts, Die Vereinigung* und einem weiteren Buch, das noch älter zu sein schien als die anderen und den Titel *Die Erweckung von Minecraft* trug.

Wie kann es sein, dass diese Bücher hier sind, wo ich sie doch in der Festung auf einem völlig anderen Server gesehen habe?

Er zog *Die Erweckung* heraus und starrte das Buch ebenso staunend wie verwirrt an.

„Ich weiß, was du denkst", meinte Crafter. „Du fragst dich, wie das Buch hier sein kann, wo wir es doch in der anderen Bibliothek gesehen haben."

Gameknight nickte.

„Dazu musst du wissen, dass Bibliotheken in Festungen wie Endertruhen sind", erklärte Crafter. „Man findet in allen Festungsbibliotheken dieselben Bücher, unabhängig davon, auf welchem Server man sich befindet."

Mit erneutem Nicken stellte Gameknight das uralte Buch wieder zurück. Derweil zog Crafter ein anderes mit dem Titel *Das Orakel* heraus.

„Genau das habe ich gesucht", sagte er.

„Vielleicht sollten wir es einfach einstecken und gehen?", schlug Gameknight vor.

Doch Crafter schüttelte den Kopf.

„Die Bücher dürfen die Bibliothek nicht verlassen", informierte er Gameknight. „Sobald man sie über die Türschwelle trägt, lösen sie sich auf. Nur innerhalb dieser Mauern können sie dem Lauf der Zeit widerstehen, daher müssen wir es auch hier lesen."

„Hol die anderen her, Digger", bat Gameknight den NPC. „Folge den Fackeln zum Brunnenraum."

„Wird erledigt", erwiderte Digger und machte sich auf den Weg.

„Lass uns die Informationen suchen, die wir brauchen, und von hier verschwinden", forderte Gameknight seinen Freund auf. „Ich habe das Gefühl, dass bald etwas Schlimmes passieren wird."

„Es geht ganz schnell", versicherte Crafter ihm und blätterte durch das Buch. „Da ist es … aha … Genau das brauchen wir. Hier steht ‚Das Orakel ist eine mächtige und wundersame Kreatur. Sie kam nach Minecraft, um uns vor den verheerenden Taten des Eindringlings zu beschützen. Ihre Lösung ist zwar keine schnelle, aber sie wird uns letzten Endes alle retten. Um den Eindringling aufzuhalten, werden die Kraft vieler und zahlreiche Opfer vonnöten sein, aber alle Hoffnungen ruhen auf dem Benutzer-der-kein-Benutzer-ist. Nur er kann Minecraft vor dieser Gefahr retten. Selbst wenn die Aufgabe zuweilen unmöglich erscheint, darf der Benutzer-der-kein-Benutzer-ist nicht aufgeben. Du kannst nur das vollbringen, was du dir auch vorstellen kannst.' Da steht noch einiges mehr ..."

„Was war das am Ende, der letzte Satz?", hakte Gameknight nach.

„Ahh ... Oh, richtig, hier steht ... ‚Du kannst nur das vollbringen, was du dir auch vorstellen kannst.' Hat das nicht auch die Stimme zu dir gesagt?", fragte Crafter. „Das ist ja fast so, als hätte der Text direkt zu dir gesprochen."

Gameknight lief es eiskalt den Rücken herunter.

„Steht da auch, wie man das Orakel finden kann?", wollte er wissen.

Crafter blätterte weiter und hielt auf einer Seite inne, die leicht eingerissen war. Es sah aus, als wären dort Flecken auf dem Papier, als wäre etwas darauf gekleckert ... etwas Rotes.

„Hier steht: ‚Folgt dem Pfad, den die großen Eiszapfen vorgeben. Die beiden Junioren deuten auf den Senior, der den Weg zum Orakel zeigt. Reist der aufgehenden Sonne entgegen, dann findet ihr ihren Tempel. Aber gebt im Dschungel Acht, denn die tödlichen Kreaturen werden alle bis auf die Tapfersten und Hartnäckigsten aufhalten.'"

Crafter klappte das Buch zu und stellte es zurück ins Regal. Als er sich zu Gameknight999 umdrehte, hörten sie in der unteren Ebene der Bibliothek Geräusche. Gameknight zog sein Schwert, ging zur Leiter und machte sich auf einen Angriff gefasst. Dann tauchten jedoch Hunters rote Locken oben an der Leiter auf und sie sah ihn mit ihren warmen braunen Augen an.

„Willst du mir die Haare schneiden oder was?", fragte sie grinsend. „Nichts für ungut, aber ich verzichte lieber." Sie musterte Crafter. „Hast du gefunden, was du gesucht hast?"

Der junge NPC nickte lächelnd.

„Dann lasst uns schnellstmöglich von hier verschwinden", fügte sie hinzu und kletterte rasch wieder nach unten.

Gameknight folgte ihr und stellte fest, dass mehrere NPCs in der Bibliothek und weitere auf dem Flur standen. Digger hatte sich neben der Tür aufgebaut, und seine große Spitzhacke ruhte auf einer Schulter.

„Wir haben, was wir brauchen“, erklärte Gameknight.

Dann fiel ihm auf, dass einige NPCs fehlten.

„Wo sind Planter, Baker und Weaver?“, erkundigte er sich.

„Sie bewachen den Tunnel“, antwortete Digger. „Wir hielten es für das Beste …“

Plötzlich drang eine Stimme herein.

„CREEPER!“, rief sie … Es war Planters Stimme. „CREEPER …“

Eine Explosion erschütterte das Fundament der Festung, und Planters Stimme brach abrupt ab. Eine Staubwolke quoll durch den Gang, sodass die NPCs husteten und nach Luft rangen.

Ein Schrei drang durch die staubige Luft, gefolgt vom Klang eines zerbrechenden Steinblocks. Eine weitere Detonation erfolgte, und erneut zerbrachen Blöcke.

„Was geht da vor sich?“, fragte Baker mit zittriger Stimme.

„Keine Ahnung“, erwiderte Digger, „aber ich denke, wir sollten von hier verschwinden.“

„Allerdings“, stimmte ihm Gameknight zu. „Hauen wir ab.“

Er trat gerade auf den Flur, als das raschelnde

Geräusch wieder zu hören war. Es klang, als würde irgendeine Kreatur über den Boden huschen. Dieses Mal schienen es jedoch gleich sehr viele zu sein.

Gameknight drehte sich zu seinen Gefährten um und konnte ihnen ansehen, dass sie es ebenfalls hörten. Sie sahen alle ängstlich aus.

„Was ist das?“, fragte Carver.

„Ich weiß es nicht“, antwortete Runner.

„Ich schon“, sagte Gameknight mit bebender Stimme.

„Und?“, wollte Hunter wissen. „Was ist es?“

„Das ist der Schwarm.“

KAPITEL 13
DER SCHWARM

Sie rannten aus der Bibliothek und in Richtung des einzigen Ausgangs, den sie kannten. Das Problem dabei war nur, dass sie genau auf das Geräusch zuliefen. Hinter der nächsten Ecke stellten sie fest, dass ein ganzer Abschnitt des Korridors verschwunden war. Teile des Bodens und der Wand waren von den Creepern weggesprengt worden. Mehrere Fackeln lagen auf dem Boden, ebenso wie Gegenstände aus Inventaren … wahrscheinlich von den verschwundenen NPCs.

Im nächsten Moment hörten sie Schritte, die aus der Dunkelheit auf sie zukamen. Gameknight zog sein Schwert, stellte sich vor die Gruppe und machte sich kampfbereit. Hunter trat neben ihn und platzierte eine Fackel an der Wand. Als sich das Licht ausbreitete, sahen sie Weaver direkt auf sie zulaufen. Er zog eine panische Grimasse, und seine Eisenrüstung war verbeult und eingedellt, als wäre er in einen heftigen Kampf verwickelt gewesen.

„Sie kommen … Lauft!“, rief Weaver.

Er erreichte Gameknight und Hunter, blieb jedoch nicht stehen. Digger streckte eine Hand aus und hielt den NPC fest, doch durch seinen Schwung fielen sie beide zu Boden.

„Weaver", sagte Crafter und half ihm auf, „beruhige dich, und erzähl uns, was passiert ist."

„Sie sind beide fort", stieß er keuchend hervor. „Sie standen da, und dann sah Planter die Creeper und griff sie an. Er hat zwei erwischt, bevor die anderen explodiert sind."

„Sind die Creeper alle weg?", hakte Hunter nach.

„Einer hat überlebt und sich Baker geschnappt."

„Dann sind sie alle weg", stellte Hunter fest, „und es droht keine Gefahr mehr."

„DOCH!", fauchte Weaver. „Da war noch etwas anderes." Er hielt kurz inne, um Luft zu holen. „Sie kamen aus den Blöcken … Kleine, drahtige Wesen mit unterteilten Körpern."

Hunter starrte Gameknight an, als wollte sie ihren Ohren nicht trauen.

„Ich habe sie gesehen!", fügte Rider hinzu. „Sie hatten die Farbe von Stein … ganz grau. Zuerst haben wir sie gar nicht bemerkt, da die kleinen Monster mit den Blöcken verschmolzen, aber dann spiegelten ihre Augen das Fackellicht wider. Wir hielten sie zuerst für Fledermäuse, aber dann haben sie dieses seltsame Geräusch gemacht. Auf einmal hatten sie uns umzingelt. Sie kamen direkt aus den Blöcken. Ich konnte ein paar töten, doch es kam immer gleich ein neuer aus einem Block. Es wurden immer mehr."

„Was sind das für Wesen?", fragte Crafter.

„Silberfischchen", begriff Gameknight, der das raschelnde Geräusch jetzt auch identifiziert hatte. „Sie sind in allen Festungen zu finden. Wenn man eins umbringt, kommen gleich zwei neue aus den Blöcken. Von ihnen stammten auch die Geräusche, die wir im Brunnenraum gehört haben. Wahrscheinlich war das der Schwarm, der die Kinder damals besiegt hat."

„Was machen wir denn jetzt?", fragte Carver. „Kämpfen?"

„Nein!", fauchte Gameknight. „Wir kämpfen nicht … wir laufen weg. Silberfischchen hören nie auf anzugreifen, und wenn man eins verwundet hat, ruft es die anderen, die sich in der Nähe in Blöcken verstecken, sodass sie immer mehr werden und schließlich alles überrennen." Gameknight musterte seine Kameraden und vergewisserte sich, dass sie ihm gut zuhörten, da ihr Leben davon abhing. „Darum dürfen wir nicht kämpfen. Wir müssen so schnell wie möglich wegrennen."

Schon jetzt waren die Geräusche einer sehr großen Gruppe aus Silberfischchen zu hören. Gameknight sah viele winzige Knopfaugen, die sie aus der Dunkelheit anstarrten. Dann kam das erste Monster ins Licht. Es hatte eine gräuliche Farbe und einen rattenartigen Körper, der mit kleinen segmentierten Platten besetzt war. Spitze Dornen ragten den Insekten aus Rücken und Schwanz, sodass schon eine Berührung tödlich war. Bei diesem Anblick zuckte Gameknight zusammen.

Was hat sich Notch nur gedacht, als er diese Viecher erfunden hat?

„Wir dürfen nicht hier rumstehen", meinte Stonecutter. „Wir müssen etwas unternehmen."

„Das werden wir auch", versprach Gameknight. „Wir laufen weg." Er drehte sich zu den anderen NPCs um. „Bleibt auf gar keinen Fall stehen. Wenn ihr anhaltet, um zu kämpfen, werden euch die Monster rasch umzingeln und besiegen. Lauft … Lauft um euer Leben."

Mit diesen Worten steckte Gameknight sein Schwert weg, drehte sich zu den widerlichen kleinen Kreaturen um und sprintete direkt auf sie zu, wobei er den Blick nicht vom Korridor auf der anderen Seite des Schwarms abwandte. Er hörte die anderen hinter sich, wagte es jedoch nicht, sich umzusehen.

Sobald er sich dem ersten Silberfischchen näherte, machte er einen Satz über die Kreatur hinweg und gleich einen zweiten zur Seite, als das nächste auf ihn zugeschossen kam. Er bog um die nächste Ecke und stellte fest, dass im Gang wenigstens zwanzig dieser Geschöpfe auf ihn warteten. Am liebsten hätte er sein Schwert gezogen, aber er lief einfach weiter auf die Monster zu und sprang, so hoch er konnte. Hinter sich hörte er leises Kreischen, als einer der NPCs mit dem Schwert nach den Monstern stach.

„Nein, greift sie nicht an!“, rief er, aber seine Stimme ging im Klirren der Schwerter gegen den Stein unter.

KNACK!

Er hörte, wie in der Nähe ein Block zerbrach, und sofort schossen zwei weitere Kreaturen auf ihn zu. Mit einem Sprung zur Seite wich er ihnen aus und sprintete weiter. Dabei hatte er das Geräusch weiterer zerbrechender Blöcke im Ohr, und das Rascheln und Kreischen hinter ihm wurde immer lauter.

Dann hallte ein Schrei durch den Tunnel, als einer der NPCs zu Boden ging. Gameknight konnte deutlich hören, wie die Silberfischchen die arme Seele überwältigten. Er widerstand dem Drang, umzukehren und zu helfen, da er wusste, dass er für seine Freunde nicht mehr tun konnte, als den Eingang zu erreichen und zu sichern.

Er folgte den Fackeln durch die gewundenen Tunnel, rannte Treppen hinauf und durchquerte verlassene Korridore. Überall entlang seines Wegs kamen Silberfischchen aus den Blöcken, und die törichten NPCs hinter ihm versuchten immer wieder, sie abzuwehren. Endlich sprang er über das letzte Monster – zumindest hoffte er das – und erblickte Diggers Wendeltreppe. Hinter ihm waren Schreie und schnelle Schritte zu hören. Die Gruppe hatte die Silberfischchen hinter sich gelassen, und die Monster jagten den Langsamsten hinterher.

Ein weiterer Schrei drang an seine Ohren, gefolgt vom Klang eines Eisenschwerts, das gegen Stein schlug. Wer immer da hinten kämpfte, sorgte mit jedem Treffer dafür, dass zwei weitere Silberfischchen aus den Wänden kamen. Doch dann hörten die Schreie auf und das Schwert fiel zu Boden.

Wieder ist jemand meinetwegen gestorben.

Endlich hatten sie die Treppe erreicht. Gameknight blieb kurz stehen, um weitere Fackeln zu platzieren, damit sie besser sehen konnten.

„Lauft die Treppe rauf!“, rief er den anderen zu.

Carver, der sich direkt hinter ihm befand, schoss ohne ein Wort die Stufen hoch, dicht gefolgt von Runner und Cobbler. Hunter kam bei Gameknight an und wollte ihn die Treppe hinaufschieben.

„Geh!“, rief sie.

Aber Gameknight schüttelte den Kopf.

„Erst, wenn die anderen in Sicherheit sind“, entgegnete er. „Geh du!“

„Ich werde noch ein bisschen warten“, erklärte sie und zog ihr Schwert.

Der Geräuschpegel im Korridor wurde immer lauter.

„Da kommen die anderen“, sagte Hunter und trat mit dem Schwert in der Hand vor.

Gameknight konnte Crafter und Digger sehen, die auf ihn zugerannt kamen. Carpenter war ihnen dicht auf den Fersen, doch auf einmal stolperte er. Seine Schreie hallten durch den Gang, während sich die Silberfischchen wie eine Woge auf ihn stürzten. Sein Körper blinkte mehrmals rot auf und war nach wenigen Sekunden verschwunden.

„NEIIIIN!“, schrie Gameknight.

„Geht die Treppe rauf!“, schrie Crafter im Rennen. „Ich habe eine Idee, wie wir sie verlangsamen und in der Festung halten können.“

Hunter drehte sich um und lief nach oben, aber Gameknight blieb stehen, um auf seine Freunde zu warten. Digger rannte an ihm vorbei, ohne langsamer zu werden, sodass Gameknight und Crafter der Übermacht an Silberfischchen allein gegenüberstanden.

„Was hast du vor?“, fragte Gameknight.

„Seelensand“, meinte Crafter und wich bis zur Treppe zurück. „Silberfischchen können Seelensand nicht überqueren.“ Er platzierte einige Blöcke vor sich auf dem Boden. „Das ist mir beim Laufen eingefallen. Ich habe noch einige Blöcke von unserem letzten Besuch im Nether im Inventar. Erinnerst du dich noch daran?“

Lächelnd platzierte er weitere der braunen Sandblöcke. Dabei wich er immer weiter zurück und bildete aus den Blöcken eine ununterbrochene Linie. Einige der Kreaturen versuchten, die Blöcke zu überqueren, blinkten aber sofort rot, sobald sie sie berührten. Ein Silberfischchen war so schnell, dass es ihm noch gelang, den Sand zu überqueren, doch Gameknight erschlug es, sobald es in Reichweite war. Es verschwand mit einem Ploppen, dem das Geräusch aufbrechender Blöcke folgte – es waren neue Silberfischchen gespawnt.

„Geh rauf", forderte Crafter. „Ich schaffe das allein."

Nun drehte sich auch Gameknight um und lief die Treppe nach oben. Crafter folgte ihm und platzierte im Laufen mehr Seelensand. Als das Tageslicht langsam zu sehen war und die Wände in einen goldenen Schimmer tauchte, ließ Gameknights Angst langsam nach. Doch oben erwartete ihn ein heilloses Chaos.

NPCs liefen wild durcheinander, und viele schrien und waren in Panik.

„Was ist los?", wollte Gameknight von Teacher wissen, die an ihm vorbeilief.

„Es kommen Monster", sagte sie, zog sich die Rüstung über und griff nach ihrem Schwert. „Sie sind auf der offenen Ebene, genau wie du vorhergesagt hast."

Dann drehte sie sich auch schon wieder um, damit sie ihren Platz auf der Mauer zwischen einem Holzfäller und dem Schmied bemannen konnte.

Gameknight schaute sich um und stellte fest,

dass alle NPCs zu den Waffen griffen und sich an der Mauer oder in Türmen postierten, um sich der Monster zu erwehren.

Eine unheimliche Stille breitete sich im Lager aus. Gameknight spürte den kalten Wind, der um die hohen Eiszapfen wehte und einige von ihnen wie Stimmgabeln vibrieren ließ, was die ganze Szene mit einem harmonischen Summen untermalte. Einen kurzen Augenblick war alles wunderschön … bis sich der Wind drehte und das Klackern der Spinnen und das Knurren der Zombies zu ihnen herüberdrang. Er blickte zum Vater hinüber und musterte Monet und Stitcher, die kampfbereit waren und deren Gesichter vom Leuchten ihrer magischen Bögen erhellt wurden. Monet winkte ihm zu und deutete auf die nahende Horde. Gameknight kletterte auf einen Schneehügel und blickte auf die eisige Ebene hinaus. Zahlreiche Spinnen näherten sich – ihre pelzigen schwarzen Körper waren vor dem Schnee besonders gut zu sehen. Zwischen den achtbeinigen Monstern liefen Zombies und Skelette, die alle Lederkappen trugen, einige sogar Rüstungen. Gameknight schätzte, dass der Mob aus sechzig Monstern bestand. Auf dieser Reise hatten sie es schon mit größeren Gruppen zu tun bekommen, aber es würde dennoch ein schwerer Kampf werden. Er betrachtete die Dorfbewohner und wusste, dass viele von ihnen diesen Ort nicht mehr verlassen würden. Dieser Gedanke machte ihn traurig. Hoffentlich konnten sie dank ihrer Pläne das Schlimmste abwenden und die meisten seiner Freunde, nein, seiner Familie, beschützen.

„Crafter", rief er vom Hügel herunter. „Schieß die erste Rakete ab."

Der junge NPC platzierte mit breitem Grinsen ein rot-weiß gestreiftes Objekt auf dem Boden. Sobald er die Rakete losließ, sauste sie hoch in die Luft, explodierte und gab eine riesige Woge aus glitzernden orangefarbenen Funken frei, die wie Glühwürmchen in der Luft tanzten. Das war das Signal, dass sich alle bereitmachen sollten … vor allem die, die sich versteckt hielten.

Gameknight lief den Hügel herunter zu Crafter und zupfte ihn am Ärmel.

„Wie viel Eisen haben wir zusammenbekommen?", fragte er.

„Nur genug für zwei", antwortete Crafter.

„Gut, dann mach sie bereit", wies Gameknight ihn an. „Aber beende den Bau erst, wenn ich das Zeichen gebe."

Crafter nickte, zog die Eisenblöcke hervor und legte sie T-förmig auf den Boden, um dann zwei Kürbisse dazuzulegen.

Das Klackern wurde lauter, und auf den Gesichtern vieler NPCs zeichnete sich Angst ab.

„Haltet die Position!“, rief Gameknight ihnen zu. „Wir sind hier, um Minecraft zu verteidigen, ebenso wie alle, die auf den Servern leben. Das lassen wir uns von diesen Monstern nicht nehmen!“

Die NPCs jubelten.

Als er zur zweiten Abwehrmauer schaute, sah er Tiller in ihrer eingedellten Rüstung, die ihr Schwert fest umklammerte. Sie schenkte ihm ein warmes, mütterliches Lächeln, bei dem er Schuldgefühle bekam.

Hoffentlich läuft alles glatt, dachte Gameknight. *Ich könnte es nicht ertragen, noch einen weiteren Tod verschuldet zu haben.*

Mit einem Mal hörte er die Worte aus der Festung erneut in seinem Kopf.

Du kannst nur das vollbringen, was du dir auch vorstellen kannst.

Er begriff noch immer nicht, was das bedeuten sollte, wusste jedoch instinktiv, dass es sehr wichtig war.

Ich soll mir vorstellen, was ich vollbringen will?, fragte er sich.

Diese Worte waren ihm ein Rätsel, aber vielleicht wussten die Dorfbewohner ja weiter.

„Seid stark, Freunde", rief er. „Wir schaffen das … Ich spüre es, und das solltet ihr auch tun." Er ging zu den Schwertkämpfern an der vorderen Mauer – die als Erste ihr Leben verlieren würden. Hier wollte er kämpfen, an ihrer Seite. „Wir werden diesen Mob vernichten wie ein lästiges Insekt. Sie werden unsere Schwerter und Pfeile zu spüren bekommen und mit eingezogenem Schwanz zurück zu Herobrine kriechen."

Die Krieger lachten und jubelten, als sie sich die besiegte Armee vorstellen. Doch dann kamen die Monster in Sichtweite und das Lachen erstarb.

Die Horde bedeckte die gesamte Ebene wie ein Teppich, denn die Monster drängten sich dicht an dicht. Gameknight warf Monet und Stitcher einen Blick zu und hoffte auf ihre Treffsicherheit.

Der Mob kam näher. Das Knurren und Stöhnen der Zombies wurde lauter, und ihr Gestank intensivierte sich.

Gameknight hob die rechte Hand und gab den beiden Bogenschützinnen das Signal.

Ein Skelett schoss einen Pfeil auf die vorderste Reihe der NPCs ab, der jedoch im schneebedeckten Boden landete.

Gleich, dachte Gameknight. *Nur noch ein Stückchen näher.*

Die Krieger brüllten die Monster an und schleuderten ihnen Beleidigungen entgegen, als wären es Projektile. Die Kreaturen knurrten. Gameknight sah den Hass in ihren Augen und wusste, dass sie ein Kampf bis auf den Tod erwartete, da sich keines der Monster ergeben würde.

Die Monster kamen an den Schneeblöcken vorbei, die auf dem Schlachtfeld platziert worden waren, und keines kam auf die Idee, nachzusehen, was sich hinter den gefrorenen Blöcken verbarg.

„JETZT!", rief Gameknight.

Stitcher und Monet schossen beide mit Flammenpfeilen auf die verborgenen Pfeilbomben. Stitcher traf beim ersten Schuss, aber Monets Pfeil ging daneben und bohrte sich in einen Zombie. Das grüne Monster ging in Flammen auf, rannte ziellos umher, fiel hin und verschwand. Mit dem zweiten Pfeil traf auch Monet ihr Ziel, und die schwarz-roten Blöcke finden sofort an zu blinken.

Dann ging die erste Pfeilbombe los und schleuderte einhundert Pfeile in die Luft. Direkt darauf wurde die zweite aktiviert, und der tödliche Pfeilhagel wurde noch verstärkt. Gameknight wandte sich ab und gab Crafter das Signal. Der junge NPC platzierte die Kürbisse auf den gestapelten Eisenblöcken, und sofort erwachten zwei Eisengolems zum Leben. Die eisernen Riesen erblickten die nahenden Monster und rannten auf ihre Feinde zu.

Nach einem weiteren Signal schoss Crafter die nächste Rakete ab. Sie explodierte hoch über ihren Köpfen und das Gesicht eines grünen Creepers erschien – das Zeichen für die Kavallerie.

„Bogenschützen … Feuer!", befahl Gameknight und drehte sich zu den Kriegern an der vorderen Mauer um. „Ihr bleibt hier und verhindert, dass die Monster weiter vorrücken. Haltet die Mauer, aber geht keine unnötigen Risiken ein, verstanden?"

Sie alle nickten.

Schmerzensschreie hallten von der Monsterhorde zu ihnen herüber, als die Pfeile vom Himmel fielen und sich in ihre Leiber bohrten. Gameknight drehte sich um und stellte fest, dass einige Spinnen zu weit vorn waren, als dass die Pfeile sie noch erwischten. Sie griffen die Verteidiger an der Mauer an.

Unverhofft stieg siedend heißer Zorn in Gameknight999 auf.

Ihr werdet meiner Familie nicht wehtun!

„DAS KÖNNTE EUCH SO PASSEN!", schrie er.

Er zog sein Eisen- und sein Diamantschwert, sprang über die Mauer und griff die Spinnen an. Nachdem er mehrmals mit beiden Schwertern auf die vorderste Spinne eingehackt hatte, verschwand sie. Schon drehte er sich um und griff die nächste mit dem Diamantschwert an, während er auf die daneben mit dem Eisenschwert einstach. Er wirbelte zur Seite, schlug nach einem weiteren Monster und wich dessen rasiermesserscharfen Klauen aus. Durch seine Sprünge gelang es ihm immer wieder, nicht getroffen zu werden und ein Monster nach dem anderen zu attackieren. Doch dann stand auf einmal ein Krieger an seiner Seite ... gefolgt von einem weiteren und einem dritten. Im Augenwinkel sah er nur noch Schwarz und Grau aufblitzen. Gameknight wollte gar nicht wissen, wer es war, sondern griff einfach weiter an, um zu verhindern, dass die Spinnen der Mauer näher kamen.

Der Boden bebte, als die Kavallerie eintraf und die Monster von hinten attackierte. Fünfzig berittene NPCs, einige mit Schwertern, andere mit Bögen bewaffnet, lenkten ihre mit schweren Rüstungen geschützten Schlachtrösser durch die Monster, als würden sie einen rauschenden Fluss durchqueren. Selbst die Hufe wurden in diesem Kampf zu Waffen.

Nun hatten auch die Eisengolems das Schlachtfeld erreicht. Die Giganten schwangen ihre Arme und schleuderten Spinnen und Zombies hoch in die Luft, die sofort zu blinken begannen. Gameknight gab Crafter das letzte Signal, und der feuerte eine weitere Rakete ab. Sie explodierte und bildete einen orange-blauen Stern.

Jaulen erfüllte die Luft, als Herder mit seinen Wölfen angelaufen kam. Die Monster hörten es und verzogen die abscheulichen Gesichter vor Angst, aber sie konnten nicht weglaufen: Vorn versperrten ihnen die Krieger den Weg, hinten die Kavallerie, und in ihrer Mitte wüteten die Eisengolems. Gameknight hörte die Pfeile der Bogenschützen aus den Türmen, die an seinen Ohren vorbeisausten, aber sobald die Wölfe eintrafen, stellten diese das Schießen ein, um die Tiere zu schützen, die den Monstern an die Kehle gingen.

Innerhalb von Minuten war die Schlacht vorbei. Kein einziges Monster überlebte. Gameknight musterte die Gegenstände am Boden, konnte jedoch keine Rüstung, kein Schwert und keinen Bogen entdecken.

Kann das möglich sein?, fragte er sich.

Dann hörte er auch schon Crafters Stimme.

„Wir haben die Monsterhorde besiegt, ohne einen einzigen NPC zu verlieren!“

Die Menge jubelte, und alle reckten ihre Waffen in die Luft.

„Hoch lebe der Benutzer-der-kein-Benutzer-ist, der mit zwei Schwertern kämpft!“, rief Digger mit seiner tiefen Stimme.

Weiterer Jubel brandete auf, aber Gameknight hob die Hände, um seine Freunde zum Schweigen zu bringen.

Plötzlich erscholl ein lauter Schrei.

Er kam von Monet113.

Gameknight drehte sich zu ihr um und sah, wie sie gerade die letzten Stufen am Vater heruntergelaufen kam und über das Schlachtfeld zu jemandem in einer verbeulten Eisenrüstung lief, der am Boden lag.

Oh nein …

Er kam gleichzeitig mit ihr bei dem gefallenen NPC an.

Monet ging auf die Knie, nahm der Person den Helm ab, unter dem schwarz-weißes Haar zum Vorschein kam, und blickte in ein schmerzverzerrtes Gesicht. Gameknight kniete sich neben sie und bemerkte die schweren Schäden an der Rüstung, die von Spinnenklauen stammten. Große Metallstücke fehlten an mehreren Stellen, und es war offensichtlich, dass Tillers Gesundheit fast aufgebraucht war. Sie würde nicht überleben.

Tiller sah Gameknight999 in die Augen.

„Du solltest … da draußen … vorsichtig sein“, brachte sie mühsam hervor. „Da waren … so viele Monster … in deiner Nähe. Ich konnte … konnte dich nicht … allein lassen.“

Du warst also als Erste an meiner Seite, begriff er.

Er dachte an die Szene zurück und wusste, dass Tiller zu ihm geeilt war und erst dafür gesorgt hatte, dass auch die anderen auf das Schlachtfeld stürmten. Sie war eine Heldin.

„Du hättest in Sicherheit bleiben sollen, Tiller“, sagte Monet. „Du bist verletzt, aber es wird bestimmt alles wieder gut … oder?“ Sie blickte Crafter an.

Aber der junge NPC schüttelte nur den Kopf.

„Ich konnte nicht einfach dastehen und … zusehen, wie … dein Bruder … ganz allein kämpft", stieß Tiller röchelnd hervor. „Ich habe es einmal getan … damals, als Rider in den Kampf gezogen ist … an jenem schrecklichen Tag. Ich konnte das nicht noch einmal tun."

Die Frau wurde von heftigen Hustenanfällen geschüttelt. Als diese nachließen, sah sie erst Gameknight und dann Monet an und nahm ihrer beider Hände.

„Ihr beide seid … Geschwister. Verlasst euch aufeinander, denn … es gibt kein stärkeres Band als das zwischen euch. Ihr müsst … euch immer unterstützen. Gameknight, vertraue deiner … Schwester. Monet, hör auf deinen Bruder. Ihr müsst das zusammen überstehen, und wenn ihr euch unüberwindbaren Gefahren gegenüberseht, habt ihr einander. Vergesst das nicht …"

Dann verschwand Tiller, als ihre Gesundheit aufgebraucht war. Nur noch ihre leere Rüstung schwebte dicht über dem Boden.

Monet113 schrie von Trauer übermannt auf und konnte gar nicht mehr aufhören zu weinen. Gameknight stand auf, zog seine Schwester mit sich und nahm sie in die Arme. So standen sie lange Zeit da, gaben einander Kraft und weinten. Auf einmal legten sich weitere Arme um sie. Stitcher versuchte, sie beide mit ihren kurzen Armen zu umarmen und ihnen Kraft zu geben. Danach kam auch Crafter dazu, um sie zu trösten, bis schließlich das ganze Dorf um sie herum versammelt war, um den Schmerz zu lindern. In einer Familie war man eben füreinander da.

Nach einiger Zeit ließ Gameknight seine Schwester los. Er hob langsam eine Hand mit gespreizten Fingern über den Kopf, während er zu den anderen sprach.

„Wir werden Tiller nie vergessen, das einzige Opfer dieser Schlacht, und auch nicht jene, die wir in der Festung verloren haben“, sagte er ernst. „Gute Freunde und Familienmitglieder werden uns aufgrund ihrer heutigen Opfer auf ewig in Erinnerung bleiben.“

Er presste die Faust ganz fest zusammen, bis die Knöchel knackten und sich seine Finger ganz taub anfühlten. Seine ganze Wut bündelte sich in seiner Faust, die er dann langsam wieder sinken ließ. Er schaute kurz zu Boden, bevor er sich im Lager umsah.

Mit einem Mal bebte der Boden, als die beiden Eisengolems ankamen. Sie blieben vor Gameknight999 stehen und blickten mitfühlend und respektvoll auf ihn herab.

„Danke für eure Hilfe", richtete er das Wort an sie. „Ihr habt diese Dorfbewohner vor den Monstern von Minecraft beschützt und könnt stolz auf euch sein."

Die metallenen Riesen lächelten.

„Aber es gibt noch eine Sache, die ihr zum Schutz der NPCs tun könnt", fuhr er fort. „Geht zum König der Golems, und berichtet ihm, was passiert ist. Er kennt mich und weiß, dass ich ihn nicht um seine Hilfe bitten würde, wenn es nicht erforderlich wäre. Aber ich glaube, dass wir die Unterstützung der Golems brauchen werden, bevor dieser Krieg zu Ende ist. Sagt ihm, ich werde ihm irgendwie ein Signal geben und dass er all seine Golems schicken soll. Das Überleben von Minecraft könnte von seinem schnellen Handeln abhängen. Habt ihr verstanden?"

Die Golems nickten, wandten sich ab und wanderten über die eisige Landschaft, um in ihre Heimat und zu ihrem König zu gelangen.

Gameknight richtete sich an die anderen NPCs.

„Brecht das Lager ab", befahl der Benutzer-der-kein-Benutzer-ist und wischte sich die Tränen von den Wangen. „Herobrine wird uns mehr Monster schicken, denn das war nur ein Bruchteil seines Zorns. Wir müssen weiter um unser Leben bangen und um das aller in Minecraft. Den heutigen Kampf haben wir gewonnen, doch der Krieg ist noch lange nicht vorbei." Er ließ den Blick über das Schlachtfeld schweifen. „Macht euch alle bereit … Wir gehen zum Orakel im Dschungeltempel."

KAPITEL 14
SCHLÜPFLINGE

Shaikulud krabbelte durch die Kammer und sah nach ihren kostbaren Eiern. Die ersten Schlüpflinge würden bald auf die Welt kommen, und sie sah die Babys bereits vor sich, wie sie sich an dem grünen Moos labten, das die Brüder aus den Verliesen geholt hatten, damit sie groß und stark werden konnten. Grünes Moos war die Leibspeise der Schlüpflinge, und damit wuchsen sie schneller als mit jeder anderen Pflanze.

Die Spinnenkönigin näherte sich dem Eingang, da sie das Bedürfnis hatte, sich in der Sonne zu wärmen. Am liebsten wäre sie auf den hohen Dschungelbaum geklettert und hätte die herrlichen Sonnenstrahlen genossen, aber sie konnte das Nest nicht verlassen … noch nicht.

Seufzend ging sie zur Höhlenwand und kletterte hinauf. Bevor sie auch nur auf halber Höhe war, kam eine Fledermaus hereingeflattert und hielt direkt auf sie zu. Sobald die Spinne den kleinen Boten sah, glitt sie wieder zu Boden und erwartete ihn dort. Die Fledermaus irrte durch die Höhle; es war der Spinne ein Rätsel, wieso sie nicht einfach geradeaus flog. Trotz ihres Zickzackkurses gelang es der Kreatur schließlich, auf einem Vorderbein der Spinne zu landen. Sie kletterte nach oben zum Kopf der Königin und flüsterte ihr die Nachricht ins Ohr. Shaikulud keuchte überrascht auf.

Mit einem Mal spürte sie jemanden neben sich. Es war eine gemeine Kreatur, die Hass und Böswilligkeit ausstrahlte. Die Spinne drehte den Kopf und betrachtete Herobrine, dessen Aussehen sich dank seines letzten Opfers erneut verändert hatte.

„Was gibt es Neues, Shaikulud?“, fragte Herobrine.

„Diessse Fledermausss sssagt, sssie hätte den Benutzer-der-kein-Benutzer-issst gesssehen.“

„Wo?“, wollte er wissen.

„Er issst in die Fessstung gegangen“, antwortete sie.

„In die Festung?!“, wiederholte er fassungslos. „Dann suchen sie bestimmt die Bibliothek.“

„Einige der Schwessstern haben gegen ihn gekämpft, jedoch nicht sssehr viele.“ Sie warf die Fledermaus in die Luft, die kurz herumflatterte und dann zum Höhleneingang flog. „Esss issst unwahrscheinlich, dassss sssie die NPCsss vernichten konnten."

„Das ist nicht weiter wichtig", erwiderte Herobrine und ging auf und ab.

Während er über das Gehörte nachdachte, strahlten seine Augen immer heller, bis sie schließlich fast die ganze Kammer beleuchteten. Shaikulud musste den Kopf abwenden, um nicht zu erblinden.

„Sehr gut", meinte er dann, und seine Augen sahen langsam wieder normal aus. „Alles läuft genau so wie vorhergesehen." Dann stieß er ein böses keckerndes Lachen aus, das durch die Höhle hallte.

„Wie lauten deine Befehle, Schöpfer?" Shaikulud senkte ergeben den Kopf.

Herobrine sah zu den Eiern hinüber, deren Schalen noch immer unversehrt waren, und knurrte. Dann trat er an das nächste heran.

„Ich dachte, die Schlüpflinge wären inzwischen da", schimpfte er.

„Noch nicht", erwiderte Shaikulud und folgte ihrem Herrn.

„Sie müssen aber bald auf die Welt kommen!", beharrte er. „Öffnet die Eier, und holt die Schlüpflinge raus! Ich werde sie sehr bald brauchen." Er wirbelte herum und starrte Shaikulud direkt in die vielen lilafarbenen Augen. „Das ist ein Befehl!“

„Wenn wir sssie zu früh öffnen, schadet dasss den Schlüpflingen“, gab Shaikulud demütig zu bedenken. „Wäre esss nicht bessser, so lange zu warten, bisss die Eier bereit sssind?“

„Der Benutzer-der-kein-Benutzer-ist marschiert auf uns zu, und er hat die Absicht, all deine Kinder zu vernichten. Willst du das zulassen?“ Herobrine starrte Shaikulud mit leuchtenden Augen an. „Ist das Auftauchen von Gameknight999 nicht Grund genug, sie sofort schlüpfen zu lassen?“

Herobrines Worte hallten von den Höhlenwänden wider und scheuchten zahlreiche Fledermäuse auf, die unter der Decke geschlafen hatten.

„Ich frage dich ein letztes Mal“, fuhr er fort und kam noch dichter an die Spinnenkönigin heran. Er senkte die Stimme zu einem gefährlichen Flüstern, sodass nur Shaikulud ihn noch hören konnte. „Hast du mich verstanden?“, knurrte er.

„Ich verssstehe den Schöpfer … und werde ssseine Befehle befolgen“, antwortete sie.

„Großartig“, erklärte er, und das Leuchten seiner Augen ließ nach. „Du wirst dem Benutzer-der-kein-Benutzer-ist und seinen Freunden gestatten, den Tempel der alten Vettel zu erreichen.

Haltet sie nicht auf … Lasst sie durch, aber nutzt die Gelegenheit, um sie ein wenig leiden zu lassen, denn zu einfach wollen wir es ihnen auch nicht machen. Schick die Creeper … Sie sind im Dschungel schwer zu entdecken.

Wenn sie den Tempel erreichen und mit dem Rücken zum Meer stehen, lassen wir die Falle zuschnappen und umzingeln sie. Du wirst das Signal zum Angriff geben und niemanden am Leben lassen – außer Gameknight999. Sollte die Vettel mutig genug sein und ihren Tempel verlassen, darf sie ebenfalls getötet werden. Wir vernichten sie alle auf einen Schlag. Und während dieser armselige Benutzer-der-kein-Benutzer-ist vor Trauer beinahe den Verstand verliert, werde ich vor ihn treten und ihm zeigen, was wahres Leid bedeutet.

Hast du diese Befehle verstanden, und zwar alle?"

Shaikulud nickte erneut.

„Ssso wird esss geschehen", sagte sie und starrte seine Füße an.

„Sehr gut", entgegnete Herobrine in bedrohlichem Tonfall. „Ich wusste immer, dass du ein braves und gehorsames Geschöpf bist."

Als sie den Kopf hob, um ihn anzusehen, teleportierte er sich bereits weg – und seine leuchtenden Augen waren das Letzte, was noch zu sehen war. Shaikulud drehte sich zu den Spinnen um, die nun auf sie zukamen.

„Ihr habt den Schöpfer gehört", sagte sie und klackerte wütend mit den Mundwerkzeugen. „Öffnet die Eier, und lasssst die Schlüpflinge herausss."

Die blauen Höhlenspinnen starrten sie fassungslos an. Shaikulud sprang mit einer Schnelligkeit, die man einer so großen Kreatur gar nicht zugetraut hätte, vor und schlug die nächste Höhlenspinne mit ihren scharfen Klauen. Die Gesundheit des Bruders war sofort so gut wie aufgebraucht. Das Ganze geschah so schnell, dass die Höhlenspinne nicht einmal mehr weglaufen konnte.

Sie fiel zu Boden, sah ihre Königin mit ihren zahlreichen roten Augen an und flehte um Gnade.

Shaikulud trat einen Schritt zurück und starrte die anderen Spinnen an.

„Ihr werdet die Befehle desss Schöpfersss befolgen … Öffnet die Eier."

Die verwundete Höhlenspinne rappelte sich langsam wieder auf und ging zum nächsten Ei. Vorsichtig ritzte der Bruder einen schmalen Kratzer in die Schale, der einmal um die Eispitze herumführte. Danach tippte er dagegen, bis sich ein Riss bildete. Sekunden später war das Ei offen und man konnte eine sehr kleine Spinne darin sehen. Es handelte sich um eine weitere Höhlenspinne, deren Haut beinahe fluoreszierte, da die winzigen schwarzen Haare erst später wachsen würden … falls sie überlebte.

„Gebt ihr Moosss … Schnell“, befahl Shaikulud.

Ein anderer Bruder kam mit einem Klumpen Moos angelaufen, doch die Spinne starb, bevor er sie füttern konnte.

Mein Schlüpfling … Mein Schlüpfling …

Shaikulud trauerte um die winzige Kreatur, war jedoch entschlossen, auch die anderen Eier zu öffnen.

„Esss issst der Befehl desss Schöpfersss“, murmelte sie wieder und wieder vor sich hin.

Ein Teil der Schlüpflinge überlebte die vorzeitige Geburt, aber viele starben auch sofort. Immer, wenn einer ihrer Schlüpflinge mit einem Ploppen verschwand, wurde die Spinnenkönigin wütender … aber nicht auf Herobrine, denn sie wusste, dass er das nur tat, weil er Minecraft beschützen wollte. Nein, ihre Wut richtete sich einzig und allein gegen denjenigen, der für ihren Verlust verantwortlich war: gegen den Benutzer-der-kein-Benutzer-ist.

Während sie einen Schlüpfling, der ums Überleben kämpfte, hochhob, malte sie sich die vielfältigen Methoden aus, auf die sie Gameknight999 leiden lassen würde. Plötzlich verschwand auch dieser Schlüpfling, und ihr Zorn kochte über.

„Der Benutzer-der-kein-Benutzer-issst gehört MIR!“, schrie sie allen Spinnen in der Höhle zu, und ihre lilafarbenen Augen leuchteten noch heller. „Außer mir wird ihn niemand anrühren! Ich allein darf ihn leiden lassssen!“

Ihr Schrei hallte noch von den Wänden wider, da trat Shaikulud schon vor eine Höhlenwand und kletterte nach oben. Auf ihrem Weg die Höhlendecke entlang konnte sie spüren, wie unter ihr viele neue Leben aus den Eiern schlüpften, von denen manche nur wenige Augenblicke dauerten. Sobald sie die höchste Spitze erreicht hatte, bohrte sie ihre scharfen Klauen in den Stein und hielt sich daran fest, um dem Geschehen unter sich weiter zuzusehen. Jeder neue Schlüpfling, der überlebte, zehrte ein wenig von ihr, da sie einen weiteren Teil ihres Bewusstseins aufopfern musste, um auch diese Spinne zu kontrollieren. Shaikulud wurde immer wütender, je mehr Schlüpflinge überlebten oder starben. Ihre Gedanken drehten sich um all die gemeinen und grausamen Dinge, die sie dem Benutzer-der-kein-Benutzer-ist antun würde, und mit jeder Sekunde leuchteten ihre Augen hasserfüllter.

„Bald gehörssst du mir, Gameknight999!", stieß sie giftig hervor.

KAPITEL 15
WILLKOMMEN IM DSCHUNGEL

Die NPCs bewegten sich schnell durch die Eiszapfentundra und gelangten auf eine grasbewachsene Ebene. Gameknight hätte eine hügelige Landschaft bevorzugt, da sie dort besser vor neugierigen Blicken geschützt gewesen wären, aber wie sein Freund Shawny immer zu sagen pflegte: „Es ist, wie es ist."

Da die Gruppe die meiste Zeit rannte, kamen sie rasch voran. Sie machten nur gelegentlich kurze Pausen, um sich auszuruhen, und hasteten den Großteil des Tages weiter. In der Nacht bildete die Kavallerie zwei Ringe um die, die zu Fuß gingen, und die Wölfe hielten außerhalb davon Wache. Hin und wieder war das Stöhnen von Zombies zu hören, doch die blieben meist auf Abstand. Sobald ein Monster jedoch einen Laut von sich gab, reagierten die Wölfe und sorgten dafür, dass die NPCs unbehelligt blieben.

Als die Sonne am zweiten Tag aufging, konnte Gameknight etwas Hellgrünes am Horizont erkennen. Links und rechts davon ragten steile Gipfel auf … wie in den Extremen Bergen.

„Das da vor uns sieht aus wie ein Dschungel“, meinte Stitcher.

Sie lief zwischen Gameknight und Monet – die beiden Mädchen hatten sich schnell angefreundet.

„Da könntest du recht haben“, stimmte ihr Monet113 zu.

„Watcher!“, rief Gameknight über die Schulter. „Was siehst du?“

Ein NPC mit großen grünen Augen kam angelaufen, blieb kurz neben Gameknight stehen und schaute zu dem grünen Band vor ihnen hinüber, um dann erneut zu ihm aufzuschließen.

„Ja, das ist ein Dschungel“, bestätigte Watcher.

Stitcher und Monet grinsten.

„Ich sehe Ranken, die von Ästen herunterhängen, und dichte Büsche vor den Dschungelbäumen“, fuhr Watcher fort. „An den Bäumen hängen unzählige Kakaobohnen … Wir sollten sie ernten, wenn wir dort sind.“

„Solange wir dabei nicht langsamer werden“, erwiderte Gameknight. „Ich habe so das Gefühl, dass uns dort auch nur Ärger erwartet.“

Watcher drehte sich zur Armee hinter ihnen um,

stutzte und schaute zum östlichen Horizont hinüber. Er keuchte auf, woraufhin Gameknight stehen blieb und neben ihn trat.

„Was ist?", fragte der Benutzer-der-kein-Benutzer-ist.

„Etwas kommt über die Ebene auf uns zu", berichtete Watcher. „Ich kann sie nicht genau erkennen, aber es sind sehr viele, und sie haben es eilig. Da ist eine gewaltige Staubwolke um sie herum."

„Sollen wir anhalten und gegen sie kämpfen?", erkundigte sich Crafter, der auf einmal neben Gameknight auftauchte.

„Nein, wir laufen weiter", entschied dieser. „Wir haben im Nether etwas gelernt, das wir nie wieder vergessen dürfen: ‚Geschwindigkeit ist im Krieg von entscheidender Bedeutung.'"

Crafter nickte, drehte um und lief erneut dem grünen Horizont entgegen. Gameknight folgte ihm.

Sie legten die restliche Strecke ohne Zwischenfall zurück und hatten den Rand des Dschungels erreicht, als die Sonne im Zenit stand. An beiden Seiten ragten steile Berge auf, die sich weit in den Norden und Süden erstreckten. Reisende hatten gar keine andere Wahl, als den Dschungel zu betreten, wenn sie nicht umkehren wollten.

„Willkommen im Dschungel“, sagte Hunter. „Das wird bestimmt kein Kinderspiel, also seid ja alle wachsam.“

„Hunter hat recht“, fügte Gameknight hinzu. „Wir haben keine Zeit zum Rasten, also bleibt dicht beieinander.“

Er umklammerte sein verzaubertes Schwert und stürmte ins Unterholz. Augenblicklich versperrte ihm eine Mauer aus Blättern und Ranken den Weg. Er zog seine Eisenaxt und hackte sich durch. Aus dem Augenwinkel konnte er erkennen, dass die Dorfbewohner es ihm nachtaten, sodass an die einhundert Äxte geschwungen wurden.

Trotz all dieser Klingen, die auf Bäume und Büsche einschlugen, kamen sie nur langsam voran. Einige NPCs versuchten, um Hindernisse herumzugehen, und wurden dadurch vom Rest der Gruppe getrennt.

„Wo seid ihr? Ich hab mich verlaufen“, rief ein Dorfbewohner.

„Hier drüben“, schrie ein anderer.

So driftete die Gruppe immer weiter auseinander und wurde durch die dicken Baumstämme und die schlechten Sichtverhältnisse voneinander getrennt.

„Wir müssen irgendwie dafür sorgen, dass sie zusammenbleiben, Crafter", erkannte Gameknight. „Hast du eine Idee?"

„Ich habe sogar mehrere", erwiderte der junge NPC lächelnd.

Er ging auf eine freie Fläche, stellte eine kleine rot-weiß gestreifte Rakete auf den Boden und trat zurück. Die Rakete flog in die Luft, hinterließ eine Funkenspur und explodierte hoch über den Baumwipfeln in funkelnden Farben.

„Hervorragend", sagte Gameknight.

Crafter strahlte ihn an.

„Geht alle weiter", rief Gameknight dann. „Richtet euch nach Crafters Feuerwerk."

„Verrät das den Monstern nicht auch, wo wir uns befinden?", gab Hunter zu bedenken.

„Die wissen garantiert schon, dass wir hier sind", erwiderte Gameknight. „Wahrscheinlich beobachten sie uns in diesem Augenblick."

Hunter wirbelte herum und zog ihr Schwert.

„Entspann dich", beruhigte Gameknight sie. „Wenn sie uns angreifen wollten, dann hätten sie das längst getan. Aus irgendeinem Grund warten sie noch."

„Tja, ich werde auf jeden Fall auf sie vorbereitet

sein“, versicherte sie ihm.

Plötzlich hallte eine Explosion durch den Dschungel, begleitet von einem Schrei und Schwefelgeruch.

„Creeper!“, rief jemand.

Die nächste Explosion war schon etwas näher.

„Wir können sie nicht mal sehen“, beschwerte sich Brewer und kam auf Gameknight zugelaufen. „Ich habe ihn erst in der letzten Sekunde bemerkt und konnte gerade noch in Deckung gehen, aber ihre grüne und schwarze Farbe fällt zwischen den Ranken und Blättern gar nicht auf.“

„Das ist übel“, murmelte Digger so leise, dass nur Gameknight999 ihn hören konnte.

„Ich weiß, was uns fehlt“, sagte Herder, der soeben angelaufen kam. „Wir brauchen mehr Freunde … viel mehr Freunde.“

„Wie meinst du das, Herder?“, erkundigte sich Gameknight.

Aber der Junge antwortete nicht, sondern rannte in den Dschungel.

„Wir können nicht einfach hier rumstehen“, rief Hunter. „Das ist viel zu gefährlich.“

„Da hast du recht“, stimmte ihr Gameknight zu und wandte sich dann an alle. „Lauft weiter in Richtung Osten. Bleibt zusammen und entfernt euch nicht von Crafters Feuerwerk."

Mit diesen Worten drehte sich Gameknight um und lief los. Wo immer es möglich war, umging er Hindernisse, andernfalls setzte er seine Axt ein. Mit der Zeit kam die Gruppe wieder schneller voran, doch es kam weiterhin regelmäßig zu Creeper-Explosionen.

„Wir müssen die Creeper sehen, wenn sie kommen!", stellte Gameknight fest. „Kannst du ein paar Bogenschützen in den Bäumen postieren, Hunter?"

„Aber klar."

Sie suchte mehrere NPCs aus, ging zum nächsten Baum und platzierte Erdblöcke um den dunklen Stamm herum. Gameknight beobachtete, wie sie eine Wendeltreppe um den Baum herumbaute und dabei Äxte und Blätter mit der Axt abhackte, bis sie im Baumwipfel verschwand.

„Siehst du was?", rief er zu ihr rauf.

„Oh ja … Ich sehe eine Menge", antwortete sie.

„Verrätst du mir auch, was, oder behältst du das für dich?"

„Ich bin mir nicht sicher, ob du wissen willst, was ich sehe", meinte sie. „Willst du die guten oder die schlechten Nachrichten?"

„HUNTER!"

„Okay, zuerst die schlechten", fuhr sie fort und kam einige Stufen herunter, damit Gameknight sie sehen konnte. „Da kommen etwa fünfzig oder sechzig Creeper auf uns zu. Wahrscheinlich waren sie es, die wir auf der Ebene gesehen haben."

„Und was sind die guten Nachrichten?", hakte Gameknight nach.

„Es sind keine einhundert Creeper", erwiderte sie lachend.

Er stöhnte frustriert auf.

„Hol alle NPCs hierher, Hunter", verlangte Gameknight und wandte sich an Crafter. „Schick noch mehr Raketen in die Luft, damit auch alle sehen, wo wir sind."

Crafter nickte und schoss nacheinander mehrere Raketen ab, die alle funkelnde Bilder an den Himmel malten.

„KOMMT ALLE ZU MIR!", brüllte Gameknight.

Direkt im Anschluss waren seine Schwester und Stitcher zu hören.

„ALLE HIERHER!", riefen sie, um die NPCs zu Gameknight zu holen.

Dank ihrer Hilfe befanden sich bald alle auf der kleinen Lichtung.

„Die Lage ist ernst“, berichtete Gameknight. „Eine riesige Gruppe aus Creepern kommt direkt auf uns zu. Im Dschungel können wir nicht gegen sie kämpfen … Unsere Kavallerie kommt aufgrund der Bäume und Büsche nicht voran. Wir haben nur eine Chance, wenn wir eine Freifläche schaffen, auf der wir kämpfen können.“

„Gegen sechzig Creeper … Das ist unmöglich“, wandte jemand ein.

„Ihre Anzahl ist unwichtig“, erklärte Gameknight. „Wir werden einfach nicht aufgeben. Man kann nur etwas erreichen, das man sich auch vorstellen kann, und ich kann mir sehr gut vorstellen, dass wir das schaffen … irgendwie. Und jetzt macht euch an die Arbeit.“

Schon zückten alle ihre Äxte, um Büsche und Bäume abzuhacken. Kurz darauf hatten sie eine große Lichtung geschaffen. Einige der Bäume und Büsche nutzten sie für den Bau provisorischer Verteidigungsanlagen, in die sie Hohlräume schnitten in der Hoffnung, dadurch besser vor den Explosionen der Creeper geschützt zu sein. Bogenschützen stiegen in die Baumwipfel und hofften darauf, trotz der Widrigkeiten ein gutes Schussfeld zu bekommen.

Sie alle waren verzweifelt, und das merkte Gameknight auch.

Was habe ich nur getan?, dachte er. *Ich habe meine Freunde … nein, meine Familie in diese gefährliche Lage gebracht, und jetzt werden viele von ihnen sterben. Diese Verantwortung ist zu groß für mich …*

Mit einem Mal war da noch ein anderer Gedanke in seinem Kopf … seltsamerweise hörte er jedoch nicht seine eigene Stimme, sondern die geheimnisvolle, die er schon aus der Festung kannte.

Bleib stark, Benutzer-der-kein-Benutzer-ist, und vertraue auf deine Freunde. Verantwortung zu tragen bedeutet nicht, dass man alles selbst tun muss, sondern dass man um Hilfe bitten darf, wenn es erforderlich ist. Hab Vertrauen, und sei geduldig.

Die Stimme verschwand, und er hatte nur noch seine eigenen Gedanken im Kopf.

Was war denn das?! Was hat das zu bedeuten, dass ich Vertrauen haben und geduldig sein muss? Ich kann doch nicht einfach …

Doch da wurde er auch schon durch das Geräusch von Schritten aus seinen Gedanken gerissen. Ein gewaltiger Mob aus Creepern betrat die Lichtung. Gameknight schoss durch den Kopf, dass Hunter sich geirrt haben musste … Das konnten gut und gern einhundert Creeper sein. Es waren jedenfalls zu viele, um sie auf die Schnelle zu zählen, und sie würden ausreichen, um die NPCs zu vernichten.

„Lauft alle weg!“, schrie einer der NPCs.

„NEIN!“, brüllte Gameknight sogar noch lauter.

Er wusste nicht genau, was er sagen sollte, doch dann kam ihm etwas Unerwartetes über die Lippen.

„HABT VERTRAUEN … UND SEID GEDULDIG!“

Creepern war Geduld jedoch kein Begriff. Sie betraten die Lichtung und wirbelten mit ihren winzigen Füßen Staub vom Boden auf. Die Bogenschützen eröffneten das Feuer, aber gegen so viele Monster konnten sie nur wenig ausrichten. Als die Kreaturen näher kamen, starrte die vorderste Gameknight999 mit kalten schwarzen Augen an und begann zu glühen, während ein Zischen ertönte. Die anderen Creeper taten es ihm nach.

Und Gameknight konnte nichts anderes denken als: *Ist dies das Ende?*

KAPITEL 16
WOLFSMANN

Auf einmal kam Herder mit einem gewaltigen Katzenrudel auf den Fersen aus dem Dschungel gesprintet. Wenigstens fünfzig dieser gefleckten Tiere begleiteten ihn; viele waren gezähmt, andere noch wilde Ozelots. Sie stürmten auf die Lichtung und hielten auf die Creeper zu, wobei ihr Fauchen und Knurren das Zischen der Monster übertönte.

Sobald die Creeper die Katzen sahen, stoppten sie den Detonationsprozess und rannten zurück in den dichten Dschungel – doch die Katzen folgten ihnen!

„WOLFSMANN!", jubelten die NPCs.

Herder strahlte und winkte den Dorfbewohnern zu, bevor er den Katzen hinterherlief.

„Komm zurück, Herder!", rief ihm Gameknight999 hinterher.

Der schlaksige Junge blieb stehen und drehte sich mit verwirrter Miene zum Benutzer-der-kein-Benutzer-ist um, bevor er zu seinem Freund gelaufen kam.

„Was hast du vor?", fragte Gameknight.

„Ich wollte nach meinen Freunden sehen", antwortete Herder,

„Da draußen ist eine riesige Creeper-Armee", warf Hunter ein, die zu den beiden trat. „Hältst du es für klug, da allein rauszugehen?"

Herder schaute Hunter irritiert an.

„Aber ich wäre doch nicht allein", widersprach er ihr. „Meine Katzen wären bei mir."

Hunter schüttelte lachend den Kopf und klopfte ihm auf den Rücken. Dann drehte sie sich zu den anderen NPCs um und hielt Herders rechte Hand in die Luft.

„WOLFSMANN!", brüllte sie.

„WOLFSMANN!", jubelten die anderen Dorfbewohner begeistert.

„Wir müssen von hier verschwinden", erklärte Gameknight. „Geht alle weiter Richtung Westen!"

„Und bleibt zusammen!", fügte Crafter hinzu.

„Los!", befahl Gameknight und machte sich daran, die Reise fortzusetzen.

Als er sich umsah, konnte er Monet dank ihrer bunten Rüstung leicht erkennen. Neben ihr stand Stitcher, deren rotes Haar einen deutlichen Kontrast zu Monets leuchtend blauem Schopf bildete.

Umringt von Wölfen und jetzt auch Katzen gelang es der Gruppe, weiter durch den Dschungel zu reisen, ohne erneut von Creepern aufgehalten zu werden. Hier und da trafen sie auf einige Spinnen, aber da die Bogenschützen in den Baumwipfeln entlangliefen und die Krieger am Boden wachsam waren, gab es keine Probleme. Einige Dorfbewohner zogen sich leichte Verletzungen zu, aber alle überlebten.

Als sich die Sonne langsam dem Horizont näherte, glaubte Gameknight, etwas Blaues zwischen den Bäumen hindurchschimmern zu sehen. Wasserplätschern übertönte die Dschungelgeräusche, und sie hörten Wellen, die an einen Strand schlugen.

Auf einmal hatten sie den dichten Dschungel hinter sich gelassen und standen im Freien. Vor ihnen befand sich ein kühler Fluss, der sich durch die Landschaft schlängelte und in einen gewaltigen Ozean überging. Gleich auf der anderen Flussseite stand ein uraltes Gebäude aus Bruchstein und bemoostem Bruchstein, an dessen Mauern Ranken hingen, als wäre es seit Jahrhunderten unbewohnt.

„Wir haben es geschafft“, stellte Crafter erleichtert fest. „Nein, du hast es geschafft … Du hast uns hierher geführt", fügte er hinzu und klopfte Gameknight auf die Schulter.

„Ich habe gar nichts gemacht", wiegelte Gameknight ab. „Ich bin nur weitergelaufen, das ist alles."

„Manchmal ist es leichter, aufzugeben als durchzuhalten", meinte Crafter. „Aber weil du nie nachgelassen hast, haben wir anderen das auch nicht getan."

„Ich weiß nicht … Jedenfalls bin ich froh, dass wir hier sind", gab Gameknight zu. „Doch wir sind noch lange nicht fertig. Sieh nur."

Er deutete auf die Sonne, die hinter den Dschungelbäumen in ihrem Rücken verschwand. Noch war sie zwischen den Ästen zu sehen, aber die Nacht würde bald anbrechen.

„Bald ist es dunkel", sagte Gameknight leise. „Der richtige Kampf steht uns noch bevor. Wir müssen uns darauf vorbereiten."

„Alle werden tun, was sie tun müssen", versicherte Crafter ihm. „Selbst wenn sie noch so müde sind."

Gameknight nickte und hielt dann Ausschau nach Digger. Der große NPC stand am Fluss und wusch sich die Hände. Gameknight ging zu ihm.

„Du solltest die Verteidigungsanlagen vorbereiten", teilte Gameknight ihm mit. „Ich gehe in den Tempel und suche das Orakel. Wahrscheinlich wird uns Herobrine alles entgegenwerfen, was er hat … Daher sollten wir auch einige Überraschungen auf Lager haben."

Digger holte mit der rechten Hand einen Stapel Redstone und mit der linken mehrere Kolben aus seinem Inventar und grinste Gameknight999 an.

„Wo hast du das denn her?", wollte Gameknight wissen.

Digger deutete auf eine Truhe, die unter einem Busch verborgen stand. Dank der Redstonefackel daneben fiel sie überhaupt erst auf.

„Das habe ich eben hier gefunden", berichtete Digger. „Es war, als hätte das alles auf uns gewartet."

Gameknight schaute lächelnd gen Himmel und sagte lautlos: *Danke, Shawny.*

„Okay, es gibt noch viel zu tun", erkannte Gameknight und watete durch den Fluss. Am anderen Ufer angekommen, drehte er sich zu den NPCs um. „Wir müssen Verteidigungsanlagen und Fallen bauen und uns auf einen Krieg vorbereiten … und das alles vor Sonnenuntergang. An die Arbeit!"

„Ja!", jubelten die NPCs, stürmten durch den Fluss und bauten sich vor dem uralten Dschungeltempel auf, der den Anschein machte, als hätte er auf sie gewartet.

KAPITEL 17
DAS ORAKEL

Vorsichtig betraten sie den moderigen Tempel, hielten die Augen offen und die Ohren gespitzt. Gameknight wusste, dass es in Dschungeltempeln immer viele Fallen gab, und sie würden auf mit Werfern verbundene Stolperdrähte und Druckplatten, die Kolben auslösten, treffen … Aus diesem Grund mussten sie sehr aufmerksam sein.

Crafter betrat den Tempel als Erster und platzierte Fackeln am Boden. Er ließ den Blick sorgfältig über jeden Bruchsteinblock schweifen und suchte nach allem, was fehl am Platz wirkte. Gameknight, Stitcher, Monet, Hunter und Herder blieben ihm dicht auf den Fersen und stellten ebenfalls Fackeln auf, um die Dunkelheit zu vertreiben … und ihre Angst.

An den Eingang grenzte eine Ebene, von der zwei Treppen nach oben und eine sehr breite nach unten führten.

„Hunter, Stitcher, ihr seht oben nach", wies Gameknight die beiden an.

„Könnte es dort Fallen geben?“, fragte Monet, die offensichtlich besorgt um ihre Freundin war.

„Nein, die Fallen sind immer unten“, beruhigte Gameknight sie. „Du kannst sie begleiten.“

Aufgeregt lief sie den beiden hinterher und nahm immer zwei Treppenstufen auf einmal.

„Hier ist alles leer“, rief Hunter von oben herunter. „Aber es wäre eine gute Stelle, um Bogenschützen aufzustellen.“

„Dann mach das“, wies Gameknight sie an. „Und macht mehr Löcher in die Mauer, damit ihr ein größeres Schussfeld habt. Stitcher, hol Unterstützung.“

Das Mädchen rannte so schnell die Treppe hinunter, dass ihr rotes Haar wie Flammen hinter ihr herwehte.

„Warte.“ Gameknight hielt Stitcher noch einmal auf. „Wir brauchen auch ein paar Bogenschützen auf dem Dach. Hol einen der Maurer, damit sie einige Stufen und Befestigungen bauen. Hast du verstanden?“

Sie nickte und rannte weiter.

„Komm runter, Hunter“, bat Gameknight.

Die Jägerin und Monet hüpften die Treppe herunter.

„Lasst uns nach unten gehen“, meinte Crafter.

„Bleibt dicht beieinander und fasst hier bloß nichts an.“

Die Gruppe begab sich vorsichtig ins untere Stockwerk, wo die Treppe in einem schmalen Flur endete, der nach rechts weiterführte. Sie bogen um die Ecke und mussten nach einiger Zeit erneut rechts abbiegen. Crafter blieb an der Ecke stehen und blickte den nächsten langen Korridor entlang. Am anderen Ende stand eine Truhe vor einer von Ranken überwucherten Mauer.

„Eine Truhe“, rief Monet aus. „Darin könnte ein magischer Gegenstand wie eine verzauberte Rüstung liegen.“

Sie wollte schon loslaufen, aber Gameknight hielt sie am Arm fest.

„Was ist?“, jammerte sie.

„Das ist eine Falle“, erklärte Gameknight.

„Ich sehe nichts, was darauf hindeutet“, beschwerte sie sich.

„So ist es auch gedacht“, fügte Crafter hinzu.

Als sie langsam weitergingen, führte Crafter sie an der linken Wand entlang, sodass sie nicht direkt vor den mit Ranken bedeckten Blöcken liefen. Sie schlichen durch den Gang, und der junge NPC schaute in jede Lücke zwischen den Blöcken, die versetzt in den unteren Teil der Mauern eingelassen waren.

„Da ist sie“, sagte er schließlich und holte seine Spitzhacke heraus.

Er schlug auf etwas ein, das in der Dunkelheit verborgen war, und hielt kurz darauf einen Stolperdrahtmechanismus in der Hand. Im Weitergehen konnten sie den Redstone sehen, der mit dem überwucherten Block verbunden war.

„Siehst du das schwarze Loch in dem Block, Monet?“, fragte Crafter.

Sie nickte.

Er entfernte die restlichen Ranken, und Monet keuchte auf. Nun sahen sie alle den Werfer am Ende der Redstoneleitung, der mit unzähligen Pfeilen befüllt war.

„Perfekt“, meinte Hunter und nahm die Geschosse heraus. „Die Bogenschützen werden sich darüber freuen. Einigen geht langsam die Munition aus.“

Nachdem Hunter die Pfeile ins Inventar gesteckt hatte, kniete sie sich neben die Truhe und öffnete langsam den Deckel. Die Scharniere quietschten, nachdem sie so viele Jahre nicht bewegt worden waren. Sie musste sich richtig anstrengen, um den

Deckel aufzubekommen, und betrachtete den Inhalt dann staunend.

In der Truhe lagen ein Diamant, drei Eisenbarren … und eine verzauberte Eisenspitzhacke. Gameknight griff nach der Waffe, an der die schimmernde Magie wellenförmig entlanglief, sodass der Gang in saphirfarbenes Licht getaucht wurde. Er bedauerte, dass sie nicht mehr Diamanten gefunden hatten, denn so konnte er seine Rüstung, die vom letzten Kampf gegen Herobrine mächtig eingedellt war, nicht reparieren, aber er wusste auch, dass es nichts brachte, sich darüber zu ärgern.

Nachdem er die Spitzhacke in sein Inventar gelegt hatte, schloss er den Deckel und drehte sich um, da er Schritte im angrenzenden Korridor hörte. Seine Schwester Monet war in den Gang getreten, der nach rechts führte.

„Seht mal, Hebel“, sagte sie.

Gameknight bemerkte drei Hebel am hinteren Ende des aus Bruchstein bestehenden Gangs. Darüber waren Ranken gewachsen, die jedoch beschnitten worden waren, damit sie die Hebel nicht beeinträchtigten.

„Was bewirken diese Hebel?“, wollte Monet wissen.

„Normalerweise gar nichts", erklärte Gameknight. „Sie bewegen einige Kolben, damit es sich so anhört, als würden Türen geöffnet oder Fallen aktiviert, aber im Allgemeinen passiert nichts."

„Probieren wir es aus", meinte Monet.

„Neiiiin!", schrie Crafter noch, aber es war zu spät.

Sie legte den ersten Hebel um. Es klickte, als unter ihnen ein Kolben bewegt wurde, der anscheinend weitere aktivierte. Das Rumpeln von Stein über Stein hallte durch den Tempel, und von der Treppe fiel immer weniger Licht in den Korridor, bis es schließlich ganz dunkel war.

Gameknight rannte zurück zur Treppe und stellte fest, dass der Eingang komplett versperrt war. Eine neue Grundsteinmauer war aus dem Nichts entstanden, und durch Grundstein konnte man nicht einmal mit einer Diamantspitzhacke einen Tunnel graben … was bedeutete, dass sie hier festsaßen. Gameknight999 kehrte zu seinen Freunden zurück und starrte seine Schwester wütend an.

„Na, super, jetzt sitzen wir hier fest. Vielen Dank auch!"

Monet ließ betreten den Kopf hängen.

Warum muss sie immer so impulsiv handeln?, ärgerte er sich. *Wieso kann sie nicht wie ich sein, Pläne schmieden und überlegen, was passieren könnte, bevor sie etwas tut?*

Er schüttelte den Kopf und funkelte sie an, doch Monet starrte immer noch zu Boden. Offensichtlich hatte sie ein schlechtes Gewissen … doch was war das? Da war ein kleiner Steinknopf am Boden in der Nähe der drei Schalter. Solche Knöpfe konnte man auf Bruchstein nur schwer erkennen, und da sich dieser so nah am Boden befand, war er noch schwerer auszumachen. Gameknight trat neben seine Schwester und deutete auf den Knopf.

„Sieh dir das an, Crafter", sagte er.

Crafter kniete sich neben Monet auf den Boden. Er pustete den Staub von den unteren Blöcken weg und enthüllte den Steinhebel.

„Hast du so was in einem Dschungeltempel schon mal gesehen?", wollte Gameknight wissen.

Crafter schüttelte den Kopf.

„Da ist … ah … Da ist noch etwas anderes", meinte Herder, der an Monets anderer Seite auftauchte.

Er zerrte an den Ranken, die die Wand über den Hebeln verdeckten. Nachdem er sie abgerissen hatte, kamen vier Zeichen zum Vorschein, eins über jedem Hebel und eins etwas weiter oben. Neben jedem stand etwas geschrieben.

„Was steht da?“, fragte Gameknight.

„Wir brauchen mehr Licht“, erwiderte Herder.

Crafter platzierte eine Fackel neben den Zeichen.

„Auf einem steht ‚Blau‘, auf dem daneben ‚Rot‘ und auf dem letzten ‚Gelb‘“, las Herder vor.

Diese Schilder hingen direkt über den Hebeln.

„Was steht auf dem oberen?“, wollte Crafter wissen.

„Das verstehe ich nicht“, gab Herder zu, der die Augen zusammenkniff, um den Text lesen zu können. „Da steht ‚Welche Farbe hat Supermans Cape?‘“ Der schlaksige NPC drehte sich zu Crafter um und sah ihn verwirrt an. „Was bedeutet das?“

„Keine Ahnung“, gestand Crafter.

„Das ist ein Rätsel, das nur ein Benutzer lösen kann“, erklärte Gameknight grinsend. „Wir sitzen hier fest, bis das Rätsel gelöst ist … dabei ist es ganz einfach.“

Er schob seine Freunde sanft beiseite und trat vor die Hebel. Dann legte er den roten um und bewegte die anderen nach unten. Zuletzt kniete er sich hin und streckte eine Hand nach dem Knopf aus.

„Supermans Cape ist rot!“, erklärte der Benutzer-der-kein-Benutzer-ist siegessicher und drückte auf den Knopf.

„Neiiin!“, schrie Monet, aber es war zu spät.

Erneut knirschte Stein über Stein, als der Boden hinter ihnen langsam zur Seite glitt und einen Lavasee darunter freigab. Die Hitze stieg den Gefährten sofort ins Gesicht, und eckige Schweißtropfen rannen ihnen über die flachen Wangen und Stirnen. Die NPCs und Monet bewegten sich so weit wie möglich von der Lava weg und starrten Gameknight999 zornig an.

„Das war also einfach, ja?“, fragte Hunter.

„Das war die falsche Antwort“, stellte Monet fest und verdrehte die Augen.

„Was redest du denn da?“, entgegnete Gameknight. „Sein Cape ist doch rot.“

„Nicht ganz“, widersprach Monet ihm.

„Ich habe die Filme alle gesehen“, beharrte Gameknight, „und viele Comics gelesen … Supermans Cape ist rot!“

„Ach ja?“ Sie grinste ihn breit an.

„Wenn du so schlau bist, dann verrat mir doch, welche Farbe es hat“, forderte Gameknight sie heraus.

Monet brachte die Schalter in die Ausgangsposition und legte dann den roten Schalter wieder um.

Gameknight lächelte.

Danach legte sie auch den gelben Schalter um.

Nun starrte er sie verwirrt an.

„Das ‚S' auf seinem Cape ist gelb!", erklärte sie stolz und berührte den Knopf.

„Bevor du den Knopf drückst, sollte dir klar sein, dass wir nirgendwo mehr hinkönnen", gab Crafter zu bedenken. „Wenn die Antwort falsch ist, wird der Boden unter uns garantiert verschwinden und wir stürzen in die Lava."

Monet sah ihre Freunde an, und ihr selbstsicherer Gesichtsausdruck wirkte nicht mehr ganz so überzeugend, aber sie drückte trotzdem den Knopf. Wieder war das steinerne Knirschen zu hören, aber der Boden bewegte sich nicht. Stattdessen glitt die Wand neben ihnen zur Seite und enthüllte eine von Fackeln erhellte Treppe, die weiter nach unten führte.

„JA!", rief Monet.

„Du hattest anscheinend recht", gab Gameknight widerstrebend zu.

„Wie bitte?", fragte Monet, die das gern noch mal gehört hätte.

„Du hast mich schon verstanden!“, fauchte er und lief die Treppe hinunter.

Monet blieb noch kurz oben stehen und strahlte die anderen an, dann folgten sie Gameknight nach unten.

Erst nachdem sie etwa fünfzig Blöcke weit nach unten gelaufen waren, erreichten sie einen hell erleuchteten Raum.

Gameknight trat vorsichtig in den Eingang und schaute sich um. Der Raum war aufwendig gestaltet und sah beinahe aus wie der Thronsaal eines Königs. Hohe Säulen aus bemoostem Bruchstein reichten vom Boden bis zur Steindecke in einer Höhe von etwa fünfzehn Blöcken. In den Wänden steckten im Abstand von dreißig Blöcken Fackeln, außerdem waren hier und dort Glowstoneblöcke verbaut worden, die die Kammer ebenfalls erhellten. Auf der linken Seite führte ein Gang in einen anderen Raum, und aus diesem Korridor drangen Geräusche, die er nicht einordnen konnte und die ihn ängstigten.

In der Mitte des gewaltigen Raums standen komplexe Strukturen aus jeder nur denkbaren Farbe. Smaragdblöcke verzierten einen Steg, der von der Treppe bis zu einer hohen Plattform am anderen Raumende reichte. In diesen Steg waren Lapislazuliblöcke eingelassen, die sich mit Gold- und Eisenblöcken abwechselten und von dem verworrenen Farbmuster abhoben.

Gameknight hörte, wie Monet aufkeuchte, als sie am Eingang ankam. Er drehte sich zu seiner Schwester um, die staunend in den Raum blickte – für sie war dieser Anblick ein Augenschmaus.

Plötzlich hörten sie ein Klopfen in der Kammer. Gameknight stellte fest, dass es von der Plattform auf der anderen Seite kam und hinter der Struktur darauf, die sich nur als Thron beschreiben ließ, seinen Ursprung hatte. Das Klopfen wurde lauter, und eine alte Frau – älter als jeder NPC, den er je gesehen hatte –, trat hinter dem Thron hervor.

„Ich habe dich erwartet, Gameknight999", sagte die alte Frau mit kratziger Stimme. „Wie ich sehe, bringst du deine Freunde mit. Damit hätte ich rechnen müssen."

Sie ging über die erhobene Plattform und ganz langsam die Stufen zum Boden hinunter. Ihr Krückstock schien aus einem uralten Holz geschnitzt worden zu sein und war mit einer Eisenkappe versehen. Sie stützte sich beim Gehen darauf ab, sodass er bei jedem Schritt auf dem Boden klapperte.

Ihr langes graues Haar schwankte, als sie sich mit den Stufen abmühte. Sie schritt den Steg bis zur Mitte des Raumes entlang, blieb dann stehen und … wartete.

„Und?“, fragte sie. „Wollt ihr da nur rumstehen oder auch reinkommen?“

Gameknight sah erst Crafter und dann Hunter an. Sie zuckten beide bloß mit den Achseln. Dann drehte sich der Benutzer-der-kein-Benutzer-ist wieder zu der alten Frau um, betrat vorsichtig die Kammer und ging über den farbenfrohen Boden, um schließlich drei Blöcke vor der Frau zum Stehen zu kommen. Er musste sich nicht umdrehen, um zu wissen, dass seine Freunde ihm gefolgt waren.

„Schön, dass wir uns endlich begegnen, Gameknight999.“ Die alte Frau wandte sich Monet zu. „Ah … Wie ich sehe, begleitet dich deine Schwester. Willkommen, Monet113.“ Danach sah sie Crafter und Hunter an. „Endlich lernen wir uns persönlich kennen, Crafter. Ich habe im Laufe der Jahre so viel über dich gehört. Und zu guter Letzt Hunter, die große Kriegerin … Ich habe dich viele Male im Land der Träume beobachtet; du bist eine sehr fleißige Beschützerin. Dafür gebührt dir Lob. Aber ich hatte gehofft, auch deine kleine Schwester kennenzulernen. Na ja, das kommt vielleicht noch."

Die Gefährten starrten die alte Frau an und wussten nicht, was sie sagen sollten.

Woher kennt sie all unsere Namen?, fragte sich Gameknight.

„Ich kenne eure Namen, weil der Schöpfer Notch mich als Teil von Minecraft geschaffen hat, Gameknight999", erklärte sie. „Ich bin nicht nur irgendein Codesegment, das auf einem Server läuft, sondern ein Teil des Gewebes, das alles hier zusammenhält. Mir verdankt ihr die Musik von Minecraft, die ihr alle hört, wenn euer Geist zur Ruhe kommt. Notch hat mich als Bestandteil des Systems kreiert, damit ich die Server und die digitalen Leben darauf beschützen kann. Doch diese Leben sind jetzt in Gefahr, und ihr wisst, wer sie bedroht: Herobrine. Er hat die Server vor einhundert Jahren infiziert, und nun wird es Zeit, ihn unter Kontrolle zu bekommen. Herobrine ist ein Virus, das nicht länger frei herumlaufen darf. Ich bin sein Gegenmittel."

Sie trat einen Schritt auf Gameknight999 zu und sah ihm in die besorgt dreinblickenden Augen.

„Seid willkommen in meinem Reich, Benutzer-der-kein-Benutzer-ist und seine Gefährten", fuhr sie mit ihrer altersschwachen Stimme fort und breitete die Arme aus. „Ich bin das Orakel, und der wahre Kampf um Minecraft hat gerade erst begonnen."

KAPITEL 18
DIE WAFFE

„Wir haben viele Fragen“, ergriff Gameknight das Wort.

„Das kann ich mir denken“, erwiderte das Orakel.

Gameknight sah Crafter an, der mit aufgerissenen Augen und offenem Mund dastand, als könnte er es nicht fassen, diesem Bestandteil der Minecraft-Geschichte tatsächlich zu begegnen.

„Hast du Fragen an das Orakel, Crafter?“, fragte Gameknight etwas lauter.

„Okay, die Sache ist die“, schaltete sich Hunter ein und stellte sich vor Crafter.

Bevor sie weitersprechen konnte, drang ein Knurren aus dem Tunnel zu ihrer Linken. Die wütenden Geräusche, die sie hörten, stammten eindeutig nicht nur von einer Kreatur. Gameknight griff instinktiv nach seinem Schwert, und Hunter zückte ihren Bogen.

„Hier braucht ihr eure Waffen nicht“, sagte das Orakel. „In meinem Tempel seid ihr sicher.“

„Woher weißt du das?“, wollte Hunter wissen. „Was ist das für ein Knurren?“ Sie deutete in den Gang.

„Das hier ist mein Reich, nicht seins“, erklärte das Orakel, als würde es eine unerschütterliche Weisheit zitieren. „Solange ihr hier bei mir seid, wird euch nichts geschehen.“

Hunter sah Gameknight an und ließ ihren Bogen langsam wieder sinken.

„Und … wir sind hier, weil …“, begann Hunter, wurde aber erneut unterbrochen.

„Ich weiß, warum ihr gekommen seid“, sagte das Orakel.

„Ach ja?“, hakte Hunter nach.

„Ja“, versicherte ihr die alte Frau. „Ihr seid wegen eures Erzfeinds Herobrine hier.“

„Weißt du, wo er ist?“ Crafter schien endlich wieder zu sich gekommen zu sein.

„Ja“, antwortete sie. „Ich kann ihn durch die Baumblätter spüren. Vor vielen, vielen Jahren habe ich den Code der Bäume verändert, damit ich seine Position herausfinden kann. Außerdem habe ich meine Wölfe nach ihrer Erschaffung losgeschickt, um auf allen Serverebenen nach Herobrine Ausschau zu halten und ihn bei jeder sich bietenden

Gelegenheit anzugreifen."

Als sie die Wölfe erwähnte, merkte Herder sofort auf.

„Ja, Herder", bestätigte das Orakel. „Ich habe deine kleinen Freunde erschaffen."

Herder starrte sie staunend an und blickte dann zu dem kleinen Tunnel hinüber, der sich in der Wand abzeichnete.

„Aber sicher", beantwortete sie seine unausgesprochene Frage. „Geh nur und besuch meine Freunde. Sie werden dich so akzeptieren, wie es auch alle anderen Tiere in Minecraft tun."

Der schlaksige Junge machte einen Schritt auf den Tunnel zu und sah Gameknight999 dann fragend an.

„Geh nur", sagte Gameknight. „Wir kommen hier vorerst ohne dich klar."

Mit breitem Grinsen sprintete Herder durch die Kammer und verschwand im Tunnel. Im nächsten Augenblick war Gebell zu hören, als würde sich dort ein riesiges Wolfsrudel aufhalten, und ihr aufgeregtes Jaulen hallte durch den Raum.

Als sich Gameknight wieder zum Orakel umdrehte, stellte er fest, dass sie lächelte.

„Er ist ein guter Junge", sagte die alte Frau. „Du

hast gut daran getan, ihn so zu akzeptieren, wie er ist."

„Er ist Teil unserer Gemeinde", bestätigte Crafter stolz, „und ein guter Freund."

Das Orakel nickte lächelnd.

„Das ist ja alles schön und gut, aber wir sind nicht hergekommen, um mit deinen Hunden zu spielen", stellte Hunter fest. „Wir brauchen etwas, das uns helfen kann, Herobrine zu besiegen. Vermutlich ist gerade seine ganze Armee auf dem Weg zu uns."

„Sie ist schon hier", erwiderte das Orakel. „Sie war schon hier, bevor eure Reise überhaupt begonnen hat."

„Was?" Hunter sah sich gehetzt um und hatte schon wieder ihren Bogen in den Händen.

„Beruhige dich … In diesen Mauern seid ihr sicher", wiederholte das Orakel.

„Aber was ist mit unseren Freunden da draußen?", gab Gameknight zu bedenken. „Wir müssen sie beschützen, und wir müssen Herobrine besiegen. Er will von den Minecraft-Servern in die physikalische Welt fliehen, und das darf ich nicht zulassen."

„Ja, das weiß ich", erwiderte das Orakel.

„Ich weiß aber nicht, wie ich ihn besiegen soll", gab der Benutzer-der-kein-Benutzer-ist zu. „Er kann sich teleportieren und ist viel zu schnell für mich. Ich weiß nie, wo er sich befindet oder wo er als Nächstes angreifen wird."

„Das ist mir ebenfalls bekannt", sagte sie.

„Wir brauchen etwas, womit wir ihn vernichten können", flehte Gameknight. „Die Sicherheit der physikalischen Welt und von Minecraft stehen auf dem Spiel, aber wir wissen nicht, wie wir ihn aufhalten können."

„Ich weiß."

„Du sagst immer ‚Ich weiß, ich weiß', aber bisher habe ich noch nichts gehört, was uns helfen kann", schimpfte Hunter. „War das alles nur Zeitverschwendung? Du hast selbst gesagt, dass Monster auf dem Weg hierher sind und dass sie vernichtet werden müssen. Aber zuerst brauchen wir eine Möglichkeit, um mit Herobrine fertig zu werden. Wirst du uns helfen?"

„Ich beobachte dich schon seit sehr langer Zeit, Hunter." Das Orakel seufzte. „Das mit deiner Familie war wirklich furchtbar. Du bist so voller Hass und Rachsucht, dass deine Gier nach Gewalt die wundervolle Person, die du eigentlich bist, unter dem ganzen Schmerz und Tod begraben wird. Der Weg, den du eingeschlagen hast, ist sehr gefährlich."

„Was?", fragte Hunter verwirrt. „Hier geht es nicht um mich, sondern darum, Monster zu vernichten."

„Du sprichst von Gewalt, bevor du dich um Verständnis bemühst", stellte das Orakel fest. „Diese Kreaturen kommen nicht freiwillig her, sie werden von Herobrine dazu getrieben."

„Es ist mir egal, warum sie herkommen ... Sie sind Monster, daher müssen sie vernichtet werden. Wir können ihnen nicht vertrauen, nicht mit ihnen leben oder sie in Ruhe lassen, weil sie uns irgendwann angreifen werden", rief Hunter und machte einen Schritt auf die uralte Frau zu.

„Möglicherweise denken sie dasselbe über euch", gab das Orakel zu bedenken.

„Wen interessiert denn schon, was sie denken? Es sind Monster, und wir haben nichts mit ihnen gemein!"

„Ihr habt nur nichts gemein, wenn du dir nicht die Mühe machst, hinzusehen", erwiderte die alte Frau weise. „Du hast das Land der Träume wie kein NPC zuvor gemeistert, Hunter, und darum bin ich sehr stolz auf dich."

Die alte Frau sah Monet113 an, und ein wissendes Lächeln umspielte ihre Lippen. Monet wandte rasch den Blick ab, als wäre sie bei etwas ertappt worden. Gameknight schaute verwirrt zwischen seiner Schwester und dem Orakel hin und her.

„Ich habe keine Geheimwaffe, die Herobrine für euch erschlagen wird", fuhr die alte Frau fort.

„Dann war es ja eine super Idee, hier herzukommen!", fauchte Hunter und starrte Crafter und Gameknight999 wütend an.

„Allerdings besitze ich etwas, das ihr braucht", erklärte das Orakel.

Sie öffnete ihr Inventar und nahm etwas heraus, das wie ein Ei aussah. Es hatte die Form der Spinneneier, die Gameknight in Shaikuluds Nest gesehen hatte – an einem Ende rund, am anderen leicht zugespitzt. Dieses Ei hatte jedoch eine rötliche Farbe; es war beinahe hellrosa und voller Punkte. Das Orakel hielt es vorsichtig mit beiden Händen fest und reichte es dem Benutzer-der-kein-Benutzer-ist.

„Was ist das?", fragte Gameknight.

„Hoffnung", erwiderte sie.

Er trat vor und nahm ihr das Ei aus den runzligen Händen. Dann inspizierte er es genauer und suchte nach einem Knopf oder einem Hebel, durch den man es in etwas anderes verwandeln konnte – etwas Nützliches –, aber da war keiner. Er drehte es in den Händen, nahm es genau in Augenschein und wollte es dann Crafter geben.

„Nein!“, protestierte das Orakel. „Diese Waffe ist allein für den Benutzer-der-kein-Benutzer-ist bestimmt. Nur er kann sie führen, wenn er herausfindet, wie man das anstellt.“

Gameknight sah Crafter an und hoffte darauf, dass sein weiser Freund Rat wusste, erkannte jedoch nichts als Verwirrung in dessen großen blauen Augen. Schließlich wandte er sich hilfesuchend an Hunter.

„Sie können dir nichts darüber sagen“, verriet ihm das Orakel, das offenbar seine Gedanken gelesen hatte. Die alte Frau hob die Stimme, sodass sie durch die Kammer hallte. „Gameknight999, dies ist eine Waffe, die nur einmal benutzt werden kann. Wird sie zur falschen Zeit eingesetzt, dann wird sie versagen und du wirst scheitern. Auch wenn du sie falsch nutzt, ist alles verloren.“

Sie sah Gameknight derart intensiv in die Augen, dass er den Blick abwenden wollte, was ihm aber seltsamerweise nicht gelang. Dann beugte sie sich leicht vor und fuhr mit leiser, unheilvoller Stimme fort.

„Du musst weise genug sein, um zu wissen, *wann* und *wie* du diese Waffe einsetzen musst. Die ganze Welt, sowohl die physikalische als auch Minecraft, steht auf Messers Schneide, und jeder Fehler wird Not und Verzweiflung über sie bringen. Alles hängt von der Weisheit des Benutzers-der-kein-Benutzer-ist ab."

Während ihre Worte noch in seinen Ohren hallten, verstummte das Orakel.

„Na dann … ist ja alles klar." Hunter schnaubte grinsend.

„Sei still, Hunter!", fauchte Crafter.

Gameknight blickte auf die Waffe in seinen Händen herab und überlegte, wie er sie einsetzen sollte. Er schloss die Augen, ließ seine Sinne treiben, das Ei erfassen, nach dessen Geheimnissen suchen … doch er fand nichts. Es gab keinen Hinweis darauf, wie man es einsetzte, keine cleveren Tricks, keine Hilfestellung … rein gar nichts.

Kopfschüttelnd verstaute er das Ei in seinem Inventar.

„Weißt du jetzt, was du tun musst?", fragte Hunter.

Gameknight schüttelte den Kopf, sah zu Boden und schämte sich, weil er es nicht verstand … weil er versagte.

„Möglicherweise wird er es mit der Zeit verstehen“, mutmaßte das Orakel.

„Du bist mir ja eine große Hilfe“, moserte Hunter, deren Stimme vor Sarkasmus tropfte.

„Hunter … Zeig Respekt“, ermahnte Crafter sie.

Sie wirbelte herum und rannte mit wehendem Haar zurück zur Treppe.

Dort blieb sie stehen und starrte das Orakel über die Schulter hinweg an.

„Wir müssen zurück zu unseren Freunden an der Oberfläche“, erklärte sie und wechselte den Bogen von der rechten in die linke Hand. „Ist der Weg frei?“

Das Orakel schloss kurz die Augen. Das Knirschen von Stein auf Stein erschütterte den Tempel kurz und hörte dann wieder auf.

„Ihr könnt nun gehen“, sagte die alte Frau.

„Super“, erwiderte Hunter und wandte sich an ihre Gefährten. „Lasst uns nach oben gehen. Wir müssen dafür sorgen, dass alles bereit ist, wenn Herobrine hier eintrifft.“ Sie deutete mit ihrem Bogen auf Gameknight999. „Und du musst herausfinden, wie diese Waffe funktioniert, sonst ist alles vorbei … Kapiert?"

Gameknight nickte. Er warf Crafter einen Blick zu und bemerkte an dessen Reaktion, dass man ihm seine Unsicherheit und Angst ansehen konnte.

Wie soll ich das nur schaffen?, fragte er sich. *Ich habe nicht die leiseste Ahnung, was ich mit diesem Ei anstellen soll. Und dabei verlassen sich alle auf mich, als wäre ich eine Art Experte. Doch der bin ich nicht … Ich bin nur ein Kind. Was soll ich jetzt tun?*

Sei geduldig, und hab Vertrauen, sagte eine Stimme in seinem Kopf.

Er drehte sich zum Orakel um und stellte fest, dass die alte Frau ihn verschmitzt anlächelte.

„Was meinst du mit ‚Hab Vertrauen'?", fauchte er frustriert, weil sie ihm nicht helfen wollte.

„Hab Vertrauen in jene um dich herum", antwortete das Orakel. „Selbst die Kleinsten und Jüngsten können etwas beitragen. Du wirst von völlig unerwarteter Seite Hilfe bekommen."

„Du sprichst in Rätseln", beschwerte sich Gameknight. Dann drehte er sich um, lief die Treppe hinauf, und Monet und Crafter folgten ihm.

Im Laufen drehte sich Gameknight noch ein letztes Mal zum Orakel um. Ihr langes graues Haar schien im Fackellicht der Kammer zu glühen. Aber seine Zweifel umkreisten ihn weiterhin wie ein angriffsbereites Wolfsrudel.

KAPITEL 19
IN DER KLEMME

Als Gameknight999 den Tempel verließ, war es dunkel geworden. Das war besorgniserregend, ebenso wie die NPCs, die panisch umherliefen.

„Was ist los?", fragte er, kaum dass sie aus dem Eingang getreten waren.

„Laut der Späher kommen zwei riesige Spinnenarmeen auf uns zu", antwortete Teacher.

Als er sich zum Tempel umdrehte, kamen Crafter und Digger gerade heraus. Aufgrund der Fackeln, die sie um das Gemäuer aufgestellt hatten, wirkte es fast wie ein Heiligtum.

Gameknight sah sofort, dass die Dorfbewohner rund um den Tempel mehrere Wälle aufgebaut hatten. Stein, Ziegel, Bruchstein und Erde waren um ihre Position herum verteilt worden – alles, woraus sich ein Hindernis erschaffen ließ, um die Monster aufzuhalten. An den Seiten des Tempels standen hohe Bogenschützentürme aus Bruchstein und Erde, an deren Spitzen mehrere Pfeile herausragten. Vor jedem Turm waren TNT-Kanonen aufgebaut, die alle in unterschiedliche Richtungen zeigten, um ein möglichst großes Schussfeld abzudecken. Um die Kanonen herum hatten die Dorfbewohner außerdem größere Bereiche mit Seelensand ausgelegt, um die Angreifer zu verlangsamen.

Wo haben sie denn den ganzen Seelensand her?, staunte Gameknight. Er vermutete, dass sein Freund Shawny etwas damit zu tun hatte, und musste lächeln.

Vor dem Tempel hatten die NPCs einen großen Teil des Dschungels beseitigt, um eine Freifläche zu schaffen. Auf der Lichtung standen Fackeln, damit die Dorfbewohner ihre Ziele besser erkennen konnten. Die Flammen zuckten im Wind und ließen Lichtkreise entstehen, die wie riesige helle Punkte auf der Leinwand eines Malers aussahen. Sie konnten nur darauf hoffen, dass es ihnen half, die Monster leichter zu sehen … und zu vernichten.

Breite Kiesbänder zogen sich über die Lichtung. Gameknight begriff, dass die Dorfbewohner dort wie in ihrem Dorf Redstonefallen angelegt hatten. Direkt neben dem Tempeleingang stand ein Gebäude aus Bruchstein, in dem Hebel an den Wänden zu erkennen waren, zu denen dünne Redstoneleitungen führten. Die Fenster waren vergittert, sodass man aus dem Inneren den Kampf beobachten konnte, ohne angegriffen zu werden.

Die Dorfbewohner hatten viel geschafft.

„Das ist ja großartig!", lobte Gameknight sie.

Die NPCs strahlten und wischten sich den Schweiß von der Stirn. Viele fügten immer noch Blöcke in Mauern ein, und ein Trupp war damit beschäftigt, einen tiefen Kanal in den Fluss zu graben, der um den Tempel herumführte, damit man ihn schwerer überqueren konnte.

Plötzlich stand Hunter neben Gameknight.

„Sie haben gute Arbeit geleistet, was?", fragte sie.

„Ja, allerdings", bestätigte Gameknight, beugte sich zu ihr herüber und senkte die Stimme. „Aber das Problem ist, dass wir hier festsitzen. Wir können uns nicht bewegen oder das Schlachtfeld verlegen. Im Grunde genommen stehen wir mit dem Rücken zum Meer." Er sah sich um, denn er wollte auf keinen Fall, dass jemand anders mithörte. „Herobrine kann uns eine Monsterwelle nach der anderen entgegenschicken, und uns bleibt nichts anderes übrig, als so lange zu kämpfen, wie wir nur können. Ich habe gesehen, wie viele Monster er in diese Schlacht schicken wird – wir können nicht gewinnen."

Hunter sah ihn an und schenkte ihm ein völlig verrücktes Lächeln.

„Hey ... Hab Vertrauen", meinte sie. „Schau dir doch nur die ganzen NPCs an. Siehst du nicht die Begeisterung in ihren Augen?" Hunter sprach lauter, damit die anderen sie hören konnten. „Herobrine kann so viele Kreaturen schicken, wie er nur will; sie werden gegen unsere Mauern prallen und wieder und wieder zurückgedrängt werden!"

Viele NPCs jubelten.

„Siehst du?" Sie drehte sich wieder zu Gameknight999 um. „Wir schaffen das."

„Was redest du denn da?", fragte er leise. „Ich mache mir keine Sorgen wegen der Spinnen, obwohl ich weiß, wie viele es sind und dass es an ein Wunder grenzt, wenn wir das überleben. Aber nehmen wir mal spaßeshalber an, wir können die Spinnen besiegen. Was unternehmen wir gegen Herobrine?"

Er beugte sich noch näher an sie heran und flüsterte: „Er kann sich einfach herumteleportieren und uns nacheinander angreifen, ohne dass wir ihn aufhalten können." Gameknight sah ihr in die Augen, während ihr Haar im Fackellicht wie ein roter Heiligenschein um ihren Kopf leuchtete. „Was soll ich bloß machen?"

„Das, was du immer tust", entgegnete sie.

„Und das wäre?"

„Du wirst es in der letzten Sekunde herausfinden und dann etwas völlig Verrücktes tun, was uns alle rettet", erklärte Hunter. „So läuft das doch immer bei dir. Das macht dich zum Benutzer-der-kein-Benutzer-ist. Daher musst du dir auch keine Sorgen machen. Sei einfach geduldig und warte auf die Inspiration, die du anscheinend immer hast, wenn die Lage aussichtslos erscheint. Aber ich hätte nichts dagegen, wenn dir dieses Mal vielleicht schon etwas früher was einfällt."

Sie klopfte ihm grinsend auf den Rücken und lief lachend weg, wobei ihr verzauberter Bogen ein blaues Schillern in der Dunkelheit erzeugte.

Gameknight drehte sich zum Tempel um, vor dem Monet und Stitcher standen. Er lief zu den beiden, die gerade loslaufen und ihre Position unter den Verteidigern einnehmen wollten.

„Wartet", rief Gameknight im Näherkommen.

„Was ist denn?", fragte seine Schwester.

„Wo wollt ihr hin?"

„Wir haben uns eine schöne Stelle oben im linken Turm ausgesucht", antwortete Stitcher und zog ihren Bogen aus dem Inventar. Die magischen Wellen, die daran entlangwaberten, tauchten ihr Gesicht in ein bläuliches Schillern.

„Monet geht nicht“, entschied Gameknight.

Als er seine Schwester ansah, stellte er fest, dass sie auch einen verzauberten Bogen in der Hand hatte.

„Wo hast du den her?“, wollte er wissen. „Ich habe Hunter eben noch gesehen, und sie hatte ihren Bogen dabei.“

„Einige Späher sind auf ein paar Skelette getroffen“, berichtete Monet113. „Eins hatte diese schöne Waffe, und sie fanden, dass ich sie gut gebrauchen könnte.“

Gameknight nickte, hielt sie aber am Arm fest, als sie weggehen wollte.

„Nein, du bleibst hier“, ordnete er an. „Du wirst nicht da rausgehen. Dad hat gesagt, dass ich die Verantwortung für dich trage, und diese Schlacht ist viel zu gefährlich für dich.“

„Vertraust du mir noch immer nicht?“, verlangte Monet zu erfahren. Sie starrte ihren Bruder wütend an und weigerte sich, klein beizugeben.

„Hierbei geht es nicht um Vertrauen, sondern um Verantwortung. Dad hat sie mir übertragen, weil er mal wieder wegmusste. Mir gefällt das auch nicht, aber so ist es nun mal. Ich werde dir jetzt eine Aufgabe geben, und wenn du nicht auf mich hörst, dann sorge ich dafür, dass dich einer der NPCs an einem sicheren Ort wegsperrt."

Er drehte den Kopf nach rechts, bemerkte Smithy und winkte ihn zu sich. Der große NPC mit der staubigen Schürze kam angelaufen und wartete ab. Monet musterte ihn kurz, seufzte und ließ den Kopf hängen.

„Sehr schön", meinte Gameknight. „Es ist deine Aufgabe, das Orakel zu bewachen. Geh zurück in den Tempel und bleib dort, bis ich dich rufe."

„Aber ich kann helfen!", protestierte sie.

„Nichts für ungut, Monet, aber welchen Unterschied kann ein Bogen in dieser Schlacht schon ausmachen? Sieh dich doch mal um." Er deutete auf die NPCs, die mit den letzten Vorbereitungen beschäftigt waren. „Diese Dorfbewohner sind auf alles vorbereitet, und sie kennen das schon seit Jahren nicht anders. Aber du … du weißt nichts über den Krieg und das Kämpfen. Dein einzelner Bogen wird in diesem Kampf keinen Unterschied machen. Und jetzt tu, was ich dir sage."

„Aber …", wollte sie sich beschweren, doch Gameknight hatte sich bereits zu Smithy umgedreht. Der Schmied machte einen Schritt auf Monet113 zu und blickte auf sie herab.

„Na gut!", fauchte sie und schlich geknickt zurück in den Tempel.

Nachdem er sich vergewissert hatte, dass sie im Tempel verschwunden war, drehte sich Gameknight zu Stitcher um.

„Du irrst dich in ihr ganz gewaltig", bekam er sofort zu hören.

„Wie meinst du das?" Er sah sie irritiert an. „Ich muss auf sie aufpassen, das ist meine Aufgabe. Was soll ich denn jetzt anderes machen, als sie an einen sicheren Ort zu schicken?"

Ich will diese ganze Verantwortung nicht!, schrie er innerlich.

„Erstens gibt es hier keinen sicheren Ort", erklärte Stitcher. „Und zweitens bedeutet ‚auf sie aufpassen' nicht, dass du sie wegsperren sollst. Vielmehr solltest du sie mit Respekt behandeln und ihr die Gelegenheit geben, ihren Wert zu beweisen, und zwar nicht nur dir, sondern auch sich selbst. Doch du sorgst nur dafür, dass sie sich unbedeutend fühlt, und das ist noch viel schlimmer, als wenn du sie in Gefahr bringen würdest." Sie hielt kurz inne, um einen Pfeil aus ihrem Inventar zu holen und anzulegen. „Du solltest mehr Vertrauen in deine Schwester haben, so wie ich auf dich vertraut habe."

Kaum hatte sie das gesagt, drehte sie sich auch schon um und rannte zum Turm. Gameknight wäre ihr am liebsten hinterhergelaufen, aber ein Schrei aus dem Dschungel ließ ihn an Ort und Stelle verharren.

„SIE KOMMEN … SIE KOMMEN … SIE …" Dann brach die Stimme auf einmal ab.

Es war einer der Watcher. Digger hatte sie in den Baumwipfeln postiert und berittene Späher im ganzen Dschungel versteckt. Der Schrei hatte alle NPCs aufgeschreckt, die zu ihren Waffen griffen und ihre Verteidigungspositionen einnahmen. Gameknight sah, wie die Bogenschützen in den Türmen Pfeile anlegten. NPCs platzierten Fackeln an den Mauern, zogen ihre Waffen und bereiteten sich auf den Ansturm vor. Die an den Kanonen stationierten NPCs griffen sich TNT-Stapel und machten ihre Artillerie bereit. Krieger stiegen auf ihre Pferde und zückten die Schwerter, die im Licht des Vollmonds glänzten.

Auf ihrer Seite des Spielbretts war alles bereit, aber aus irgendeinem Grund kam Gameknight999 etwas falsch vor. Irgendetwas entging ihm hier, aber er kam beim besten Willen nicht darauf, was es war. Er schaute sich um und hielt Ausschau nach Crafter, da er ihn danach fragen wollte, doch dafür war es zu spät.

„DIE SPINNEN SIND HIER!", schrie ein Berittener, der mit gerissener und zerkratzter Rüstung aus dem Dschungel geprescht kam.

Gameknight sah weitere Reiter zwischen den Bäumen, die zu entkommen versuchten, aber es machte den Anschein, als würden sie von einer dunklen Woge verschluckt, einer klackernden Woge mit vielen roten Augen und Blutdurst. Die Hilfeschreie der Reiter peitschten die Verteidiger auf, die jedoch ganz genau wussten, dass sie nichts mehr tun konnten, um ihren Kameraden zu helfen.

Vor ihnen kam ein riesiger Spinnenmob aus dem Dschungel. Die schwarzen Körper verschmolzen mit der Dunkelheit, sodass man nur ihre glühenden Augen sah. Die Kreaturen blieben jedoch am Waldrand stehen und gingen nicht weiter. Es waren Hunderte von Höhlenspinnen und ebenso viele der großen schwarzen Achtbeiner. Einige waren kleiner, gerade mal Schlüpflinge, aber bereits mit rasiermesserscharfen Klauen und Giftzähnen ausgestattet. Die Meute war derart gigantisch, dass Gameknight sich nicht damit aufhielt, die Monster zu zählen. Auf der Spitze der Klippe über dem Tempel erschien eine Spinne, die größer war als alle anderen. Sie trat langsam zwischen den Bäumen hervor und blickte auf das Schlachtfeld herab. Diese Spinne hatte leuchtende lilafarbene Augen, in denen unendlicher Hass auf die NPCs loderte. Gameknight wusste sofort, dass er die Spinne vor sich hatte, die ihn in seinen Träumen heimsuchte: Shaikulud, Herobrines Geschöpf.

Er beobachtete, wie die Spinnenkönigin auf ihre Truppen herabblickte, und hatte beinahe den Eindruck, sie würde lächeln. Als er ihrem Blick folgte, stellte er fest, dass sie komplett umzingelt waren. Nicht nur direkt vor ihnen befanden sich Spinnen, nein, auch an ihren Flanken, sodass sie vor dem Ozean festsaßen, der zwanzig Blöcke hinter dem Tempel begann. Shaikulud hatte sie in die Falle gelockt, die jetzt zugeschnappt war.

Der Benutzer-der-kein-Benutzer-ist wusste nicht, was er tun sollte. Es waren so viele Spinnen, da war so viel Hass … auf beiden Seiten. Er konnte nur hoffen, dass ihm tatsächlich eine Lösung einfallen würde, so wie Hunter gesagt hatte, aber die

Puzzleteile waren bisher noch nicht einmal aufgetaucht. Er hatte gar nichts.

In Ermangelung einer besseren Idee zog Gameknight999 sein verzaubertes Schwert, trat in die vorderste Reihe und reckte seine Waffe in die Luft. Er atmete so tief ein, wie es ihm seine eckige Lunge erlaubte, und stieß mit aller Kraft einen Schrei aus, in den alle NPCs mit einfielen.

„FÜR MINECRAFT!“

Dann umklammerte er fest den Schwertgriff und wartete.

KAPITEL 20

KAMPF UM DEN DSCHUNGELTEMPEL

Von der Klippe, die den Tempel überragte, erklang ein Klackern, das den Lärm der Verteidiger und die Geräusche der nahenden Spinnen noch übertönte. Sofort legte sich Totenstille über das Gebiet, das bald ein Schlachtfeld sein würde, und die Anspannung der NPCs wurde so groß, dass sie kaum noch auszuhalten war. Alle starrten die Spinnenkönigin an, die auf die Dorfbewohner herabblickte, wobei in ihren lilafarbenen Augen nichts als bodenlose Abscheu zu erkennen war, während sie im blassen Mondlicht dastand.

Gameknight bemerkte, dass sie mit ihren zahlreichen Augen die Verteidigungsanlagen ihrer Feinde betrachtete, bevor sie sich umdrehte und zu den Spinnen hinüberblickte, die sich am Rand der Lichtung aufhielten. Mit einem Mal konzentrierte sie ihren grässlichen Blick direkt auf den Benutzer-der-kein-Benutzer-ist. Ihm war, als würden die vielen Augen direkt in seine Seele blicken und seine Angst noch weiter verstärken, und er wandte schnell den Blick ab. Plötzlich war Hunter an seiner Seite und legte ihm zur Beruhigung eine Hand auf die Schulter. Dann stand auch schon Digger auf Gameknights anderer Seite, der seine große Spitzhacke lässig auf der Schulter trug. Die beiden standen so dicht neben Gameknight, dass sie sich leicht berührten, und er spürte die Kraft und den Mut der beiden NPCs.

Ich werde mich nicht vor diesem Monster fürchten, beschloss er, obwohl seine Unsicherheit immer größer wurde. *Was ist, wenn ich sie nicht besiegen kann, wenn es zu viele Spinnen sind, wenn …* Da fiel ihm etwas ein, das sein Vater vor langer Zeit mal zu ihm gesagt hatte: „Konzentriere dich nicht auf das, was sein könnte, sondern immer auf das *Jetzt.*" Denn im Jetzt lebte er, und es war alles, was zählte.

Hunter flüsterte ihm etwas zu, gerade so laut, dass Gameknight sie verstehen konnte.

„In einer Familie passt man aufeinander auf", raunte sie ihm zu und starrte die riesige Spinne erbost an.

„Ganz genau", bestätigte Digger.

Ich werde nicht länger an das denken, was sein könnte, sondern mich auf das Jetzt konzentrieren. Und im Jetzt gibt es ein paar Spinnen, die ich vernichten muss, dachte Gameknight.

Während er spürte, wie der Mut langsam in seiner Brust anschwoll, sah der Benutzer-der-kein-Benutzer-ist zu der Spinnenkönigin hinüber und trat an die äußerste Verteidigungslinie. Er sprang über die Mauer, machte noch einige Schritte, zog sein Diamantschwert und zog mit der Spitze eine Linie am Boden.

Shaikulud beobachtete ihn dabei und stieß ein lautes Kreischen aus. Wie auf Kommando fingen die Aberhundert Spinnen, die die NPCs umzingelten, an, ihre spitzen Mundwerkzeuge aneinander zu reiben, und das daraus resultierende Klackern war so laut, dass sich viele NPCs die Ohren zuhalten mussten … Gameknight jedoch weigerte sich, das zu tun. Er machte einen weiteren Schritt, starrte hinauf zur Spinnenkönigin und schrie aus Leibeskräften: „KOMM NUR HER!"

Die NPCs hörten den Benutzer-der-kein-Benutzer-ist natürlich, und sie jubelten und schrien, womit sie den Lärm der Spinnen sogar noch übertönten. Zumindest, was die Akustik anging, waren die NPCs überlegen … Doch dann griffen die Spinnen an.

Gameknight999 kam es so vor, als würde alles in Zeitlupe geschehen. Er sah einhundert gigantische Spinnen auf sich zukommen, deren kleine schwarze Härchen am Körper sich in alle Richtungen gleichzeitig bewegten. Sie huschten durch die Lichtkreise auf dem Schlachtfeld, die von den vielen Fackeln geschaffen wurden, um die Dunkelheit zurückzudrängen. Sie klackerten mit ihren spitzen grauen Mundwerkzeugen und starrten ihn mit lodernden roten Augen an. Er hörte das Rauschen des Flusses, als sie durch das fließende Wasser stürmten, auch wenn für ihn weiterhin alles mit deutlich reduzierter Geschwindigkeit abzulaufen schien. Das Summen der Bögen, die von den Bogenschützen unablässig abgefeuert wurden, drang an sein Ohr, während die Monster immer näher kamen. All seine Empfindungen schienen verstärkt worden zu sein und überwältigten ihn beinahe, bis Hunter ihn schließlich an der Schulter packte und schüttelte.

„Wir müssen hinter die Mauer", drängte sie ihn und schüttelte ihn ein weiteres Mal. „Komm jetzt, Gameknight."

Doch er konnte keinen klaren Gedanken mehr fassen. Gameknight befand sich jetzt in dem Zustand, in dem er nur noch reagierte und in dem sein

Körper das tat, was er am besten konnte – und in Minecraft war das kämpfen.

Gameknight ignorierte seine Freunde und zog auch noch sein anderes Schwert. Mit dem Diamantschwert in der Rechten und dem Eisenschwert in der Linken stürmte er auf die näherkommende Monsterhorde zu und schrie, so laut er konnte: „FÜR MINECRAFT!"

Kaum hatten die Dorfbewohner gesehen, wie er mit zwei Schwertern zum Angriff überging, liefen sie auch schon los, um ihn zu unterstützen. Die beiden Armeen prallten am Flussufer aufeinander. Die NPCs hackten bereits auf die Spinnen ein, während diese noch versuchten, aus dem fließenden Wasser zu klettern. Die Dorfbewohner hatten die Blöcke am Grund des Flusses ausgehoben, um das Flussbett tiefer zu machen und es den Monstern zu erschweren, wieder an Land zu gelangen. Das zahlte sich jetzt aus, und unzählige Erfahrungskugeln schwebten über den Fluss und wurden von den Dorfbewohnern aufgenommen, während diese weiter auf die sich abmühenden Spinnen eindroschen. Aber es kamen immer mehr achtbeinige Kreaturen aus dem Dschungel und stürzten sich ins Wasser. Schon bald kletterten einige Spinnen über die Körper anderer, um aus dem Fluss zu kommen, und das Flussbett füllte sich mit lebendigen Monstern.

Die NPCs mussten sich zurückziehen.

Die Schwertkämpfer rannten zur ersten Mauer zurück, zogen ihre Bögen und schossen aus zehn Blöcken Entfernung auf die Spinnen, um ihren Ansturm zu verlangsamen. Das brachte allerdings nicht viel. Die Spinnen quollen wie eine schwarze Woge aus dem Fluss und rannten gegen die erste Verteidigungslinie, als wäre diese gar nicht da.

Gameknight stand in vorderster Linie und schlug mit seinen beiden Schwertern nach den Monstern. Er wirbelte nach links und rechts und glich einem tödlichen Tornado, der sich eine Schneise durch Shaikuluds Armee bahnte. Aber für jede Spinne, die er tötete, schienen zwei neue aufzutauchen.

Es machte ganz den Anschein, als würden sie diese Schlacht verlieren.

„Lasst euch zur zweiten Mauer zurückfallen!", ordnete Gameknight an.

Die Dorfbewohner hatten das natürlich geübt, lösten sich alle aus dem Kampf, drehten sich um und sprinteten durch die Öffnungen hinter die nächste Mauer. Als auch der letzte NPC hinter der Barriere war, wurden die Lücken schnell mit Bruchstein geschlossen.

Dann ließ Digger seine Kanoniere in Aktion treten.

„KANONEN … FEUER!"

Seine Stimme hallte durch die Luft, ging jedoch sofort im Dröhnen des TNTs unter.

Die Kanonen brummten und stießen blinkende TNT-Würfel aus. Der Sprengstoff erhellte den Nachthimmel, wann immer er beim Explodieren kurz taghell aufleuchtete, und fiel zwischen die Spinnen, die gerade die erste Mauer überwanden. Sofort klafften große Löcher im Boden auf und die Gesundheit vieler Monster sank auf null. Im nächsten Augenblick ließen die Bogenschützen in den Türmen auch schon einen weiteren Pfeilhagel auf die Angreifer herabprasseln. Gameknight sah, wie die Flammenpfeile von Hunter und Stitcher in die TNT-Blöcke eindrangen, die gut in der ersten Wand verborgen angebracht waren. Die Blöcke schienen endlos lange zu blinken, bevor sie detonierten und der Spinnenarmee einen weiteren schweren Schlag versetzten.

„REDSTONE … JETZT!", schrie Digger.

Unzählige Hebel wurden umgelegt und aktivierten Redstone-Schaltkreise, die unter dem Boden versteckt waren. Dadurch flogen noch mehr TNT-Blöcke in die Luft und verwandelten das Gebiet vor dem Tempel in eine Kraterlandschaft. Viele Spinnen wurden in die Luft geschleudert, als die Blöcke explodierten, und verloren ihre Gesundheit, noch bevor ihre schwarzen Körper wieder auf dem Boden aufkamen.

Doch trotz all dieser Zerstörung und der vielen Toten stürmten die Spinnen weiter vorwärts.

„Hört nicht auf zu schießen!“, rief Gameknight und wich zur letzten Verteidigungsmauer zurück, während er die NPCs weiter anfeuerte.

Es kamen immer mehr Spinnen. Eine Welle nach der anderen drang aus dem dunklen Dschungel hervor und stürzte sich in den Fluss. Gameknight wurde zunehmend unsicherer.

Was soll ich nur tun?

Bevor er jedoch gründlicher darüber nachdenken konnte, zupfte ihn auf einmal jemand am Ärmel, der ihm seinen Namen ins Ohr brüllte.

„Gameknight, ich weiß, was wir tun müssen … Gameknight … TOMMY!“

Er drehte sich um und stellte fest, dass seine Schwester neben ihm stand.

„Ich weiß, was wir tun müssen!“, rief sie.

Eigentlich wollte er mit ihr schimpfen, weil sie den Tempel verlassen hatte, aber sie hatte sich schon wieder umgedreht, war vor einen Turm gelaufen und rief den Bogenschützen etwas zu.

„Hunter ... Stitcher ... Kommt sofort hier runter!"

Ohne auf deren Antwort zu warten, kehrte sie um und kam zu Gameknight zurück.

„Was machst du hier?", verlangte er zu erfahren. „Ich habe dir doch gesagt, dass du im Tempel bleiben sollst!"

Monet starrte ihn an und hob die rechte Hand, sodass die Handfläche zu ihm zeigte.

„Halt die Luft an, Bruderherz", knurrte sie.

Er konnte es nicht ausstehen, wenn sie das sagte, aber er wusste auch, dass er sie nicht zur Vernunft bringen konnte, solange sie in dieser Stimmung war.

Hunter und Stitcher kamen angerannt und blieben vor den Geschwistern stehen.

„Was gibt es?", fragte Hunter.

„Was ist los?", wollte Stitcher wissen.

„Kommt mit", meinte Monet nur.

Kaum hatte sie die beiden Worte gesagt, drehte sie sich auch schon auf dem Absatz um und lief in den Tempel, wo sie im Eingang stehen blieb und die drei wütend anstarrte, die sich noch nicht einmal gerührt hatten.

„Folgt mir ... Jetzt!"

Sie stieß die Worte derart energisch hervor, dass sich das Trio in Bewegung setzte.

„Digger, achte auf unsere Flanken, und sorge dafür, dass sie weiterkämpfen", rief Gameknight dem großen NPC zu, der jetzt an der Mauer stand und mit seiner Spitzhacke auf jede Spinne einschlug, die dumm genug war, sich in seine Nähe zu wagen.

Ohne eine Antwort abzuwarten, sprintete Gameknight zum Tempel.

Monet führte sie so weit ins Innere hinein, dass der Kampfeslärm kaum noch zu hören war.

„Es wird funktionieren", sagte sie und legte sich auf den Boden. „Ihr müsst euch alle ebenfalls hinlegen, und dann gehen wir ins Land der Träume."

„Was?", fragte Gameknight. „Du weißt vom ..."

„Stitcher hat es mich gelehrt", fiel ihm Monet ins Wort. „Sie dachte, dass ich auch eine Traumwandlerin sein könnte, da wir doch Geschwister sind ... und sie hatte recht. Aber wir haben jetzt keine Zeit, um uns deswegen zu streiten. Beeilt euch ... Geht ins Land der Träume."

Sie lehnte den Kopf zurück und schloss die Augen. Im nächsten Augenblick atmete sie auch schon ruhig und gleichmäßig. Gameknight legte sich neben sie, und auch Hunter und Stitcher kamen ihrer Aufforderung nach.

Er machte ebenfalls die Augen zu und ließ sich zu diesem Ort treiben, an dem man nicht wirklich wach, aber auch noch nicht richtig eingeschlafen war ... *Ins Land der Träume. Auf einmal umgab ihn der silbrige Nebel, den er so gut kannte. In seiner Nähe standen Hunter, Stitcher und Monet, und sie hatten alle ihre verzauberten Bögen in der Hand.*

Gameknight erhob sich und sah seine Schwester fragend an. „Und was jetzt?"

„Folgt mir ... zur Spitze des Tempels."

Sie drehte sich um und lief die Stufen hinauf, durch den Eingang und eine weitere Treppenflucht hinauf bis in die oberste Etage. Dann ging es über die Treppe, die die NPCs gebaut hatten, weiter aufs Tempeldach, von wo aus sie auf das Schlachtfeld herabblicken konnten. Dort unten waren die halb durchsichtigen Gestalten der Dorfbewohner und der Spinnen zu erkennen, die sich vor dem Tempel in einem tödlichen Gefecht gegenüberstanden. Aber Gameknight bemerkte auch unzählige dünne lilafarbene Fäden, die von jeder Spinne in die dunkle Nacht führten.

„Beobachtet die Spinne in Diggers Nähe", forderte Monet sie auf.

Sie legte einen Pfeil an, zielte gut und schoss auf die Spinne. Gameknight wusste, dass der Pfeil der Spinne nicht schaden würde, weil sich diese nicht im Land der Träume aufhielt. Außerdem war anhand der Flugbahn des Projektils zu erkennen, dass es das Monster komplett verfehlen würde. Und so war es auch. Anstatt sich in die Spinne zu bohren, flog der Pfeil über deren Kopf hinweg und durchtrennte den leuchtenden lilafarbenen Faden, der um ihren Kopf gewickelt war. Die Spinne, die unverhofft von der Fessel befreit worden war, schaute sich um und rannte dann weg, als wollte sie nichts mehr mit diesem Kampf zu tun haben.

Monet drehte sich mit triumphierendem Lächeln zu ihrem Bruder um.

„Ich habe ein bisschen experimentiert, während ich im Tempel rumgesessen habe", gab sie zu. „Wir müssen die Spinnen gar nicht töten, sondern nur diese Fäden durchtrennen."

„Das ist ja großartig", erklärte Hunter, die bereits die Bogensehne nach hinten zog und den ersten Pfeil abschoss.

Stitcher stellte sich neben ihre Schwester und tat es ihr nach. Die beiden feuerten so schnell auf die lilafarbenen Fäden, wie sie nur konnten. Gameknight trat neben sei-

ne Schwester und dachte an seinen Lieblingsbogen. Schon hatte er diesen in der Hand und konnte dank der Unendlich-Verzauberung wieder und wieder und wieder denselben Pfeil abschießen.

Ihr Sperrfeuer aus Traumpfeilen durchtrennte zahllose lilafarbene Fäden und verschaffte den Verteidigern an der Mauer eine kurze Atempause, aber Gameknight999 bemerkte, dass bereits die nächste Spinnenhorde den Dschungel verließ und im Anmarsch war. Es mussten etwa dreihundert Monster sein, wenn nicht gar mehr … Gegen so viele Kreaturen hatten sie einfach keine Chance. Das war ihr Ende.

Doch dann fiel ihm auf, dass alle lilafarbenen Fäden zu der steilen Klippe über dem Tempel führten. Der silbrige Nebel, der das Land der Träume durchdrang, verhinderte, dass sie erkennen konnten, wo die Fäden zusammenliefen, aber Gameknight wusste auch so, wer sie alle in der Hand hatte.

In diesem Augenblick war für ihn sonnenklar, was er tun musste.

„Schießt weiter“, forderte er die anderen auf.

„Was hast du vor?“, fragte Hunter.

„Wahrscheinlich etwas sehr Dummes“, erwiderte er grinsend.

„Dann gefällt es mir jetzt schon!“, erklärte sie.

Gameknight weckte sich selbst auf, kehrte aus dem Land der Träume zurück und stand auf. Hunter, Stitcher und Monet lagen weiterhin schlafend auf dem Boden, und so bewegte er sich vorsichtig durch den Gang und die Treppe hinunter zum Tempeleingang.

„Crafter … Wo ist Crafter?", rief er laut.

„Hier!", erwiderte eine Stimme zu seiner Linken.

Dort war Crafter gerade in den Kampf gegen eine Höhlenspinne verwickelt. Er stieß sein Eisenschwert in den Bruder und raubte dem Tier die letzte Lebenskraft. Es verschwand mit einem Ploppen und hinterließ drei Erfahrungskugeln sowie ein Bündel Fäden.

Sofort kam der NPC zu Gameknight999 gelaufen.

„Crafter, du musst mir schnell eine Enderperle geben", verlangte Gameknight.

„Was?"

„Gib mir einfach eine Enderperle … Es gibt da etwas, das ich dringend tun muss."

Crafter griff in sein Inventar, reichte Gameknight die Perle und sah ihn fragend an.

„Ich habe nur noch eine übrig", gab Crafter zu bedenken. „Was hast du vor?"

„Etwas, das der Benutzer-der-kein-Benutzer-ist tun muss“, antwortete er und lief auf das Schlachtfeld.

Dort kletterte Gameknight auf eine der Verteidigungsanlagen und blickte zu der steilen Klippe über dem Tempel hinauf. Er umklammerte die Enderperle fest und warf sie dann mit aller Kraft nach oben. Als sie oben auf dem Plateau auf dem Boden landete, wurde Gameknight augenblicklich an diese Stelle teleportiert.

Während er sich materialisierte, war er kurz von lilafarbenen Teleportationspartikeln umgeben, die jedoch rasch verschwanden, aber stechende Schmerzen zurückließen. Aber er hatte ja von vorneherein gewusst, dass man immer Schaden erleidet, wenn man eine Enderperle nutzt.

Gameknight drehte sich um und sah Shaikulud am Rand der Klippe im Mondlicht stehen. Sie schaute auf ihre Armee hinab, schwenkte ein klauenbewehrtes Bein in der Luft und lenkte ihre Truppen, als wäre sie der Dirigent eines Symphonieorchesters.

„Es ist Zeit, diese Sache zu beenden!“, rief Gameknight ihr zu.

Die Spinnenkönigin wirbelte herum, und als sie

ihren Feind erblickte, bleckte sie ihre Fangzähne und schenkte ihm ein grausiges Lächeln.

„Ssso stehen wir unsss endlich leibhaftig gegenüber“, sagte sie und klackerte aufgeregt mit den Mundwerkzeugen. „Deine Taten haben mir sssehr viel Schmerz verursssacht, Benutzer-der-kein-Benutzer-issst. Viele meiner Schlüpflinge sssind deinetwegen gessstorben.“ Ihre lilafarbenen Augen leuchteten noch heller und schienen nichts als abgrundtiefen Hass auszustrahlen. „Du wirssst meine Rache zu spüren bekommen, Gameknight999, und ich werde dich lange leiden lassen, bevor ich dich schließlich töte.“

„Du kannst es ja versuchen“, knurrte Gameknight.

Er zog ganz langsam mit der rechten Hand sein Diamantschwert und mit der linken sein Eisenschwert. Dann trat er vor, sodass ihn nur noch wenige Schritte von dem Monster trennten, sah Shaikulud direkt an und weigerte sich, Angst zu haben.

„Komm schon, Spinne … Lass uns tanzen!“

KAPITEL 21

FREIHEIT FÜR DIE MARIONETTEN

Shaikulud stürzte auf Gameknight999 zu. Die Klauen an ihren Vorderbeinen blitzten vor seinem Gesicht auf und erzeugten ein pfeifendes Geräusch, als sie durch die Luft zuckten. Er machte einen Schritt nach hinten, hob das Eisenschwert, um den Angriff abzublocken, und stieß gleichzeitig das Diamantschwert vor. Während sie seine Attacke mit dem zweiten Beinpaar abwehrte, stieß sie ein manisches Lachen aus, das über das Schlachtfeld hallte.

„Da musst du dich schon mehr anstrengen, *Benutzer*", kreischte sie, und ihre Augen leuchteten noch heller.

Blitzschnell sprang sie ihn mit ausgefahrenen Klauen an. Gameknight machte einen Satz zur Seite und konnte ihren Vorderbeinen ausweichen, aber eine der hinteren Krallen bohrte sich in seine Diamantrüstung und riss ein Stück davon ab, das zu Boden fiel. Gameknight starrte die Brustplatte entsetzt an und konnte es nicht fassen, dass die Klauenhand der Spinne die nahezu undurchdringliche Oberfläche so leicht zerfetzt hatte.

„Deine Rüssstung issst anscheinend nicht spinnenköniginsssicher“, spottete Shaikulud und stieß ein hämisches Lachen aus.

Gameknight griff das immer noch lachende Monster an und schlug mit dem Eisenschwert nach dessen Vorderbeinen, drehte sich dann und stieß die Diamantklinge in die Seite der Spinne. Die Spitze bohrte sich tatsächlich in ihr Fleisch, sodass sie rot aufleuchtete. Sofort setzte er nach, trieb sie noch weiter zurück und schwang wild seine beiden Schwerter. Er landete noch einen Treffer mit dem Diamantschwert, stach mit dem Eisenschwert zu und streifte ein Bein.

Sie flackerte erneut rot auf.

Shaikulud machte einen Schritt nach hinten, während er sie weiter attackierte, und schoss ein Spinnennetz ab. Sie erwischte Gameknights rechten Fuß und die Spitze des Diamantschwerts damit. Die plötzliche Verankerung am Boden bewirkte, dass er das Gleichgewicht verlor. Der Benutzer-der-kein-Benutzer-ist zerrte heftig an den Spinnenfäden, um sich daraus zu befreien, aber es gelang ihm nicht. Auch sein Diamantschwert konnte er nicht mehr bewegen.

Plötzlich spürte er, wie eine Klaue durch seine schützende Rüstung fuhr und ein weiteres Stück abriss. Er drehte sich um und konnte gerade noch rechtzeitig sein Eisenschwert hochreißen, um zu verhindern, dass die rasiermesserscharfe Klaue seinen Kopf traf. Er schwang die Klinge wild hin und her und drängte die Spinnenkönigin zurück. Gameknight wusste ganz genau, dass er festsaß und keine andere Wahl hatte. Daher ließ er das Schwert los, das in dem weißen Netz festhing, und nahm seine Spitzhacke aus dem Inventar. Mit dieser schlug er auf das Spinnennetz ein, wobei er das Eisenschwert abwehrbereit hochhielt, und schaffte es gerade so, das Netz abzubauen, bevor Shaikulud zum nächsten Angriff überging. Gameknight rollte sich soeben über den Boden, um sein Schwert und das Spinnennetz aufzuheben, als auch schon spitze Klauen durch die Luft schossen, die seinen Kopf um Haaresbreite verfehlten.

Mit seinem Diamantschwert in der Hand drehte er sich wieder zu der riesigen Spinne um. Sie hatte ihn jetzt mit dem Rücken an die steile Klippe gedrängt, unter der die Schlacht weiter tobte. Shaikulud machte einen weiteren Schritt auf ihn zu und schoss ein Spinnennetz nach rechts ab, mit dem sie eine klebrige weiße Wand erschuf. Danach wiederholte sie das noch einmal auf seiner linken Seite, sodass ihm keine Ausweichmöglichkeit mehr blieb.

Wieso macht sie das?, fragte er sich.

Sie schoss noch mehr Fäden ab und ließ direkt vor ihm eine Wand entstehen. Gameknight ging weiter nach hinten, näherte sich dem Klippenrand, umklammerte seine Schwerter und wappnete sich für den nächsten Angriff. Shaikulud bewegte sich problemlos durch das Netz, ohne sich darin zu verfangen, und trat vor ihren Widersacher. Seine Schwerter in einem komplizierten Muster wild vor sich her schwingend, verwandelte sich Gameknight in eine gefährliche Windmühle, die bereit war, jeden Teil der Spinne zu zerfetzen, der ihm zu nahe kam. Aber sie griff ihn nicht an. Stattdessen baute sie noch mehr Spinnweben um sich herum auf, erhöhte die Barrieren an den Seiten und brachte auch etwas auf dem Boden direkt vor Gameknight999 an.

Als er noch zwei weitere Schritte zurückwich, wurde ihm klar, dass sie ihn auf einen schmalen Erdstreifen zutrieb, der wie ein Finger aus der Klippe herausragte und direkt auf den Tempel zeigte. Der Streifen war etwa vier Blöcke breit und führte zehn Blöcke weit durch die Luft, um an den Seiten steil abzufallen.

Sobald er sich auf diesem schmalen Vorsprung befand, hörte die Spinne damit auf, ihr Netz weiter zu weben, und näherte sich ihm erneut, sodass er wieder zurückweichen musste. Während sie ihm folgte, zerbrach sie die Blöcke hinter sich und zerstörte so ihren Weg zurück auf das Plateau … und auf sicheres Gelände.

„Was machst du denn da?“, fragte Gameknight. „Bist du hergekommen, um zu kämpfen oder um zu buddeln?“

„Dasss wirssst du schon noch herausssfinden, Benutzer-der-kein-Benutzer-ist“, stieß sie schnaubend aus und zerrte immer mehr Blöcke aus dem Boden.

Mit einem Mal begriff Gameknight, was sie da tat. Indem sie den Rückweg zum Plateau unmöglich machte, saß er auf dem Vorsprung fest und konnte nirgendwohin. Er schaute über die Kante und musste sich eingestehen, dass der Fluss viel zu weit unten lag, als dass er hinunterspringen konnte. Ein Sturz aus dieser Höhe wäre höchstwahrscheinlich tödlich … Er saß in der Falle.

Als sie genug Blöcke entfernt hatte, drehte sich

Shaikulud zu ihrem Feind um.

„Jetzt issst dein Ende gekommen", sagte die Spinnenkönigin.

„Ich dachte, dein Meister will mich für sich haben?", entgegnete Gameknight und versuchte, Zeit zu schinden, damit er nachdenken konnte.

„Deinetwegen sssind ssso viele meiner Schlüpflinge gestorben", spie sie aus. „Ich musssste mit ansssehen, wie sssie sssich quälten, bevor sssie in meinen Armen gestorben sind. Das issst allesss nur deine Schuld, ebenso wie die dieser widerlichen NPCsss, die sssich da unten am Tempel aufhalten. Ihr werdet alle vernichtet."

„Durch deinen Meister?", fragte der Benutzer-der-kein-Benutzer-ist, um sie noch länger hinzuhalten.

Gameknight zermarterte sich das Hirn und wartete auf die Puzzleteilchen, die sich eigentlich längst in seinem Kopf hätten drehen sollen. Aber er konnte beim besten Willen keine Lösung für sein Problem finden; es schien keinen cleveren Trick zu geben. Ihm blieb nichts anderes übrig, als gegen dieses Monster zu kämpfen und entweder zu gewinnen oder zu verlieren.

Shaikulud griff an.

Dunkle Spinnenklauen bohrten sich in seine Diamantrüstung und zerrten weitere Stücke heraus. Sie war so schnell, dass sie Gameknight völlig überrumpelte. Er riss seine Schwerter hoch und schlug nach der Bestie, doch er hatte kaum Platz, um sich zu bewegen. Shaikulud machte einen Schritt auf ihn zu, schlug nach ihm, lenkte den Schlag dann jedoch so ab, dass er auf den Boden ging. Dadurch holte sie den Block zu seinen Füßen heraus und hinterließ ein Loch, durch das man nichts als eine Menge Luft und weit unten den Boden erkennen konnte. Die Spinnenkönigin huschte zur Seite, sprang ihn wieder an und bohrte eine Klaue in die nackte Haut an seinem rechten Bein. Gameknight hatte schreckliche Schmerzen und wäre am liebsten zurückgewichen, doch er spürte mit dem hinteren Fuß bereits die Klippenkante und wusste, dass er sich kaum noch bewegen konnte.

Plötzlich schoss ihm etwas durch den Kopf, das seine Freunde Kuwagata498 und Impafra ihm vor langer Zeit beigebracht hatten: *Wenn dir kein Platz zum Rückzug mehr bleibt, dann musst du angreifen.*

Daher tat er das Einzige, was er noch tun konnte: Er griff an.

Gameknight machte einen Schritt nach vorn

und schwang sein Diamantschwert in weitem Bogen, hielt sein Eisenschwert jedoch für den Gegenangriff bereit, der garantiert kommen würde. Shaikulud wehrte seine Klinge ab und streckte ihre dunklen Klauen aus, aber Gameknight verhinderte mit dem Eisenschwert, dass er getroffen wurde. Er schlug ihre Klauen weg, stach mit dem Diamantschwert zu und bohrte es tief in ihr Fleisch. Shaikulud blinkte rot auf und kreischte vor Schmerzen. Damit sie gar nicht erst zur Ruhe kommen konnte, attackierte er sie gleich wieder, und zwar mit beiden Schwertern. Die Spinnenkönigin wich ihm jedoch aus, sprang vor und versenkte zwei Klauen in seinem linken Bein. Gleichzeitig fuhr sie mit einer dritten Klaue über die Rüstung an seinem linken Arm, wobei ein weiteres Stück herunterfiel.

Gameknight konnte die Qualen kaum ertragen, und ihm wurde kurz schwarz vor Augen. Nur mit Mühe konnte er sein Schwert noch schwingen, denn es fiel ihm schwer, überhaupt stehen zu bleiben. Als sich seine Sicht gerade wieder besserte, griff die Spinnenkönigin ein weiteres Mal an. Ihre fiesen, gekrümmten Klauen zerrten an seiner Rüstung, kratzten und hackten, während sie wieder und wieder auf ihn einschlug. Gameknight versuchte, sich mit den Schwertern zu verteidigen, doch ihre Klauen schienen überall gleichzeitig zu sein. Sie traf erneut seine ungeschützte Haut, und er schrie vor Schmerzen laut auf.

„Keine Sorge, Benutzer-der-kein-Benutzer-isst, dein Leid issst bald vorbei", versicherte ihm Shaikulud und schnaubte.

Gameknight schaute zu dem Monster auf, drehte sich dann um und blickte auf die Tempelverteidiger herab. Er konnte erkennen, dass es nicht gut für sie aussah; es waren einfach zu viele Spinnen. Auf einmal bemerkte er eine Gruppe auf Pferden, die in den Mob hineinritt und sich mit den Schwertern einen Weg bahnte. An vorderster Front ritt Digger … und Monet ritt gleich neben ihm!

„Ah … Wie ich sssehe, versuchen einige deiner NPCsss einen Fluchtversuch", sagte Shaikulud und klackerte vor lauter Vorfreude auf seinen Tod mit den Mundwerkzeugen. „Aber dasss issst unwichtig. Eine gewaltige Armee ausss Zombiesss issst auf dem Weg hierher … ein großzügiges Geschenk desss Schöpfersss. Deine Freunde werden nicht weit kommen."

Sie trat näher an ihn heran und musterte ihn mit ihren schrecklichen lilafarbenen Augen.

„Du hassst in Minecraft große Probleme verursacht, und viele Monssster musssten deinetwegen leiden."

„Das, was du hier tust, ist falsch." Gameknight versuchte, das Unausweichliche hinauszuzögern. „Spinnen und NPCs können in Frieden miteinander leben."

„Nein!", fauchte sie. „Spinnen und NPCsss sssind zu verschieden. Wir haben nichtsss gemein. NPCsss leben in diesen lächerlichen Holzkisssten anstatt in einer Höhle, wo esss warm und trocken issst. Sie ernähren sich von unschuldigen Tieren, wir von Pflanzen. Sie haben nur zwei Beine und ssstehen ssständig kurz davor, auf die Nase zu fallen. Zwischen unssseren Völkern gibt esss keine Gemeinsssamkeiten."

„Doch, die gibt es", beharrte Gameknight, als ein Puzzleteil völlig unverhofft an seinen Platz rutschte. „Ihr sorgt euch beide sehr um eure Jungen. Die NPCs lieben ihre Nachkommen, sie sind das Wichtigste für sie, genau wie deine Schlüpflinge für dich das Wichtigste sind."

Er konnte erkennen, dass seine Worte zu ihr durchdrangen, und der blanke Hass in ihren lilafarbenen Augen schien etwas nachzulassen.

„Unsere Kinder und eure Schlüpflinge sind die Gemeinsamkeit, die euch verbindet. Und wo es eine Sache gibt, die ihr gemein habt, lassen sich garantiert noch mehr finden ... Wir müssen uns nur Mühe geben und sie auch finden wollen."

Ein seltsames Klopfen drang von unten zu ihnen herauf.

„Du sssetzt deine Worte ebenssso klug ein wie deine Klingen", stellte die Spinnenkönigin fest. „Aber du kannssst nicht darauf hoffen, deinem Tod zu entgehen. Man kann den NPCsss nicht trauen, und Benutzer wie du sssind sssogar noch schlimmer. Die Spinnen haben lange genug durch die Hände der Zweibeinigen leiden müssssen. Es issst mir egal, wasss der Schöpfer mit dir anstellen will ... Die Zeit deinesss Todes issst gekommen."

Shaikulud kam noch näher an ihn heran, stellte sich auf ihre beiden hintersten Beine und streckte sechs Klauen nach dem Benutzer-der-kein-Benutzer-ist aus. Sie spannte jeden Muskel an und bereitete sich auf den finalen Angriff vor. Gameknight schaute zu der riesigen Kreatur auf und hatte unglaubliche Angst. Er wusste, dass er besiegt war und dass er sich nicht mehr wehren konnte. Aber dann wurde das Klopfen unter ihm immer lauter.

Als er den Kopf drehte, sah er Digger, der eine Säule aus Erdblöcken gerade nach oben baute, indem er immer hochsprang und einen Block unter sich platzierte. Auf seinem Rücken klammerte sich Monet113 fest.

„Mach dich bereit zu sssterben", drohte ihm Shaikulud.

Gameknight hob die Schwerter, auch wenn er wusste, dass er diesen letzten Angriff nicht abwehren konnte.

Der riesige Körper der Spinnenkönigin senkte sich langsam auf ihn herab, und er sah alles wie in Zeitlupe, als würde er sich einen Film ansehen und es nicht etwa selbst erleben. Ihre spitzen Klauen funkelten im Mondlicht, und das lilafarbene Leuchten ihrer Augen tauchte alles um sie herum in ein unheimliches Licht. Doch plötzlich sauste ein Pfeil durch die Luft und bohrte sich in den Kopf der Spinnenkönigin, sodass sie das Gleichgewicht verlor. Sie blinkte wieder und wieder rot auf, da sie durch den Kopfschuss sehr viel Lebensenergie verlor. Ihr riesiger Körper fiel auf Gameknight zu, aber anstatt einer schmerzbringenden schwarzen Mauer sah er eine blinkende rote Decke vor sich. Shaikulud blinkte immer schneller, während sie fiel …

Der Körper des Monsters verschwand einen Augenblick, bevor er auf Gameknight999 landen konnte. Stattdessen war er auf einmal mit Spinnenfäden und gut einhundert Erfahrungskugeln bedeckt.

Shaikulud, die Königin der Spinnen, war tot.

KAPITEL 22
EIN EINZIGER PFEIL

Rings um den Tempel brandete Jubel auf. Gameknight blickte auf die NPC-Verteidiger herab. Sämtliche Spinnen hatten die Kampfhandlungen eingestellt und wichen zurück. Die dunklen Monster sahen sich verwirrt um und schienen nicht weiterzuwissen. Dann drehte sich eine Spinne um und rannte weg, gefolgt von einer zweiten und einer dritten, bis sich schließlich alle zurückzogen. Ihre schwarzen Körper verschwanden im Dschungel und waren nicht mehr gesehen.

Der Kampf war vorbei.

Auf einmal hörte Gameknight zerbrechendes Glas und war mit irgendeiner Flüssigkeit benetzt. Als er seine Schwester ansah, hatte sie eine Flasche mit etwas Lilafarbenem in der Hand. Sie schleuderte den Wurftrank auf den Block, auf dem Gameknight lag, das Fläschchen zerbrach, und der Heiltrank stellte seine Gesundheit sofort wieder her. Der Schmerz war schlagartig verschwunden, und der magische Trank schenkte ihm neue Kraft.

Gameknight stand auf und sah seine Schwester dankbar an.

„Was kann ein einziger Pfeil schon bewirken?", fragte sie grinsend. „Hast du das nicht gesagt?"

Gameknight starrte betreten zu Boden und schämte sich dafür, dass er ihr so wenig zugetraut hatte, aber als er den Kopf vorsichtig wieder hob, fing seine Schwester an zu lachen.

Mithilfe weiterer Erdblöcke erschuf Digger eine schmale Brücke, über die er und Monet das Plateau erreichten. Dort zertrümmerte der große NPC die Spinnennetze und bahnte sich einen Weg zu Gameknight. Er trat an den Rand der Klippe und platzierte dort vorsichtig einige Erdblöcke, damit sich Gameknight endlich in Sicherheit bringen konnte.

Nachdem er seine frisch geheilten Beine kurz getestet hatte, ging Gameknight999 langsam über die schmale Erdbrücke zu seiner Schwester. Er schlang die Arme um sie und drückte sie fest an sich.

„Du bist einfach super", sagte er zu Monet und drehte sich dann zu Digger um. „Ihr seid beide super."

Gameknight legte Digger eine Hand auf die Schulter.

„Das war ihre Idee", wiegelte Digger ab.

„Ich konnte dich aus dem Land der Träume sehen, und mir war sofort klar, dass du Hilfe gebrauchen kannst", erklärte sie.

„Und ich bin heilfroh, dass du meine Anweisungen missachtet und den Tempel verlassen hast", erwiderte Gameknight. „Das war ein wirklich guter Schuss."

Monet113 strahlte vor Stolz.

Gameknight trat an den Rand der Klippe und blickte auf den Tempel hinab. Viele NPCs verließen gerade die Verteidigungspositionen, um die Spinnen zu verfolgen, aber keines der achtbeinigen Monster blieb stehen und wollte noch kämpfen. Sie machten alle den Anschein, als wollten sie schnellstmöglich weg, und rannten in unterschiedliche Richtungen davon. Die meisten NPCs folgten ihnen bis an den Rand der Lichtung und blieben dann stehen, da das Risiko, den Dschungel bei Nacht zu betreten, einfach zu groß war.

Während Gameknight nach unten schaute, sah er eine einsame Gestalt aus dem Tempel kommen … das Orakel. Die alte Frau ging langsam die Stufen hinunter, stützte sich schwer auf ihren Krückstock und verharrte dann vor dem uralten Gebäude. Ihr graues Haar fiel vor dem dunklen Hintergrund deutlich auf. Sie hob den Kopf, lächelte Gameknight999 strahlend an und winkte. Er wollte ihr Winken gerade erwidern, als sich auf einmal eine weitere Gestalt vor der alten Frau materialisierte. Zuerst sah es aus wie ein NPC, doch an seinem Gesicht war irgendetwas seltsam. Es machte den Anschein, als wäre hinter diesen dunklen Augen etwas Unheilvolles verborgen.

Herobrine war endlich eingetroffen.

„Du hast deinen sicheren Tempel ja zu guter Letzt doch verlassen, alte Frau“, sagte Herobrine zum Orakel, und seine Worte waren auf der ganzen Lichtung und auf dem Plateau zu verstehen.

Er verschwand und tauchte hinter dem Orakel wieder auf, sodass er den Rückweg in den Tempel blockierte und sie nicht in das Bruchsteingebäude zurückkehren konnte.

„Ich hatte mich schon gefragt, wann du auftauchst“, meinte das Orakel, drehte sich zu ihm um und schaute ihn spöttisch an. „Du hattest bei diesem Krieg doch ganz offensichtlich die Hände im Spiel.“

Herobrine grinste sie an.

„Deinetwegen sind heute viele NPCs und Spinnen gestorben“, fuhr sie fort.

Sein Grinsen wurde sogar noch breiter, und seine Augen leuchteten weiß.

„Aber wie du sehen kannst, ist dein Versuch, diese NPCs zu vernichten, gescheitert", fügte das Orakel hinzu. „Der Benutzer-der-kein-Benutzer-ist hat das Blutbad beendet und deine Pläne vereitelt. Er hat dafür gesorgt, dass das Töten aufhört und Frieden einkehrt."

„Da irrst du dich", knurrte Herobrine.

„Ach ja?"

„Ja", bestätigte er. „Denn das Töten ist noch nicht vorbei."

Gameknight musste mit ansehen, wie Herobrine sein Diamantschwert zog und das Orakel angriff. Sie hob ihren Krückstock und konnte die Attacke gerade so abwehren, aber es war offensichtlich, dass sie ihm in einem Kampf auf Leben und Tod nicht gewachsen war.

„Neiiiin!", schrie Gameknight.

Er trat an den Rand der Klippe und konnte den Boden tief unter sich sehen. Einen solchen Sturz würde er nicht überleben, aber ihm war auch klar, dass er keine andere Wahl hatte. Er sah seine Schwester über die Schulter noch einmal an, möglicherweise das letzte Mal in seinem Leben, und sprang dann von der Klippe. Monets Schrei dröhnte in seinen Ohren, als er fiel.

Im Fallen blickte Gameknight seiner Schwester in die Augen. Sie sah völlig entsetzt aus, während er sie anlächelte und unglaublich stolz auf sie war. Ihre impulsive „Jetzt handeln und später nachdenken"-Haltung hatte ihm wahrscheinlich das Leben gerettet. In dem Augenblick, in dem er sie aus den Augen verlor, hatte er sich seiner Schwester Jenny nie näher gefühlt.

Dann drehte er sich und sah nach unten. Der Boden kam schnell näher. Gameknight griff in sein Inventar und wappnete sich für den Aufprall. Er wusste, dass er das Timing richtig hinbekommen musste, wenn er überleben wollte. Er durfte keinen Fehler machen … sonst wäre das sein Tod.

Die Luft rauschte an seinen Ohren vorbei, als er immer weiter nach unten stürzte, und es hörte sich an wie ein Tornado. Er wusste, dass sein Sturz nur Sekunden dauern konnte, doch es kam ihm wieder einmal vor, als würde alles in Zeitlupe ablaufen, während sein Verstand versuchte, alles zu verarbeiten.

Wenn doch nur der Fluss nicht so weit weg gewesen wäre. Er hätte einfach ins Wasser springen und den Fall überleben können, doch dafür war er zehn Blöcke zu weit weg … und eigentlich war es auch egal.

Gleich, dachte er, und Angst und Panik machten sich in ihm breit.

Er legte die Finger um den flauschigen Würfel und machte sich bereit für das, was kommen würde.

Gleich ist es so weit … Es dauert nicht mehr lange … und … JETZT!

Gameknight holte das Spinnennetz hervor und platzierte es auf dem Boden, bevor er darauf landete. Sobald seine Füße das Netz berührten, wurde er langsamer und versank in den klebrigen Fäden. Er wartete, bis er ganz auf dem Boden aufgekommen war, zog sein Schwert und schnitt die feinen Fäden durch. Nach zwei Schlägen war das Spinnennetz verschwunden, und seine Beine waren wieder frei.

Er hatte überlebt.

Als er den Kopf in den Nacken legte, sah er Digger und Monet am Rand der Klippe stehen. Auf ihren entsetzten Mienen machte sich nach und nach ein Lächeln bemerkbar. Er grinste sie zufrieden an, winkte ihnen kurz zu und drehte sich zum Tempel um. Dort stand Herobrine und hieb mit dem

Schwert auf das Orakel ein. Die alte Frau hob immer wieder den Krückstock, um die Attacken abzuwehren, was ihr jedoch zunehmend schlechter gelang. Gameknight sah auf den ersten Blick, dass die alte Frau Herobrine nicht gewachsen war und dass der gemeine Schatten-Crafter nur mit seinem Opfer spielte.

Doch während er den Kampf beobachtete, erinnerte er sich daran, wie es gewesen war, vor Crafters Dorf gegen dieses Monster zu kämpfen. Seine Furcht nahm ungeahnte Ausmaße an, und er erlebte diese schreckliche Begegnung in seinem Kopf ein weiteres Mal.

Kann ich ihm erneut gegenübertreten?, fragte er sich. *Bin ich dazu in der Lage, ihm die Stirn zu bieten?*

Seine Angst verwandelte sich zunehmend in Panik, während er dem Kampf vor sich zusah, und seine Unsicherheit breitete sich wie ein Virus in seinem Körper aus. Ganz kurz überlegte Gameknight999 tatsächlich, ob er nicht einfach weglaufen sollte, aber er wusste, dass ihn diese Entscheidung für den Rest seines Lebens heimsuchen würde – denn wer läuft schon weg, wenn er jemandem helfen kann, der in Not ist?

Nein, fliehen war keine Option. Und so umklammerte er den Griff seines Diamantschwerts, obwohl er vor Angst wie gelähmt war, und sprintete auf seinen Erzfeind Herobrine zu.

KAPITEL 23
HEROBRINE

Herobrine hatte ihn noch nicht bemerkt. Der Schatten-Crafter schlug weiterhin auf das Orakel ein und trieb sie mit jeder Attacke weiter zurück. Die alte Frau konnte mit ihrem Krückstock den Großteil der Angriffe abwehren, aber einige kamen dennoch durch. Jedes Mal, wenn die Diamantklinge sie berührte, flackerte die alte Frau rot auf, und Gameknight sah, wie sie das Gesicht schmerzvoll und ängstlich verzog.

Beim nächsten Schlag traf Herobrine ihre Schulter. Das Orakel schrie vor Schmerz laut auf, als sich die Klinge in ihr Fleisch bohrte. Gameknight watete durch den Fluss und rannte auf die beiden zu.

„Deine Zeit ist bald abgelaufen, Orakel“, rief Herobrine, dessen Augen hell leuchteten. „Ich brauchte nur diesen Dummkopf, diesen Gameknight999, damit er dich aus deinem Tempel lockt, in dem du dich so feige versteckt hast.“ Er trat lachend noch näher an die alte Frau heran. „Nun wirst du endgültig gelöscht.“

Gameknight beobachtete, wie die alte Frau ihren Gegner ansah und wie sich Resignation auf ihrem Gesicht breitmachte. Sie wusste, dass sie ihren Tod nicht verhindern konnte. Der Benutzer-der-kein-Benutzer-ist rannte, so schnell er nur konnte, um zu ihr zu gelangen, aber er war sich nicht sicher, ob ihm das rechtzeitig gelingen würde. Entsetzt sah er mit an, wie Herobrine langsam sein Schwert hob und sich für den tödlichen Schlag bereitmachte. Dann ließ er die Klinge auf das Orakel herabsausen.

Doch als diese nur noch eine Haaresbreite von der alten Frau entfernt war, rammte Gameknight das Orakel und schubste sie zur Seite, während er seine Klinge hob und die seines Feindes abwehrte. Herobrines Schwert klirrte gegen Gameknights, der das Gefühl hatte, von der Faust eines Eisengolems getroffen worden zu sein. Sein Arm fühlte sich beinahe taub an, als er den Schlag absorbierte, doch er war kräftig genug und konnte den Angriff blocken. Gameknight schaute zu seinem Feind auf, der ihn überrascht anblickte und dessen Augen nicht mehr ganz so hell zu leuchten schienen. Dann wirbelte Gameknight herum, täuschte einen Schwertschlag an, trat Herobrine in den Bauch und schleuderte ihn einige Schritte nach hinten.

Herobrine starrte den Benutzer-der-kein-Benutzer-ist wütend an und stieß einen frustrierten, blutrünstigen Schrei aus, der durch das ganze Land hallte und selbst das Gewebe von Minecraft erzittern ließ.

Gameknight999 grinste ihn an.

„Du hast mich unterbrochen!", heulte Herobrine. „Ich warte schon seit hundert Jahren auf die Gelegenheit, die alte Vettel zu vernichten … UND DU WAGST ES, MICH ZU UNTERBRECHEN!"

Doch Gameknight grinste nur noch breiter.

„Zu schade … Das tut mir echt leid", spottete der Benutzer-der-kein-Benutzer-ist.

Herobrine machte einen Schritt nach hinten und funkelte Gameknight erbost an. Seine Augen leuchteten wie zwei sehr, sehr helle Sonnen.

„Du hast meine Pläne zum letzten Mal vereitelt", knurrte er.

Gameknight wollte gerade etwas erwidern, doch da griff Herobrine auch schon an. Sein schimmerndes Diamantschwert glich einem blauen Blitz, als er es gegen Gameknights Kopf schwang. Der Benutzer-der-kein-Benutzer-ist konnte gerade noch rechtzeitig seine Klinge heben und den Schlag abwehren. Gameknight wich zur Seite aus, stach nach

Herobrine und hoffte darauf, ihn zu überraschen … aber sein Gegner war gar nicht mehr da.

Plötzlich spürte er einen stechenden Schmerz in der Seite, als Herobrine ihm das Schwert ins Fleisch stieß.

„Ha, ha, ha", keckerte sein Erzfeind. „Wann wirst du es endlich lernen, Benutzer-der-kein-Benutzer-ist. Mich kann man nicht besiegen. Ich kann verschwinden und hinter dir wieder auftauchen, und zwar in einem einzigen Augenblick. Ich greife an zwei Orten gleichzeitig an, und du kannst nicht das Geringste dagegen machen."

Er stieß sein manisches, böses Lachen aus, bei dem Gameknight eine Gänsehaut an den Armen und am Hals bekam.

„Nutz die Waffe!", schrie eine Stimme vom Rand des Dschungels herüber.

Gameknight drehte den Kopf und entdeckte Hunters roten Haarschopf vor den grünen Blättern.

Nein, das scheint mir nicht der richtige Augenblick zu sein, dachte er. *Ich muss sie im richtigen Moment benutzen … aber woher soll ich wissen, welches der richtige ist? Was passiert, wenn ich mich falsch entscheide?*

„Heute gehst du entweder durch das Tor des Lichts zurück in die physikalische Welt, um dein erbärmliches Leben zu retten … oder du stirbst!“

Herobrine verschwand und materialisierte sich gleich wieder, um sein Schwert auf Gameknight herabsausen zu lassen. Während dieser noch sein Schwert hob, teleportierte sich Herobrine auch schon auf seine andere Seite und hieb auf die Rüstung des Benutzers-der-kein-Benutzer-ist ein. Erneut fiel ein Stück der Diamantbrustplatte zu Boden, sodass die Klinge des Schatten-Crafters in Fleisch eindringen konnte.

Gameknight blinkte rot auf.

Er versuchte, den Schmerz zu ignorieren, drehte sich um und schlug nach Herobrine … der jedoch schon wieder ganz woanders war. Der Benutzer-der-kein-Benutzer-ist machte einen Schritt nach hinten und knurrte frustriert. Seine Angst wurde immer größer.

Wie soll ich ihn nur besiegen? Gameknight streckte seinen Geist aus, um seinen Freund Shawny durch die Musik von Minecraft hindurch zu erreichen. *Shawny … Bist du da?*

Ja, kam sofort die Antwort in Form einer Chatnachricht.

Was ist mit dem Dig…, fing Gameknight an, wurde aber sofort unterbrochen.

Der ist noch immer durchgebrannt, teilte Shawny ihm mit. *Ich glaube, ich habe die defekten Komponenten gefunden, aber bis jetzt ist noch nichts aufgetaucht, womit ich sie ersetzen kann!*

Gameknight seufzte.

Ich ertrage das einfach nicht mehr!, dachte er. *Ich will nicht länger der Benutzer-der-kein-Benutzer-ist sein, sondern einfach nur ein Junge. Diese Verantwortung ist einfach zu groß für mich.*

Überwältigt von der scheinbar unlösbaren Aufgabe, sackte er ein wenig in sich zusammen. Doch dann hörte er wieder einmal diese seltsame, mystische Stimme in seinem Kopf.

Du kannst nur das erreichen, was du dir auch vorstellen kannst, sagte die Stimme. *Überwinde deine Unsicherheit, und akzeptiere, wer du bist und was du tun kannst. Angst ist eine Maske, hinter der sich ungeahnte Möglichkeiten verstecken. Sei der Benutzer-der-kein-Benutzer-ist!*

Die Worte versuchten vergeblich, seine Furcht zu durchdringen … Er hatte immer noch eine Heidenangst. Gameknight wich einen Schritt zurück und starrte Herobrine an, wusste aber ganz genau, dass sich seine Angst in seinem Gesicht widerspiegelte.

„Ich sehe doch ganz genau, dass du darüber nachdenkst, das Tor zu öffnen … Lass dir Zeit, und überleg es dir gut“, sagte Herobrine. „Wenn du kurz davorstehst, deinen letzten Atemzug zu machen, dann wirst du weglaufen und versuchen, dem sicheren Tod zu entrinnen. Es ist unausweichlich.“

Er grinste Gameknight999 breit an.

Ich will das nicht!, schimpfte Gameknight innerlich. *Ich will mich nicht ständig vor ihm fürchten!*

Dann fielen ihm die Worte wieder ein, die er zuvor in seinem Kopf gehört hatte. Er nahm seine ganze mentale Kraft zusammen und stellte sich vor, wie es sein würde, keine Angst zu haben. Danach malte er sich aus, wie es wäre, diese Verantwortung zu akzeptieren. Er dachte ganz fest daran und zwängte die Bilder durch das Netz aus Angst in seinen Verstand … bis es sich nach und nach … real anfühlte.

Der Benutzer-der-kein-Benutzer-ist richtete sich kerzengerade auf und starrte Herobrine an. Ein gutturales Knurren entrang sich seiner Kehle und hallte durch die Luft.

Ich werde keine Angst mehr haben!, nahm er sich vor. *Ich schaffe das … Ich entscheide mich dafür, mich nicht mehr zu fürchten!*

Als er sich umsah, bemerkte er, dass ihn alle beobachteten und auch seine Schwester und Digger von der Klippe zuschauten.

„ES REICHT!“, schrie der Benutzer-der-kein-Benutzer-ist und hob sein Schwert.

Herobrine beäugte seinen Gegner, und sein Lächeln verblasste.

„ES REICHT! Ich werde keine Angst mehr vor dir haben!“, brüllte Gameknight ihn an. In seiner Fantasie hatte er seine Furcht längst überwunden und stellte sich diesem Monster. Es war möglich, das wusste er ganz genau.

Dann griff Gameknight999, der Benutzer-der-kein-Benutzer-ist, an.

KAPITEL 24
GAMEKNIGHT999 WEHRT SICH

Gameknights Schwert raste auf Herobrine zu und durchschnitt die Luft so schnell, dass die rasiermesserscharfe Klinge ein leises Pfeifen erzeugte. Die Diamantschwerter prallten so heftig gegeneinander, dass Funken sprühten und kleine Diamantsplitter auf die beiden Kontrahenten herabregneten. Wie Gameknight erwartet hatte, verschwand Herobrine, um direkt hinter ihm wieder aufzutauchen, aber dieses Mal war er darauf vorbereitet. Er zog sein Eisenschwert und hielt es über die Schulter, um seinen Rücken zu schützen. Es knallte erneut, als Herobrines Diamantklinge auf die Eisenwaffe traf.

Im nächsten Augenblick wirbelte Gameknight auch schon herum und griff mit beiden Schwertern an, wobei er eins hoch in die Luft und das andere weit nach unten hielt. Herobrine bewegte sich rasend schnell und wich erst zur einen und dann zur anderen Seite aus, wurde jedoch jedes Mal von Gameknights Klingen aufgehalten. Der Kampf tobte immer heftiger, mal griff Herobrine an, mal Gameknight. Sie tanzten über das Schlachtfeld und versuchten, den anderen zu überlisten, doch sie waren ebenbürtige Gegner … mit einer Einschränkung.

Gameknight wurde langsam müde.

Herobrine griff ein ums andere Mal an, und seine Diamantklinge drang von allen Seiten auf Gameknight ein, dem es zwar noch gelang, die Attacken abzublocken, aber es fiel ihm immer schwerer.

AU … Schmerz zuckte durch Gameknights Arm.

Er parierte einen weiteren Angriff und drehte sich, um nach Herobrine zu stechen, doch das Monster war viel zu schnell.

AU … Sein Rücken schmerzte höllisch.

Gameknight rollte sich seitlich ab und hob die Schwerter für den nächsten Angriff, aber er spürte, dass er immer langsamer wurde. Aufgrund der Müdigkeit fühlten sich seine Arme und Beine schon ganz schwer an.

AU … Ein weiteres Stück seiner Rüstung fiel zu Boden.

Gameknight machte einen Satz nach hinten und stürzte sich dann auf seinen Gegner. Er weigerte sich, den Kürzeren zu ziehen.

AU! … Herobrine erwischte ihn mit der Klinge

an der Seite.

Ich verliere, erkannte er, und das Bild seines Sieges über Herobrine verblasste langsam in seinem Kopf und wich nackter Angst. *Er ist einfach zu schnell … Ich schaffe es nicht.*

Herobrine attackierte ihn erneut und stürmte direkt auf ihn zu. Sein Diamantschwert sauste auf Gameknights behelmten Kopf zu. Es gelang dem Benutzer-der-kein-Benutzer-ist, den Angriff zu blocken, nur um gleich darauf von einem heftigen Tritt aus dem Gleichgewicht gebracht zu werden, sodass er auf dem Bauch landete. Im Fallen sah er zu Monet113 hinauf. Er hörte, wie sie „Neiiiin", schrie, während er stürzte.

Dann stand Herobrine über ihm, stützte einen Fuß auf Gameknights rechten Arm und den anderen auf den linken. Der Schatten-Crafter starrte mit seinen leuchtenden, hasserfüllten Augen auf ihn herab und hatte ein bösartiges, zufriedenes Grinsen auf den Lippen.

Gameknight konnte sich nicht mehr wehren.

„Benutze sie!", schrie Hunter.

Das konnte er jedoch nicht, da seine Hände auf den Boden gedrückt wurden und er nicht an sein Inventar gelangen konnte. Gameknight spürte, dass

Herobrine ihn ansah, aber er konnte den Blick nicht erwidern. Stattdessen schaute er zum Plateau hinauf. Seine Schwester beobachtete ihn mit entsetzter Miene. Als er sich wieder seinem Gegner zuwandte, bemerkte Gameknight, dass Herobrine ebenfalls nach oben sah, bevor er das Wort an seinen besiegten Gegner richtete.

„Ah … Ich sehe da noch jemanden, der so ist wie du", sagte Herobrine, dessen Stimme vor boshafter Freude nur so troff. „Das ändert alles. Wenn du dich weigerst, durch das Tor des Lichts zu gehen, dann bringe ich dich eben um und versuche es mit dem Mädchen. Die Kleine lässt sich garantiert leichter überzeugen als du."

Herobrine beugte sich ein wenig vor und starrte Gameknight in die Augen.

„Entscheide dich … Öffne das Tor oder stirb!"

Gameknight sah seinen Erzfeind an und schüttelte den Kopf.

Selbst wenn es möglich wäre, den Digitalisierer zu aktivieren und nach Hause zu gelangen, würde ich es nicht tun, dachte er.

Herobrine seufzte.

„Wie du willst", meinte er. „Sag Lebwohl, Benutzer-der-kein-Benutzer-ist."

Während Gameknight999 mit ansah, wie Herobrine sein Diamantschwert hob und sich daran machte, den entscheidenden Schlag auszuführen, bildete er sich ein, etwas in der Ferne zu hören, das beinahe wie Donner klang. Es war allerdings ein seltsames Donnern, das sich eher anhörte, als würde ein Sturm von weit her näher kommen. Noch während Herobrines Klinge wie in Zeitlupe auf ihn herabsauste, schloss Gameknight999 die Augen und wartete auf sein Ende.

KAPITEL 25
DONNERGROLLEN

Auf einmal verwandelte sich das Donnern in einen jaulenden Orkan. Gameknight blickte zum Tempeleingang, aus dem bestimmt einhundert Wölfe gerannt kamen, die direkt auf ihn zuhielten und allesamt Herder folgten.

Herobrine stockte, als er das Geräusch hörte. Gameknight bemerkte, wie der Schatten-Crafter auf sein hilfloses Opfer herabsah und dann die heranstürmenden Tiere musterte.

„Wir bringen es ein anderes Mal zu Ende, Benutzer-der-kein-Benutzer-ist“, erklärte die gemeine Kreatur und verschwand in dem Moment, in dem die zuschnappenden Zähne des ersten Wolfs ihn erreichten.

Weiche Pfoten rannten über Gameknight hinweg, als die Wölfe laut knurrend Herobrines Verfolgung aufnahmen. Dann spürte er schmale Hände, die ihn am Arm fassten und auf die Beine zogen. Gameknight sah Herder in die Augen, der ihn besorgt musterte.

„Geht es dir gut?", erkundigte sich der junge NPC.

„Ja, und das habe ich nur dir und deinen Freunden zu verdanken", antwortete Gameknight.

Es kamen noch immer Wölfe aus dem Tempel, die Gameknight und Herder umrundeten, als wären sie zwei große Steine inmitten eines reißenden Flusses aus grauweißem Fell. Die Tiere rannten in alle Richtungen davon und machten sich auf die Suche nach ihrer Beute: Herobrine. Die pelzigen weißen Kreaturen bewegten sich unglaublich schnell und jagten an den NPCs vorbei, um dann im Dschungel zu verschwinden.

In der Ferne sah Gameknight, wie sich Herobrine auf der Spitze eines hohen Dschungelbaums materialisierte. Seine Augen leuchteten hell, als er mit seinem Diamantschwert auf den Benutzer-der-kein-Benutzer-ist zeigte und danach auf Monet113.

„Wir sehen uns wieder …", rief Herobrine, dessen Stimme über das Knurren der Wölfe hinweg kaum zu verstehen war. Die Tiere drehten sofort um und hielten mit leuchtenden roten Augen direkt auf den Baum zu. „… Und dann wird alles anders laufen. Ich werde dich nie wieder unterschätzen,

Gameknight999. Bei unserer nächsten Begegnung vernichte ich dich und zwinge deine kleine Freundin dazu, das Tor des Lichts zu öffnen. Meine Flucht aus diesem Gefängnis wird mit oder ohne deine Hilfe vollzogen."

Dann verschwand er, und seine leuchtenden, gemeinen Augen waren das Letzte, was man von ihm noch sehen konnte.

Sobald ihre Beute außer Sicht war, kehrten die Wölfe zum Tempel zurück, wo sie noch kurz vor dem Eingang herumliefen und sich dann gehorsam in der Nähe des Orakels auf den Boden setzten. Die NPCs näherten sich ebenfalls dem Tempeleingang, wobei sie ihre Waffen in den Händen behielten. Gameknight beobachtete, wie einige Dorfbewohner einen Teich unter der Klippe anlegten, in den Digger und Monet hineinspringen konnten, um den Sturz zu überstehen.

„Warum hast du die Waffe nicht benutzt?", wollte Hunter wissen, die mit ihrem schimmernden verzauberten Bogen auf Gameknight zukam.

Er schüttelte den Kopf.

„Es schien mir nicht der richtige Zeitpunkt zu sein", antwortete er.

„Als du auf dem Rücken gelegen hast und er

dich umbringen wollte … das war nicht der richtige Zeitpunkt, um die Waffe zu benutzen?“, fragte sie ungläubig.

Wieder schüttelte er den Kopf.

„Nein, war es nicht.“

„Du bist ein ganz schön geduldiger Benutzer“, meinte Crafter und trat zu ihnen. „Ich dachte schon, Herobrine würde dich töten.“

„Das habe ich auch gedacht.“

„Und trotzdem hast du die Waffe nicht benutzt“, stellte Crafter fest.

Gameknight drehte sich um und sah zu dem Orakel hinüber, das noch im Tempeleingang verharrte.

„Sie hat gesagt, ich würde es spüren, wenn der richtige Zeitpunkt gekommen ist“, erklärte Gameknight. „Und ich war mir nicht sicher, daher bin ich davon ausgegangen, dass ich damit noch warten soll.“

Das Orakel nickte, wobei das graue Haar auf dem eckigen Kopf wie eine silberne Welle vor und zurück wogte.

„Der Benutzer-der-kein-Benutzer-ist ist weise“, sagte sie mit ihrer kratzigen Stimme.

„Und was jetzt?“, wollte Stitcher wissen, die im

Näherkommen immer wieder misstrauische Blicke zum Dschungel hinüberwarf.

Auf einmal schlangen sich zwei dünne Arme um Gameknight, als Monet sich auf ihn stürzte und gleichzeitig vor Freude lachte und vor Erleichterung weinte. Er erwiderte die Umarmung lange, bevor er sie schließlich losließ.

Sie beäugte ihren Bruder und knuffte ihn gegen den Arm.

„Du hast mich zu Tode erschreckt, als du von der Klippe gesprungen bist", schalt sie ihn. „Was hast du dir nur dabei gedacht?"

„Dass ich das Orakel beschützen muss", antwortete Gameknight. „Das war der einzige Weg, auf dem ich schnell nach unten gelangen konnte."

„Wo hattest du das Spinnennetz her?", erkundigte sich Crafter.

Gameknight griff in sein Inventar und holte die verzauberte Spitzhacke heraus.

„Die habe ich aus der Truhe im Tempel mitgenommen", berichtete der Benutzer-der-kein-Benutzer-ist. „Sie muss mit Behutsamkeit verzaubert sein."

Erneut schaute er zu der alten Frau hinüber, die ihn nickend anlächelte.

„Woher wusstest du, dass ich sie brauchen würde?“, fragte er sie.

Aber sie zuckte nur mit den Achseln.

„Es ist meine Aufgabe zu wissen, was benötigt wird“, erwiderte sie.

„Na ja, du hättest ihm auch einfach sagen können, dass er gegen die Spinnenkönigin kämpfen muss und ein Spinnennetz braucht“, sagte Hunter mit leicht frustriertem Unterton.

„Zu viele Informationen hätten den Benutzer-der-kein-Benutzer-ist bei seinen Entscheidungen beeinflusst“, erläuterte das Orakel. „Ich kann nicht sehen, was passieren wird, nur, was passieren könnte.“

„Du sprichst in Rätseln“, fauchte Hunter. „Warum sagst du uns nicht einfach, was wir tun sollen?“

„Wie du willst, Hunter“, erwiderte das Orakel. „Ihr solltet euch entscheiden, wie ihr weiter vorgehen wollt, denn in diesem Augenblick ist eine riesige Zombiearmee auf dem Weg hierher.“

Die NPCs schauten einander nervös an, drehten sich zum Dschungel um und zückten ihre Waffen.

„Seid unbesorgt“, fuhr das Orakel fort. „Die Sonne wird aufgehen, bevor sie hier eintreffen. Vorerst seid ihr in Sicherheit, aber viele Zombies haben inzwischen gelernt, dass Helme und Kappen sie vor der Sonne schützen. Die Monster werden zukünftig darauf vorbereitet sein, auch tagsüber zu kämpfen. Daher ist es wichtig, dass ihr so bald wie möglich eine Entscheidung darüber trefft, wie euer nächster Schritt aussehen soll."

Gameknight sah erst Crafter und dann die NPCs um sich herum an. Überall lagen Gegenstände auf dem Schlachtfeld; Rüstungen, Waffen und andere Inventarinhalte, die über dem Boden schwebten. An diesem Tag waren viele gestorben, um Minecraft zu schützen. Eine weitere Schlacht würden sie jetzt nicht durchstehen.

„Wir müssen irgendwie hier weg", erkannte Gameknight.

Crafter nickte.

„Aber wie?", fragte Digger. „Uns umgeben Extreme Berge. Wir können sie nicht erklimmen. Der einzige Weg führt durch den Dschungel."

„Und die Zombiearmee wird dort garantiert auf uns warten", fügte Stitcher hinzu.

Gameknight schaute nachdenklich zum Dschungel hinüber. Er wartete darauf, dass die Puzzleteile in seinem Kopf erschienen, doch das geschah nicht … Dort herrschte nichts als Stille. Aber dann hörte er eine Stimme in seinem Verstand, die er sehr gut kannte – es war die von Shawny.

Sieh mal hinter dem Tempel nach, sagte sein Freund.

„Was?", fragte Gameknight laut.

Die NPCs sahen ihn an, als hätte er den Verstand verloren.

Sieh hinter dem Tempel nach, wiederholte Shawny. *Was gibt es denn daran nicht zu verstehen? Manchmal frage ich mich echt, ob du nicht ganz dicht bist …*

Ach, halt die Klappe!, fuhr er seinen Freund an.

„Jemand soll mal hinter dem Tempel nachsehen", verlangte Gameknight.

Zwei Dorfbewohner rannten sofort hinter das uralte Gebäude und waren Sekunden später wieder da.

„Da hinten stehen mehrere Truhen", meldete Woodcutter, dessen rote Robe vor dem grauen Steintempel besonders auffiel. „Sie sind voller Boote … Es müssen Hunderte sein."

„Boote?", wiederholte Hunter. „Wie sollten wir denn mit Booten gegen eine Zombiearmee kämpfen?"

„Gar nicht", entgegnete Gameknight. „Wir werden fliehen. Das gehört alles zu Herobrines Plan. Er glaubt, wir würden hier festsitzen, und er hofft darauf, dass die Zombies den Großteil von uns erledigen und dabei gleich die Wölfe ausschalten, damit er wieder zurückkehren kann. Aber wir werden sein Spiel nicht mitspielen. Wir werden verschwinden und uns ihm an einem Ort unserer Wahl stellen." Gameknight legte Hunter eine Hand auf die Schulter. „Der Kampf um Minecraft ist noch lange nicht vorbei ... Er fängt gerade erst an."

„Der Benutzer-der-kein-Benutzer-ist hat recht", erkannte das Orakel, in deren Stimme Weisheit und Erfahrung mitschwangen.

„Wir müssen schnell unsere Verteidigungsanlagen abbauen und in die Boote steigen", ordnete Gameknight999 an.

„Aber wo fahren wir denn hin?", wollte einer der NPCs wissen.

„Weg von hier", antwortete Monet.

Gameknight nickte zur Bestätigung, holte seine Spitzhacke hervor und machte sich daran, die gebauten Verteidigungsanlagen wieder zu zerlegen, wobei ihn sofort alle unterstützten.

Monet trat neben ihn und fragte ihn ganz leise: „Weißt du auch, was du tust, Tommy?"

Er starrte seine Schwester mit finsterer Miene an.

„Entschuldige … Weißt du auch, was du tust, Gameknight999? Weißt du, wo wir hinmüssen?“

„Nein“, flüsterte er zurück, „aber alles ist besser, als hierzubleiben.“

„Hast du einen Plan?“, hakte sie nach.

Der einzige Plan, den er bisher gefasst hatte, bestand darin, von hier zu verschwinden. Er hatte sich ausgemalt, wie sie über das Meer segelten und irgendwo wieder an Land gingen. Doch auf einmal waren die Puzzleteile wieder da, und eines davon rutschte sofort an die richtige Stelle.

Ein Dorf … Ja, natürlich, dachte er.

Schon fanden die anderen Teile auch ihren Platz, und der Plan setzte sich nach und nach zusammen.

Loren … und Fallen … große Fallen, überlegte er.

Und während in seinem Kopf alles Gestalt annahm, breitete sich ein Lächeln auf Gameknights Lippen aus.

KAPITEL 26

ÜBER DAS MEER

Nacheinander stachen die Boote in See und schaukelten über den Ozean. Zuerst fuhren sie paarweise los, dann in größeren Gruppen. In jedem saß ein NPC. Gameknight stand an der Küste und sah den Booten nach, die in der Ferne verschwanden und ihre Reise gen Westen fortsetzten.

„Komm", forderte Stitcher Gameknight auf.

„Ich fahre erst los, wenn alle anderen weg sind", erklärte er. „Ich lasse niemanden zurück."

Sie zuckte mit den Achseln und sprang in eines der kleinen Holzschiffe. Nachdem sie es vom Ufer abgestoßen hatte, schwamm es langsam über das Wasser aufs offene Meer hinaus.

Da marschierte Smithy an Gameknight vorbei, der sich Herder über die Schulter geworfen hatte.

„Ich kann sie nicht zurücklassen", beschwerte sich der schlaksige Junge und wedelte mit den Armen und Beinen. „Sie sind meine Freunde."

„Du weißt ganz genau, dass sie zum Tempel gehören", erwiderte Smithy. „Und wenn du hierbleibst, wird dich die Zombiearmee umbringen. Daher wirst du zusammen mit den anderen über das Meer fahren, und die Tiere bleiben hier in Sicherheit."

„Aber ..."

Smithy ignorierte die Proteste des Jungen, setzte ihn in ein Boot und stieß es vom Ufer ab.

„Meine Freunde ... Meine Freunde", jammerte Herder, doch sein Boot fuhr bereits gen Westen.

Smithy drehte sich zu Gameknight um.

„Danke", sagte der Benutzer-der-kein-Benutzer-ist zum großen NPC. „Mir ist klar, dass das nicht leicht gewesen ist."

„Pfft ... Er ist doch ein Fliegengewicht", entgegnete Smithy und hüpfte in ein Boot. „Wir sehen uns auf der anderen Seite des Ozeans."

Mit diesen Worten legte der Schmied ab und folgte den anderen NPCs.

„Das ist eine super Idee", sagte eine Stimme neben Gameknight. „Über einen unbekannten Ozean in ein unbekanntes Land segeln ist eine ganz hervorragende Idee."

Gameknight drehte sich zu Hunter um, deren rotes Haar im Licht der aufgehenden Sonne fast zu glühen schien. Aus dem Dschungel hinter ihnen drang ein Stöhnen zu ihnen herüber. Hunter zog instinktiv ihren Bogen und legte einen Pfeil an. Da war wieder dieser vertraute Ausdruck in ihren Augen, das Verlangen, sämtliche Monster dieser Welt für das zu bestrafen, was sie Hunters Familie angetan hatten. Das machte Gameknight noch immer Sorgen … Würde sie jemals akzeptieren, dass Gewalt nicht die einzige Lösung war? Würde sie jemals Frieden finden?

„Du musst jetzt in ein Boot steigen", drängte Gameknight sie. Er legte sanft eine Hand auf ihren Bogen und drückte ihn nach unten. „Wir können nicht hierbleiben und kämpfen."

„Aber es sind nur ein paar Hundert", schimpfte sie. „Ich könnte doch losziehen und mich ein bisschen amüsieren, um dann später wieder zu euch zu stoßen."

„Du weißt ganz genau, dass wir uns nie mehr wiederfinden werden, wenn wir auf dem Ozean nicht zusammenbleiben. Außerdem ist die Zeit des Kämpfens vorerst vorbei … Jetzt müssen wir fliehen und das Leben unserer Freunde retten. Kämpfen ist nicht immer die beste Lösung."

„Bei Monstern schon", beharrte Hunter. „Sie unterscheiden sich zu sehr von uns. Die Zombies mit ihren komischen Zombiestädten, die Spinnen mit diesen seltsamen lilafarbenen Fäden, die sie miteinander verbinden … Sie sind alle seltsam, und wir werden nie in Frieden mit ihnen leben. Diese ganzen Monster sollten ausgelöscht werden."

„Du weißt doch selbst ganz genau, dass das nicht stimmt", sagte eine Stimme hinter ihnen.

Monet113 trat zwischen ihren Bruder und Hunter.

„Wir müssen die Zombies nicht töten", fuhr Monet fort. „Wir müssen sie nur verstehen … und sie uns. Dann herrscht auch Frieden."

„Zombies verstehen … Ha! Dann könnte man auch gleich versuchen, einem Schwein das Fliegen beizubringen", protestierte Hunter. „Das wird nie passieren … Wir haben nichts gemeinsam, nur den Wunsch, einander zu vernichten."

Erneut war im dichten Dschungel ein Stöhnen zu hören, und Hunter riss ihren Bogen wieder hoch.

„Steig in ein Boot, Hunter. Wir werden nicht hierbleiben, und wir werden auch ganz bestimmt nicht auf dich warten", sagte Gameknight999. „Das gehört alles zu Herobrines Plan. Aber wir werden nicht zulassen, dass er bestimmt, wo die nächste Schlacht stattfindet … Und jetzt geh endlich!"

Monet nahm Hunters Hand und führte sie ans Ufer, um sie dann sanft in ein Boot zu schieben. Während Hunter noch wütend über die Schulter schaute, fuhr ihr Boot los und folgte den anderen. Sobald sie sich davon überzeugt hatte, dass die Jägerin nicht wieder umkehren würde, kam Monet zu Gameknight zurück.

„Weißt du", begann Gameknight, „dass ich wirklich sehr stolz auf das bin, was du während der Schlacht geleistet hast?"

„Das war doch nichts Besonderes", behauptete sie.

„Und ob!", stellte er klar. „Du hast mir gezeigt, wie wir dafür sorgen können, dass die Spinnenkönigin die anderen Spinnen nicht mehr kontrolliert. Und du hast meine Anweisungen zur richtigen Zeit ignoriert und bist aus dem Tempel gekommen, um mich mit einem einzigen Schuss zu retten."

Monet113 lächelte und bekam rote Wangen.

„Wenn du nicht gewesen wärst, hätten wir diesen Kampf bestimmt verloren", fuhr Gameknight fort. „Du hast erkannt, was getan werden musste, und es getan. Ich muss immer erst darüber nachdenken, was passieren könnte, alle Möglichkeiten überdenken und einen Notfallplan ausarbeiten, aber du kannst einfach handeln.“ Er legte einen Arm um die kantigen Schultern seiner Schwester. „Darum beneide ich dich wirklich.“

„Echt jetzt?“

Er nickte.

„Auch wenn du dir durch deine impulsive Art immer wieder Ärger einhandelst“, ergänzte er, „und es den Anschein macht, als müsste ich dich in solchen Fällen retten.“

„Wie hier in Minecraft?“, fragte sie.

Der Benutzer-der-kein-Benutzer-ist nickte erneut.

Monet legte einen Arm um ihren Bruder und drückte ihn fest.

„Du glaubst, du könntest nicht einfach handeln“, erkannte sie, „aber als dir klar geworden war, dass die Spinnenkönigin der Schlüssel des Ganzen ist, bist du einfach losgerannt und hast sie angegriffen … wie ein Verrückter.“

„Ja … aber …“

„Und als du gesehen hast, dass das Orakel in Schwierigkeiten ist, bist du geradewegs auf Herobrine zugestürmt“, fuhr Monet fort. „Das war auch nicht gerade ungefährlich.“

„Na ja“, murmelte er und dachte an seine beiden

Freunde Impafra und Kuwagata498, „wenn man keine andere Wahl hat und sich nicht zurückziehen kann, dann muss man eben angreifen."

„Du machst es schon wieder – du suchst nach Ausreden, um deine Tapferkeit zu erklären", schalt Monet ihn. „Diese Gemeinde aus NPCs würde dir notfalls bis ans Ende der Welt folgen, weil sie dir ebenso vertrauen, wie ich es tue." Sie streckte eine Hand aus und deutete auf die vielen Boote, die über den Ozean fuhren. „Sieh nur, was du hier wieder geschafft hast. Du hast alle vor der sicheren Niederlage gerettet und bist aus Herobrines Falle entwischt. Diese Zombies werden aus dem Dschungel kommen und feststellen, dass wir längst weg sind. Du bist ein Held!"

„Ach ... Ich weiß nicht ... Ich habe schließlich immer noch nicht rausgefunden, was es mit der Waffe auf sich hat ..."

„Das wird ganz bestimmt noch passieren, davon bin ich überzeugt. Also mach dir keine Sorgen. Herobrine wird es noch leidtun, dass er sich je mit dem Benutzer-der-kein-Benutzer-ist angelegt hat." Sie hielt kurz inne und schaute zu ihm auf. „Ich bin sehr froh, dass du mein großer Bruder bist."

Bevor er etwas erwidern konnte, war sie auch

schon in ein Boot gehüpft und fuhr über den Ozean. Nun stand Gameknight allein am Ufer. Er schaute sich um und stellte fest, dass alle Dorfbewohner aufgebrochen waren, und zum ersten Mal seit sehr, sehr langer Zeit war er wirklich stolz auf sich.

Vielleicht kann ich diese Verantwortung ja doch schultern … und der Benutzer-der-kein-Benutzer-ist sein, dachte er. *Ich kann jedenfalls nicht der Held sein, den diese NPCs brauchen, wenn ich mir nicht auch vorstellen kann, diese Rolle auszufüllen. Aber jetzt, wo ich darüber nachdenke, könnte ich es tatsächlich schaffen.*

„Der Benutzer-der-kein-Benutzer-ist begreift es langsam", erkannte eine kratzige Stimme in seinem Rücken.

Als er sich umdrehte, stellte er fest, dass das Orakel auf ihn zukam. Die alte Frau bewegte sich langsam und mühselig durch den Dschungel und stützte sich schwer auf ihren Krückstock. Wann immer sie damit auf einen Felsblock oder einen Sandsteinwürfel traf, klackte es.

„Was meinst du damit, dass ich es langsam begreife?"

„Verantwortung zu tragen ist eine Fähigkeit wie jede andere. Man braucht Übung, aber vor allem muss man an sich glauben, damit man weiß, wie und wann man das Richtige zu tun hat", erläuterte die alte Frau. „Manchmal ist sie eine schwere Last, wenn du knifflige Entscheidungen treffen musst, dann wieder bereitet sie nichts als Freude. In jedem Fall benötigt man Charakter und Selbstvertrauen, um eine Verantwortung, wie sie dir auferlegt wurde, tragen zu können. Aber wie ich sehe, lernst du gerade, auf dich und deine Freunde zu vertrauen … vor allem auf deine Schwester … denn du kannst das nicht alles ganz allein schaffen. Ein weiser Anführer nutzt die Stärken aller, die er um sich schart."

Sie trat neben ihn und bedachte ihn mit einem durchdringenden Blick.

„Aber was ist, wenn ich es nicht herausfinde?", fragte Gameknight und holte die Waffe aus seinem Inventar. Die rosa schimmernde Oberfläche schien im Licht der Morgensonne zu glühen. „Alle verlassen sich auf mich, dabei habe ich nicht die geringste Ahnung, was ich tun muss."

„Du musst noch sehr viel lernen", erwiderte sie kopfschüttelnd. „Wenn du auf dich und die Personen um dich herum vertraust, wirst du von höchst unerwarteter Seite Hilfe bekommen." Das Orakel legte ihm eine runzlige Hand auf die Schulter. „Achte auf die niedersten und unbedeutendsten

Kreaturen, denn dort wirst du deine Rettung finden."

„Was?"

Aber sie antwortete nicht auf seine Frage, sondern drehte sich um und machte sich auf den Rückweg zum Tempel.

„Du musst in ein Boot steigen", drängte Gameknight sie.

Die alte Frau schüttelte vehement den Kopf.

„Nein, mein Platz ist hier", sagte sie und sah ihn über die Schulter an.

„Aber die Zombies, sie werden ..."

„Sie können mir nicht schaden", versicherte sie ihm.

„Und was ist mit Herobrine? Wird er nicht zurückkehren?"

„Das ist sehr wahrscheinlich."

„Hast du denn keine Angst vor ihm?"

Da blieb sie doch noch einmal stehen und drehte sich zu Gameknight999 um.

„Herobrine ist nichts weiter als ein verwöhntes Kind. Er wird nie mit dem zufrieden sein, was er hat." Sie machte einen Schritt auf ihn zu. „Er kann mir ebenso wenig schaden wie dir."

„Aber ich kann ihn im Kampf nicht besiegen ...

Er ist zu schnell."

„Dann kämpfe nicht gegen ihn … oder zumindest nicht auf die Art und Weise, die er will. Er kann besiegt werden, du musst nur herausfinden, wie. Und damit das gelingt, brauchst du Weisheit und Kraft."

„Bedeutet das, dass ich stärker werden muss?"

„Nicht ganz", antwortete sie. „Du brauchst Charakterstärke und Mut, damit du das tun kannst, was getan werden muss."

„Aber was ist mit der Waffe, die du mir gegeben hast? Wie …"

„Bei der Waffe ist es genauso. Du benötigst Charakterstärke und Weisheit, um zu wissen, wie du sie einsetzen musst, und, noch viel wichtiger, wann." Das Orakel machte zwei langsame Schritte auf Gameknight zu und beugte sich so weit vor, dass sich ihre eckigen Köpfe beinahe berührten. Als sie die Lippen bewegte, streiften diese beinahe sein Ohr, und sie flüsterte mit ihrer kratzigen Stimme: „Du weißt bereits, was die Waffe ist; du hast deinen Verstand nur noch nicht für diese Möglichkeit geöffnet. Die Weisheit, der Mut und die Charakterstärke, das alles fehlt dir noch … aber der Benutzer-der-kein-Benutzer-ist besitzt diese Qualitäten.

Du erkennst es nur noch nicht … aber das wird sich bald ändern. Hoffentlich wirst du im entscheidenden Moment, wenn alles am seidenen Faden hängt, dein Potenzial erkennen und wissen, was zu tun ist … Davon hängt alles ab …"

„Aber was ist …"

„Genug der Fragen", fiel ihm das Orakel ins Wort und machte einen Schritt nach hinten. „Du solltest auf deine Schwester hören und diesen Triumph genießen. Ihr habt die Spinnen besiegt und flieht gerade aus Herobrines Falle, wodurch ihr einen weiteren Tag erleben dürft. Der Benutzer-der-kein-Benutzer-ist ist wahrlich derjenige, der Minecraft retten wird."

Die alte Frau legte ehrerbietend eine Faust an ihre Brust, wandte sich dann ab und ging langsam zu ihrem Tempel zurück.

Während er ihr hinterher sah, dachte Gameknight über all das nach, was passiert war. Er hatte getan, was sein Vater ihm aufgetragen hatte, und auf seine kleine Schwester aufgepasst. Sie war in Sicherheit, auch wenn sie noch immer hier in Minecraft festsaß. Er hatte sich auch um die ganzen NPCs gekümmert … nein … um seine Minecraft-Familie. Viele hatten ihr Leben verloren, und er fühlte sich für jeden einzelnen von ihnen verantwortlich, aber er hatte sein Bestes gegeben, und aus diesem Grund war Gameknight999 stolz auf sich.

Vielleicht ist diese Verantwortung ja doch nicht zu groß für mich, dachte er. *Möglicherweise ist das Geheimnis einfach, dass man sein Bestes tut und niemals aufgibt. Das macht Dad jedenfalls immer … Er versucht, seine Erfindungen zu verkaufen, um für seine Familie zu sorgen. Aber ich wünschte mir trotzdem, er würde nach Hause kommen. Ich könnte seine Hilfe wirklich gut gebrauchen.*

Er stieg in ein Boot, stieß es vom Ufer ab und folgte den anderen. In der Ferne sah er eine Rakete am Himmel explodieren, die einen gewaltigen Funkenregen hinterließ. Einige Boote veränderten leicht den Kurs, um auf diese Rakete zuzuhalten. Crafter schoss sie ab, damit die Boote zusammenblieben. Der junge NPC wusste eben immer, was zu tun war.

Achte auf die niedersten und unbedeutendsten Kreaturen, denn dort wirst du deine Rettung finden.

Gameknight sah noch einmal über die Schulter und winkte dem Orakel zu, das aus einem Fenster im obersten Stockwerk des Tempels herausschaute. Dann wandte er sich ab und fuhr in Richtung des Feuerwerks in der Ferne, während er weiter über ihr Rätsel nachdachte. Als er die vielen Boote vor sich betrachtete, wurde ihm auf einmal bewusst, dass er allen darin das Leben gerettet hatte … seinen Freunden … seiner Familie. Und zum ersten Mal seit sehr, sehr langer Zeit konnte sich Gameknight999, der Benutzer-der-kein-Benutzer-ist, ein ganz kleines bisschen entspannen.

MINECRAFT-SEEDS

Es hat mir großen Spaß gemacht, einige coole und exotische Schauplätze für Gameknight999 und seine Gefährten auszusuchen, die im Verlauf dieser Geschichte vorkommen. Unten findet ihr einige Seeds, die ihr in Minecraft eingeben könnt, um euch die Landschaften, die ich im Buch beschreibe, mit eigenen Augen anzusehen! Diese Seeds funktionieren auf jeden Fall mit Minecraft 1.8, ihr werdet also wahrscheinlich über den Launcher diese Version einstellen müssen, falls eure Version keine Seeds unterstützt.

Falls ihr eine Einführung in Seeds benötigt, findet ihr auf YouTube alles, was ihr braucht! Es gibt wirklich viele Tutorials zu diesem Thema.

Kapitel 3
Dörfler-Seed: -770290065

Kapitel 4
Dichter Wald: 426309126

Kapitel 5
Wüstendorf: 1264417242569508166

(Schaut euch auch den Wüstentempel an, der in der Nähe des Dorfes halb vergraben zu finden ist.)

Kapitel 7
Birkenwald: -9101136179474925827

Kapitel 7
Eiszapfentundra: -1603209754400422622

Kapitel 8
Extreme Berge: -6113936998497547891

Kapitel 11
Festung, direkt unter der Schmiede: 5886950453418879987

Kapitel 15
Dschungel: 1977385972517642323

Das ist ein riesiger Dschungel mit richtig vielen Tempeln:

Tempel: x = 507, y = 70, z = 189
Tempel: x = -137, y = 79, z = -459
Tempel: x = -138, y = 83, z = -665
Tempel: x = 261, y = 73, z = -443
Tempel: x = 1177, y = 73, z = -204
Tempel: x = 1350, y = 96, z = 52
Tempel: x = 200, y = 75, z = 245
Tempel: x = -251, y = 80, z = 180

Kapitel 25
Meeresküste mit Extremen Bergen: 3145708

VORSCHAU AUF „DAS LETZTE GEFECHT AN DER MEERESKÜSTE"

Hunter kam die Stufen heraufgerannt und baute sich vor dem Benutzer-der-kein-Benutzer-ist auf. Im nächsten Moment stand auch schon ihre kleine Schwester neben ihr.

„Wie ich höre, machst du hier einen Aufstand und hältst es für notwendig, mich aus meinem glorreichen Traum rausreißen zu lassen", beschwerte sie sich. „Ob du es glaubst oder nicht, ich habe gerade davon geträumt, haufenweise Monster zu vernichten."

„Das ist ja schockierend", meinte Stitcher grinsend und rieb sich die müden Augen. „Was ist denn überhaupt los, Gameknight?"

„Ich bin mir nicht sicher", antwortete er.

„Na, großartig!", schimpfte Hunter. „Danke, dass du uns deswegen weckst."

„Irgendetwas geht hier vor sich", erklärte Gameknight. „Herobrine plant etwas, das kann ich deutlich spüren, aber da draußen in der Wüste ist es zu dunkel, als dass ich etwas erkennen könnte. Ihr beide müsst auf den Wachturm steigen und eure Pfeile rings um das Dorf abschießen. Da eure Bögen mit Flamme verzaubert sind, werden sie uns Licht spenden. Und jetzt geht!"

Hunter verdrehte die Augen und wirbelte so schnell herum, dass ihm ihre roten Locken ins Gesicht schlugen. Dann lief sie lachend die Treppe hinunter und in Richtung Wachturm.

„Komm, Stitcher … Lass uns Licht in die Wüste bringen", rief Hunter ihrer kleinen Schwester im Laufen über die Schulter zu.

Stitcher trat vor Gameknight999 und lächelte ihn an, um dann ebenfalls auf dem Absatz kehrtzumachen, ihm ebenfalls ihre langen roten Haare ins Gesicht zu schleudern und ihrer älteren Schwester zu folgen.

„Was ist denn los?", erkundigte sich jemand in seinem Rücken.

Gameknight drehte sich um und stand seiner Schwester gegenüber, die ihn verschlafen beäugte.

„Ich weiß es nicht", lautete seine ehrliche Antwort. „Hunter und Stitcher werden ein paar Pfeile in die Wüste schießen, damit wir sehen können, was da draußen los ist."

„Was soll ich machen?“

Er konnte ihr ansehen, dass sie unbedingt helfen wollte.

„Geh rauf in den Wachturm und sei unser Ausguck“, bat er sie. „Du musst genau hinsehen und uns sagen, was da draußen passiert.“

„Okay“, erwiderte sie lächelnd, drehte sich um und peitschte ihm ihre blauen Locken ins Gesicht.

„Ich kann das echt nicht leiden!“, schimpfte er.

Monet lachte.

Grinsend sah Gameknight zu, wie sie zum Sandsteinturm rannte. Nur Sekunden später tauchten Monet und die Schwestern an der Turmspitze auf. Ihre verzauberten Bögen schimmerten in der Dunkelheit und tauchten den Turm in ein bläuliches Licht. Hunter und Stitcher schossen sofort Pfeile ab, an deren Spitzen ein magisches Feuer brannte, sodass sie wie zwei winzige Meteore, die vom Himmel fielen, durch die Nacht schossen. Bei der Landung bohrten sich die Pfeile in den blassgelben Sand und brannten weiter, wodurch ein kleiner Lichtkreis entstand.

Nach und nach feuerten die Schwestern immer mehr Pfeile ab, Hunter nach links und Stitcher nach rechts, und vertrieben so die Dunkelheit. Sie erzeugten einen brennenden Lichtbogen auf jeder Seite des Dorfes. Gameknight stand auf dem Wall und starrte in die erleuchtete Wüste. Er hielt Ausschau nach Herobrine und seinen zerstörerischen Monstern, aber da draußen in diesem trockenen Ödland schien es nichts als karge braune Büsche und grüne Kakteen zu geben.

Die Schwestern schossen immer weiter und wetteiferten darum, wer am weitesten schießen konnte. Gameknight hatte die Aufgabe übernommen, Hunters Flammenpfeile zu beobachten, während Stonecutter dasselbe bei Stitcher machte. Immer mehr brennende Projektile steckten im Sand, und die Schwestern erzeugten große Flammenbögen rings um das ganze Dorf. Die Landschaft wurde vom magisch flackernden Licht erhellt … in dem jedoch nichts als die leere Wüste zu erkennen war, wie viele Pfeile sie auch abfeuerten.

Nach einiger Zeit näherten sich die brennenden Bögen einander, und Hunter und Stitcher hatten den Kreis um das Dorf fast vollendet. Gameknight starrte den dunklen Fleck an, der langsam kleiner wurde. In der Ferne war gerade noch so der Umriss des Wüstentempels auszumachen, die Stelle, an der sie gegen die Zombies gekämpft hatten.

Gibt es hier draußen vielleicht irgendwo eine Zombiestadt?

Die dunkle Stelle wurde schmaler und schmaler, als Hunter und Stitcher die Dunkelheit mit ihren brennenden Pfeilen immer weiter zurücktrieben.

Hat sich da draußen gerade etwas bewegt? War das etwas Goldenes, worin sich das Licht gespiegelt hat? Oder verliere ich langsam den Verstand?

Die nächsten beiden Pfeile sausten durch die Luft und landeten in einer Sanddüne, um die Umgebung zu erhellen. Der Feuerkreis war fast vollendet.

Immer noch nichts … Ich drehe wohl wirklich langsam durch … Augenblick mal … Was war das?

Er war felsenfest davon überzeugt, dass er da draußen etwas gesehen hatte: eine dunkle Gestalt, die sich langsam durch die Dunkelheit bewegte. Aber sie schien viel größer als ein Monster gewesen zu sein … Das hatte er sich bestimmt nur eingebildet.

Die Schwestern ließen die letzten beiden Pfeile durch die Luft fliegen. Gameknight sah zu, wie die Projektile im sanften Bogen flogen und dann landeten. Einer bohrte sich in einen hohen Kaktus, der sofort Feuer fing.

Aber keiner der NPCs nahm Notiz von dem brennenden Gewächs.

„Da draußen!“, schrie Monet. „Ich sehe was!“

Eine Dorfbewohnerin kreischte und lief von der Mauer weg, um ihre Kinder in Sicherheit zu bringen.

Gameknight war entsetzt und wie gelähmt vor Angst.

„Das kann nicht sein“, murmelte er. „Nein …“

„Ah … Wie ich sehe, steht der Dummkopf erneut vor mir“, sagte eine tiefe Stimme, die aus der Wüste kam. „Warum kommst du nicht hier runter und stellst dich mir? Dieses Mal wird der Kampf anders ausgehen, das kann ich dir versichern.“

Gameknight starrte das Monster an und wollte seinen Augen nicht trauen.

„Wie kann das sein? Wie hat er uns hier nur gefunden?“, fragte Gameknight, aber das ganze Dorf glich einem heillosen Chaos, sodass ihn niemand hörte – bis auf Stonecutter an seiner Seite.

„Der Benutzer-der-kein-Benutzer-ist scheint sich zu fürchten … Das ist keine wirkliche Überraschung“, knurrte das Monster.

Jetzt konnten alle die riesige Zombiearmee sehen, die sich dem brennenden Lichtkreis näherte.

Die dunklen Klauen der Monster glänzten im Flammenschein.

Das große Monster trat vor, sodass es jetzt im Licht der brennenden Pfeile zu erkennen war: Es war Xa-Tul auf seinem gigantischen Zombiepferd. Die Augen des Rosses leuchteten blutrot, ebenso wie die des Reiters, und die Kettenrüstung des Zombies glitzerte im Mondlicht und ließ ihn beinahe magisch aussehen.

Der Zombiekönig trieb sein Pferd an, schaute zu Gameknight999 hinauf und zeigte dann mit seinem großen goldenen Breitschwert auf ihn.

„ZOMBIES … ANGRIFF!", brüllte Xa-Tul, und seine Stimme bewirkte, dass sogar die Wüste selbst vor Angst zitterte.

Er saß von seinem Pferd ab, machte noch einen Schritt und sah Gameknight999 direkt in die Augen.

„Beim letzten Mal hat der Benutzer-der-kein-Benutzer-ist gewonnen, aber dieses Mal wird es anders laufen." Xa-Tul ging noch ein Stück und rammte sein Schwert in einen Sandsteinblock, der zu Staub zerfiel. Er grinste breit und sagte mit seiner knirschenden Stimme so laut, dass ihn alle hören konnten: „Komm her, Benutzer … Lass uns tanzen."

NACHWORT DES AUTORS

Ich danke all meinen Lesern von ganzem Herzen. Es ist immer wieder schön, die vielen freundlichen E-Mails über meine Webseite www.markcheverton.com zu erhalten. Ich versuche, euch allen zu antworten, aber manchmal stimmt mit den E-Mail-Adressen etwas nicht, sodass ich keine Antwort schreiben kann. Das tut mir sehr leid, und wir sind bereits dabei, dieses Problem aus der Welt zu schaffen.

Den Kindern, die mir schreiben, dass meine Bücher sie dazu motivieren, sich eigene Geschichten auszudenken, möchte ich sagen: Das ist großartig! Weiter so! Das Schreiben ist etwas Wunderbares, das gleichzeitig aufregend und furchterregend sein kann. Der Anfang fällt einem meistens leicht, aber es wird zum Ende hin immer schwerer, doch wenn ihr dabei bleibt, werdet ihr feststellen, dass ihr wirklich tolle Geschichten erfinden könnt. Es mag euch zuerst entmutigen, aber ich habe festgestellt, dass es am besten ist, einfach anzufangen … selbst wenn man noch gar nicht genau weiß, was man schreiben will oder wohin die Geschichte führen wird. Aber es ist immer einfacher, etwas zu überarbeiten, das bereits existiert, als es erst zu erschaffen. Also fangt einfach an zu schreiben, dann werdet ihr schnell feststellen, dass die Geschichte sich fast von selbst erzählen wird … das ist Teil dieser wundervollen Erfahrung. Man weiß nie, was man letzten Endes bekommen wird, wenn man den Stift auf Papier setzt oder die Finger auf die Tastatur legt (ich benutze beides abwechselnd). Das Geheimnis des Schreibens liegt darin, es einfach zu tun, und wenn ihr mal festsitzt, dann schreibt noch mehr … Später kann man immer noch drüberschauen. Vergesst nicht, dass ihr nur erreichen könnt, was ihr euch auch vorstellen könnt. Wenn ihr schreiben wollt, dann malt euch aus, wie ihr schreibt … und tut es einfach. Schreibt … schreibt … schreibt!

Haltet auf den Servern nach *Gameknight999* und *Monkeypants271* (das bin ich) Ausschau.

Lest weiter, und nehmt euch vor Creepern in Acht!

ENTDECKT, WIE ALLES BEGANN: BAND 1 DER GAMEKNIGHT999-REIHE

Der 12-jährige Gameknight999 liebt es, in Open-World-Spielen zu griefen und andere Benutzer zu trollen. Mitgefühl und Hilfsbereitschaft sind ihm fremd – schließlich ist alles nur ein Spiel. Doch als eine

Erfindung seines Vaters ihn auf geheimnisvolle Weise in die Würfelwelt befördert, ist er plötzlich Teil eines lebensgefährlichen Abenteuers.

Gameknights Ankunft löst einen Krieg aus. Eine Existenz jenseits von Gut und Böse bedroht nicht nur die Welt des Games, sondern auch die wirkliche Welt! Um diesen Kampf zu gewinnen, muss er Zombies, Spinnen und Creepern immer einen Schritt voraus sein und neue Freunde gewinnen.

ISBN 978-3-7415-2176-8

BAND 2
DER GAMEKNIGHT999-REIHE

Gameknight999 und sein Freund Crafter finden sich auf einem neuen Server wieder. Doch der Kampf ist noch nicht vorbei. Auch der König des Nether, der furchtbare Ghast Malacoda, will mit seiner Armee aus Lohen, Magmaschleimen, Schweinezombies und Witherskeletten das Game zerstören. Doch gegen ihn wirkt Erebus, der König der Endermen, wie ein harmloses Stofftier.

Um das Leben aller – auch in der wirklichen Welt – zu retten, müssen Gameknight und Crafter eine neue NPC-Armee zusammenstellen. Aber die letzten Kämpfe haben Gameknight an seinen Fähigkeiten zweifeln lassen. Kann er genug Mut aufbringen, um auch diesen Kampf zu bestreiten?

ISBN 978-3-7415-2177-5

BAND 3
DER GAMEKNIGHT999-REIHE

Der furchteinflößende Ghast Malacoda und der schreckliche Enderman Erebus haben es mit ihrer Armee bis zum Server der Quelle geschafft und wollen diese zerstören, um endlich in die wirkliche Welt zu

gelangen. Nur Gameknight999 und seine kleine NPC-Armee können sie aufhalten. Eine Jagd quer durch die Klötzchenwelt beginnt – wer wird als Erster die Quelle erreichen?

Um diese aufzuspüren, müssen zunächst zwei Schlüssel geborgen werden. Keine leichte Aufgabe, denn diese werden von unbarmherzigen Kreaturen bewacht. Ihre Suche bringt Gameknight und seine Freunde Crafter, Hunter und Stitcher in eine andere Dimension, wo eine tödliche Kreatur auf der Lauer liegt …

ISBN 978-3-7415-2178-2

BAND 1 DER DAS-GEHEIMNIS-UM-HEROBRINE-REIHE

Nach der Schlacht um die Quelle schwor sich Gameknight999, nie wieder die Welt von Minecraft zu betreten – bis seine kleine Schwester, Monet113, versehentlich ins Spiel gezogen wird und seine Hilfe braucht.

Gemeinsam mit alten und neuen Freunden macht sich Gameknight auf den Weg in die Zombiestadt, um seine Schwester vor dem furchtbaren Zombiekönig Xa-Tul zu retten. Dieser wurde von einer Kreatur mit weißglühenden Augen gecraftet, die alles Lebende und insbesondere Gameknight hasst. Um gegen ihn zu bestehen, muss sich Gameknight ein paar neue Tricks einfallen lassen, denn Gefahren lauern hinter jeder Ecke ...

ISBN 978-3-7415-2258-1

BAND 3 DER DAS-GEHEIMNIS-UM-HEROBRINE-REIHE

Der finale Kampf mit Herobrine steht kurz bevor! Alles hängt nun am seidenen Faden, denn eine falsche Entscheidung von Gameknight und seinen Freunden und Herobrine ist nicht mehr aufzuhalten. Einmal mehr muss Gameknight all seinen Mut zusammennehmen. Tief auf dem Meeresgrund befindet sich das legendäre Ozeanmonument. Dort soll das Buch der Weisheit versteckt sein, welches den Schlüssel für die Waffe, mit der man Herobrine aufhalten kann, enthält. Doch bewacht wird das Monument vom schrecklichsten aller Monster …

ISBN 978-3-7415-2260-4

Ab April 2018 überall im Buchhandel und unter www.ullmannmedien.com erhältlich.